本书为教育部人文社科项目（10YJA752020）结题成果
国家人文社科规划基金项目（15WW053）阶段性成果

# 柯尔律治诗歌的灵视与自然

鲁春芳 郭 峰 著

*Samuel Taylor Coleridge*

浙江工商大学出版社
ZHEJIANG GONGSHANG UNIVERSITY PRESS

**图书在版编目(CIP)数据**

柯尔律治诗歌的灵视与自然 / 鲁春芳,郭峰著.
—杭州:浙江工商大学出版社,2018.10
ISBN 978-7-5178-2223-3

Ⅰ.①柯… Ⅱ.①鲁… ②郭… Ⅲ.①柯勒律治
(Coleridge,Samuel Taylor 1772—1834)—诗歌研究 Ⅳ.
①I561.072

中国版本图书馆 CIP 数据核字(2017)第 138921 号

**柯尔律治诗歌的灵视与自然**

鲁春芳　郭　峰著

| | | |
|---|---|---|
| 责任编辑 | 王黎明 |
| 封面设计 | 林朦朦 |
| 责任印制 | 包建辉 |
| 出版发行 | 浙江工商大学出版社 |
| | (杭州市教工路 198 号　邮政编码 310012) |
| | (E-mail:zjgsupress@163.com) |
| | (网址:http://www.zjgsupress.com) |
| | 电话:0571-88904980,88831806(传真) |
| 排　　版 | 杭州朝曦图文设计有限公司 |
| 印　　刷 | 虎彩印艺股份有限公司 |
| 开　　本 | 710mm×1000mm　1/16 |
| 印　　张 | 19.5 |
| 字　　数 | 281 千 |
| 版 印 次 | 2018 年 10 月第 1 版　2018 年 10 月第 1 次印刷 |
| 书　　号 | ISBN 978-7-5178-2223-3 |
| 定　　价 | 36.00 元 |

# 前　言

英国浪漫主义诗人，特别是以"湖畔派"著称的威廉·华兹华斯（William Wordsworth，1770—1850）、塞缪尔·泰勒·柯尔律治（Samuel Taylor Coleridge，1772—1834）和罗伯特·骚塞（Robert Southey，1774—1843）等，一贯（至少在 20 世纪中国）以热爱自然、歌颂自然、回归自然的诗歌命题和清新自然、独具特色的诗歌语言而备受读者喜爱和关注。他们长期隐居湖区，实践着对大自然倾情热爱的浪漫主义诗歌情怀，坚持着希望通过自然以净化人类灵魂、拯救人类社会的理想。然而非常遗憾的是，与华兹华斯相比，柯尔律治对自然的关注并没有得到很多读者甚至部分学者的关注和接受，相反，他的诗歌风格却总是因为他过于庞杂深奥的著述、演讲、笔记和信函等被人误解为神秘怪诞、不可捉摸，甚至玄妙难懂。特别是他著名的三首超自然诗歌与自然的关系，批评家们往往存有颇多争议。一些学者认为，柯尔律治的诗歌几乎与自然没有什么关系，尤其是当我们把他的诗歌拿来与华兹华斯的对比时。另一些批评家则认为，柯尔律治也总是在乎自然，但是，他忽略了对于人与自然亲密关系的思考和理解方面的表达。20 世纪中后期以来，虽然越来越多的中外学者关注并强调柯尔律治关于想象力、宗教、政治等方面的诗学理论对世界文学史和思想史的巨大贡献，但仍然很少人走进或愿意走进他关于自然认识方面的深刻思考。关于柯尔律治的这些争议、关注和研究不断困惑着同时也深深吸引着本书作者，吸引着笔者刻苦拜读诗人的《笔记》《书信集》《文学传记》和他为数不多的诗作。笔者发现，柯尔律治早期特别是他在德国期间对自然景色的大量描述和对自然景物细微形象的近乎痴迷的记录显然与他同时代乃至后来一些批评家的观点不能吻合，甚至有些背道而驰。但是同时,柯尔律治后期的作品又明显地表现出另一番情况,诗人之前的那种几乎每天满足于、陶醉于与自然相融、与自然凝视的活动不见了,如果偶尔出现也似乎变成了一种罪孽与虚幻的象征。如果单纯地认为是他的形而上学枯竭了诗人对自然形象的关注和描写,显然过于武断,那么,究竟怎样才能正确理解他前后期不同诗歌形式,乃至表面上不同诗歌主题的深刻内涵? 怎样才能够客观地认识和评价柯尔律治与自然的关系,以及他对自然的深层认识呢? 本书将以现代生态批评视角走进并考察诗人关于灵视的概念与理解,梳理诗人怎样从接触、观察自然外部形象到认识自然内部规律,再到哲学层面上的灵视世界的过程,深入诗歌文本,对其早期自然诗亦即谈话诗歌里自然形象的真实到后期超自然诗歌里超自然形象的深刻意蕴等进行分析解读,并通过对比华兹华斯的自然观念与柯尔律治的超自然观念,对比东西方诗歌中自然观念的统一与分歧,认识和理解柯尔律治深奥神秘的表达方式及其对人类生存危机的深深忧虑,最后反思柯尔律治灵视自然生态哲学观清晰而又复杂的历史、社会及思想文化背景,讨论诗人自然观形成的必然性与合理性,思考人类文明进程中自然形象和自然观念的变化,以及与现代生态批评走向契合的核心价值追求。

当然,对柯尔律治这样一位大家进行研究无疑是充满艰辛和困难的。柯尔律治作为英国浪漫主义文学最核心的代表亲身经历欧洲社会结构和意识形态的巨大变化,一生著述庞杂、思想丰富,不仅创作诗歌、撰写文论,而且有极其深奥的神学和哲学思想,同时个人生活经历复杂等多种因素使得对柯尔律治的研究进展艰难。然而,柯尔律治对自然与人生、对想象与幻想、对宗教与政治,尤其是对新的人类文明境况下人与自然关系的思考与定位,以及他对国家与个人、权利与义务等问题的卓越思想深深感动并吸引着本书作者,柯尔律治对自然价值的明识,对人与自然关系的焦虑、思考与批判,以及他注重构建人类内在精神世界以期"和谐整一"的诗学核心在当今自然生态惨遭破坏、传统价值标准丢失的社会境况下尤其显得意义重大。因此,本书作者首先尝试对柯尔律治自然观进行研究,希望能够揭开冰山一角,为以后柯尔律治想象观、神学观和政治观等诗学思想的内在本质上的深入研究和他与所处时代深刻的历史、文化及思想背景的相互关联的全面研究打下良好基础。期望本书能够为喜爱并专注于浪漫主义文学特别是柯尔律治诗学研究和学习的学者及学生们提供一些借鉴和参考,同时真诚欢迎学界前辈与同人对书中不够成熟的观点和比较粗浅的认识批评指正。

鲁春芳　郭　峰

2017 年 2 月 6 日

# 目　录

## 第4章　湖畔诗人自然观的探索与终结

## 第5章　浪漫主义诗学反思

# 绪　　论

一

　　柯尔律治于 1772 年 10 月 21 日出生于英格兰西南部德文郡一个名不见经传的小镇,其父亲是当地著名牧师兼文法学校校长,良好的家庭背景奠定了柯尔律治日后广泛阅读和深思辨析的基础。受父亲影响和家庭文化氛围的熏陶,幼年时期就表现出了不同寻常的聪慧和颖悟,因此也备受宠爱。然而不幸的是,柯尔律治 9 岁时遭遇父亲病逝,家里经济状况急转而下。父亲离开的第二年,柯尔律治来到了伦敦基督慈幼学校读书,基于幼儿时期的文化基础和天资聪颖,柯尔律治大量阅读古典作品,并随着心智的不断成熟对古希腊哲学思辨著作产生浓厚兴趣,精心学习形而上学理论,同时,对神学和政治开始关注和思考。

　　1789 年,法国大革命消息传来,17 岁的柯尔律治受到“自由、平等、博爱”新思想的激励,热血沸腾,情绪激昂,奋笔写了颂诗《巴士底监狱的陷落》(*Destruction of the Bastile*),歌颂法国革命倡导的自由民主精神,他不仅批判已经腐朽的封建制度、谴责独裁政府的专制统治,同时也对当时学校的各项森严校规提出质疑和挑战。1791 年,19 岁的柯尔律治来到剑桥大学攻读古典文学。此时的柯尔律治已经深受法国革命进步思潮影响,同时还有其导师的引导和鼓励,追求自由民主、渴望大同和谐世界的愿望日渐强烈。柯尔律治充分利用剑桥大学的学术资源,大量阅读政治书籍,积极参加政治活动,不断了解和思考英国社会状况和神学问题,最终放弃了原来的正统基督教教义而转向思想相对开放的"上帝一位论"思想。1793 年底,为追求自由,柯尔律治甚至放弃了学业,以假名参加了一个骑兵团,4 个月后又重返校园,其间在与友人结伴旅游威尔士的途中结识了后来成为著名"湖畔派"诗人之一的罗伯特·骚塞。两人一见如故,支持法国革命对民主、自由的争取,但又反对其暴力的方式,共同的理想和追求促使两位商议到美洲新大陆建立平等理想国"大同邦"。然而,尽管双方均为"理想国"的实现付出努力和艰辛,但终因诸多因素使得计划被迫流产,柯尔律治与骚塞也因一些分歧而关系破裂,同时,柯尔律治与骚塞妻妹的婚姻也走向失败。

柯尔律治生活经历复杂,除了失败的婚姻,柯尔律治还与鸦片这一负面因子纠结不清,虽然吸食鸦片特别是喝鸦片酒在当时的英国是合法的。柯尔律治之所以爱上鸦片,最初是因为他患有严重的风湿病痛等多种疾病,鸦片的摄入可以暂时减缓疼痛。然而,长期吸食导致上瘾以至于造成更加严重的健康困扰,他似乎离不开鸦片,常常沉浸在大量饮用鸦片酒给他带来的天马行空般的奇思妙想中。因此,鸦片对于柯尔律治一方面由起初的减缓病痛到最后却加剧了其健康的恶化;另一方面,吸食鸦片与柯尔律治的超凡想象力之间有无关系值得深入探讨和研究。但是,不可否认的是,柯尔律治创作出了虽然为数不多充满神秘、诡异的超自然经典之作,他对诗学想象力的感悟和阐释为英国乃至世界文学做出了极大贡献。

1795 年应该是柯尔律治生命中不可忽略的一年,这一年,他与英国著名的浪漫主义湖畔派诗人威廉·华兹华斯和其妹妹多萝西·华兹华斯相识并开始密切交往。对当时现实社会问题的认识、对诗歌创作的浪漫主义主张、对大自然山水的热爱与倾情使他们建立起了深厚友谊,这份友情不仅成就了他们自身的生活和事业发展,更关键的是开创了英国浪漫主义诗歌创作的新气象。1795—1798 年间,柯尔律治除了撰写大量笔记、书信外,还创作了《夜莺》(*The Nightingale*)、《风弦琴》(*The Eolian Harp*)、《午夜寒霜》(*Frost at Midnight*)、《这棵菩提树,我的牢房》(*This Lime-tree Bower,My Prison*) 等 8 首均以自然为主题的谈话诗

（*Conversation Poem*）；1797—1798 年，完成了著名的三首超自然诗歌《忽必烈汗》（*Kubla Khan*）、《古舟子咏》（*Rime of the Ancient Mariner*）和《克丽斯德贝尔》（*Christabel*）的第一部分，与华兹华斯共同出版了《抒情歌谣集》（*Lyrical Ballads*），成为浪漫主义文学的宣言书。

柯尔律治与华兹华斯兄妹均热爱并向往自然风光和质朴简单的乡村生活，加上对当时整个欧洲，特别是英国国内政治气氛的不满，他们很长时间居于湖区，闲逸幽静的环境为他们讨论社会发展、思考拯救人类灵魂、创作诗论诗歌等活动提供了弥足珍贵的条件。柯尔律治的浪漫主义诗学思想深受德国康德唯心主义哲学影响，这与其早年在德国的经历密不可分。1798 年，柯尔律治来到德国，在这里与华兹华斯兄妹一起学习德国古典主义、唯心主义哲学，之后翻译了席勒（Schiller）的《华伦斯坦》（*Wallenstein*）及康德、谢林等的德国早期唯心主义哲学论著。与此同时，德国美丽的乡村自然风光也深深吸引着年轻的柯尔律治。他惊叹于自然景象的美丽和魅力，不断徜徉于自然之中，亲密观察自然景物千差万别的外部景象，深刻思考不同景物共存于同一宇宙世界中的内在规律与本质。柯尔律治正是基于这一时期与自然的亲密接触和思考，记录和撰写了大量有关描写自然的笔记和信件。1809 年创办《朋友》（*The Friend*）杂志，1816—1817 写了《布道》（*Lay Sermons*）。1817 年，出版了文学批评著作《文学传记》（*Biographia Literaria*）。1818 年做了一系列关于莎士比亚的演讲，后来收集出版为《关于莎士比亚讲演集》（*Collected Lectures on Shakespeare*）一书。

然而，因为吸毒上瘾，柯尔律治身体每况愈下，与华兹华斯在生活、思想等方面日渐产生分歧，以致后来友情破裂；此外，婚姻生活的不幸等也都影响到了柯尔律治的诗歌创作。晚年的柯尔律治贫病交加，思想也日趋保守冷静，转向唯心主义哲学和宗教，由最初的正统基督教到崇尚自由思想的上帝一位论，最后又回到三位一体。1824 年，柯尔律治被选为英国皇家学会会员，1825 年出版《沉思之助》（*Aids to Reflection*），1830 年出版最后一本著作《论教会和国家的体制》（*On the Constitution of the Church and State*）。1833 年他重返剑桥做了一场激动人心的演讲，但不久病情再度恶化，1834 年 7 月 25 日在海盖特因心脏衰竭而逝世。

二

柯尔律治的诗歌数量不多，而且一直以来，特别是在我们国内还没有引起足够的重视。然而，随着社会发展，人们思想上对世界问题和宇宙奥秘与规律的认识不断发生着深刻变化并逐步形成共识，柯尔律治诗歌蕴含的关注自然、关注人性的伟大智慧得以被理解和尊重。玛丽琳·巴特勒（Marilyn Butler）的评价非常贴切到位，柯尔律治的诗歌是"以独特的方式表现独特的哲学"①。柯尔律治诗歌大体上可以分为两个类别，即《风弦琴》、《这棵菩提树，我的牢房》、《午夜寒霜》、《夜莺》、《孤独中的恐惧》（Fears in Solitude）和《离开隐居之地的沉思》（Reflections on Having a Place of Retirement）等谈话诗歌，以超自然形象和神秘怪诞场景震撼读者的三首超自然诗歌——《忽必烈汗》《古舟子咏》和《克丽斯德贝尔》。按照柯尔律治在《文学传记》里的解释，这些诗歌表面上形式不同、自然形象不同，但实际上都属于自然诗歌，是一种诗歌的两个类别，其主题思想是一致的。这些诗歌是柯尔律治浪漫主义诗学思想中自然观的最佳表现，突出表达了柯尔律治诗学思想的原则和特色，即以自然或超自然的形象、细腻缜密的心理活动和大胆玄妙的想象张力等来表现和表达一种自然与超然、神圣与神秘、浪漫与深邃的极具现代生态智慧的浪漫主义诗学思想。

然而，浪漫主义文学真实的历史性和社会感总是因为至少表面上看来的试图超越其历史环境的特征而把读者置于一个无关确切时间和地点的想象世界，从而常被学界和读者忽略，其中柯尔律治的诗歌最为典型。柯尔律治最著名的三首超自然诗歌不仅让读者看不到他的历史关怀和社会关注，同时连他诗学思想中至关重要的自然观也被误解甚至否定。他

---

① Butler, Marilyn. *Romantics, Rebels & Reactionaries*. New York: Oxford University Press, 1981, p. 110.

洋洋洒洒突出强调其诗学想象力的《文学传记》也在表面上遮挡了他思想深处对自然形象、人与自然关系等问题的深刻认识和极具现代生态意义的哲学思考。走进历史，我们会发现，法国革命对柯尔律治等浪漫主义诗人的影响是深刻的，英国国内率先爆发的工业革命带来的自然危机和人性危机同样引起诗人们内心的焦虑。在物质主义盛行的年代里，人们精神上的根基性缺失和意义本源的匮乏使得诗人们内心对文明发展不断带来的社会危机、自然危机以及人类信仰危机等现实问题产生了强烈的焦虑和不安。浪漫主义者认为：社会变革难以避免消极的破坏性，科技理性时代的牛顿哲学只会带来一个冰冷、机械的世界；而人类的感知、情感和想象力等才是解决问题的根本，通过自然复归人性本真，重新认识和摆正人与自然的关系，以期减缓工业革命带来的人性异化，进而推动人与自然、人类社会的和谐发展。以柯尔律治、华兹华斯等为代表的浪漫主义诗人不仅具有天才的诗歌创作能力，更重要的是具有强烈的社会责任感和深刻的哲学思想，他们以卓越的智慧引领时代，启发世人。柯尔律治诗歌固然难懂，但其中他对历史事件、国家建设特别是关乎人类长远生存发展的人与自然关系的认识是深刻的，是具有前瞻性的。我们不能简单地把英国浪漫主义诗人分成前期的消极派和后期的激进派或自然诗人和超自然诗人，同样也不能简单地评价柯尔律治在革命前期的激进支持和后来的消极保守，研究并客观地认识某一时期文学、某一作家或诗人的历史性和社会感，唯一可以做的就是要走进历史和文本，照察和明晰诗人思想观念的形成与历史现实之间自然而又复杂的互文关系，客观认识和解读柯尔律治诗学思想的重要价值和意义。

　　柯尔律治自然观的深刻性不仅体现了对过去历史的反思、对当下问题的忧虑，而且昭示着人类社会的将来。然而，也许正是因为它的深刻和深奥，它没有得到应有的关注和研究。对柯尔律治自然观的研究仅仅限于1985年莱蒙达·莫迪诺（*Raimonda Modiano*）的《柯尔律治与自然观念》（*Coleridge and the Concept of Nature*，London：The Macmillan Press Ltd.，1985），和贝尔的丛书《柯尔律治的反应：关于文学批评、圣经与自然作品选》（Continuum，London，2008）。前者从柯尔律治与自然关系入手,考察柯尔律治早年对外部自然形象的观察、认识和思考自然的内在机制与规律,再提升到研究并揭示几乎所有人类问题的有机内核;后者主要通过柯尔律治的《笔记》《文学传记》和一些书页杂记探讨柯尔律治从艺术、哲学和宗教等视觉下看待理解自然以及人与自然关系的智慧与思想,两者均注重诗人哲学层面上的理论探讨。因此,本书将在充分汲取以上研究成果的基础上,以生态视角集中讨论和研究柯尔律治的自然诗歌和超自然诗歌。研究结合柯尔律治《笔记》《书信集》特别是《文学传记》等诗学著作,采用理论结合实践的方式对柯尔律治诗歌中的自然观本质、表现、内涵与意义及其与历史之间的互文关系等进行客观分析、深入探讨和综合考察。通过对柯尔律治诗歌中的自然形象,自然价值,人在自然中的位置,人与人、人与自然等和谐关系的重构进行分析和讨论,正确认识和理解柯尔律治诗歌中自然形象的思想内涵、艺术魅力和超自然形象的象征意义、现代文化价值,明示柯尔律治关于人与人、人与自然、人与社会和人与自身等生态伦理思想的现代启示意义与价值,以期对柯尔律治诗学思想的研究有所发现和拓展,进而丰富和充实英国浪漫主义诗学研究。

本书除了前言、绪论和柯尔律治重要诗歌附录以外,主要内容共分五章。第1章重点以柯尔律治《笔记》《书信集》和《文学传记》等诗学论著考证柯尔律治与自然的关系,了解和认识他关于客观认识自然、艺术灵视自然和哲学冥思自然的深度与远度。柯尔律治认为社会问题很难以革命的方式得到根本上的解决,只有号召人类回归淳朴和自然,在自然中陶冶人类性情,弱化现代文明带来的强烈的物欲,摆正自己在自然中的位置,从而减缓和改良社会危机和问题;同时,柯尔律治提出诗人的责任和重要性,是应该运用想象力诗才去发现自然规律,走进自然获得真实的创作灵感,进行深入的思考与冥想,从而创作出永久的美丽诗篇。第2章以柯尔律治自然诗或谈话诗歌为研究对象,深入诗歌文本,结合诗歌创作背景,探讨柯尔律治谈话诗歌中人与自然关系的认识。柯尔律治虽然在艺术与自然关系这一诗学思想方面与华兹华斯有较大分歧,但是他们的友谊起始于对诗歌创作的一些共同理解和认识,他们崇尚情感的自然流露,认同诗人应该是道德的引领者和传递者。柯尔律治以自然流畅的谈话形式和清新朴素的语言风格创作了新型的无韵谈话诗体,并以明确的自然形象和主题表现了诗人与自然的关系以及诗人对自然景物的思考与认识,印证并体现了作为新时期诗人的诗学理念和道德主张。柯尔律治选择和谐、自然的乡间场景或自然形象作为展开诗歌的启示因素,进而进行灵视、联想和冥思,抒发诗人对自然的深刻认识和理解,引导、教诲被物欲熏染的人们走入自然。浪漫主义诗学思想主张诗歌除了自然的情感表达,必须基于一定深刻冷静的思考,由此承担起捍卫人类灵魂的重任。第3章深入柯尔律治三首超自然诗歌,认真梳理和研究其创作超自然诗作的社会背景、选择超自然形象的初衷和目的,认识和理解柯尔律治超自然诗歌中对人与自然关系恶化现状的深深焦虑与警示。与华兹华斯相比,柯尔律治更加强调诗人想象力的发挥,注重激情和梦境,多以神秘怪诞之妙想冲破传统理性思考。他认为只有主动想象的心灵才能够灵视,继而领悟自然、上帝以及自由和道德等高于感觉的真理。他推崇和谐整一宇宙自然观,在他的诗歌里,各种生命体既互相排斥又互相吸引,和谐共存,成为整体。柯尔律治在《文学传记》里明确说明了自然和超自然其实是自然诗歌的两种不同形式,只是超自然形象比自然形象更加具有神秘甚至怪诞的浪漫主义诗歌气质,更能调动诗人的诗学想象力,因此也更能引起读者的关注和思考。但无论自然的还是超自然的,其目的只有一个,就是唤醒人类异化的心灵,明示人类自然的意义和价值,告诫人类自己存在的位置和责任。第4章通过对比柯尔律治与华兹华斯对自然的理解与表达,对比柯尔律治诗歌与中国田园诗歌中自然观念的统一与分歧,反思和梳理自然形象在欧洲文学史中的演变过程,客观分析柯尔律治自然观念的进步与局限,重新认识柯尔律治自然观在理论上和实际意义上的合理性与重要性。第5章从历史、社会和思想背景等方面分析讨论柯尔律治关于灵视自然哲学理念的历史必然,并深入思考柯尔律治自然观与现代生态批评走向契合的基点。法国革命主张自由、平等、博爱的激情到后来暴力强权的质变,工业革命带来的物质财富的欲望膨胀和灵魂精神的匮乏与异化,泛神论、自然神论对宇宙自然认识上的挑战、对自由主义宗教思想的激发和康德超验浪漫主义理想的启示等都为柯尔律治和谐整一自然观的形成提供了客观条件。柯尔律治和谐整一自然观为当今处在现代文明生态劫难中的人们提供思考和启迪,其在关注人与自然关系、明晰现代文明问题和寻求人类可持续发展途径等方面与现代生态批评走向了融合,具有超越时代发展的伟大智慧和意义。

第一章 灵视与自然

CHAPTER ONE

# 1.1 灵视自然

　　"灵视(vision)"一词在柯尔律治作品中无所不在,不仅包括自然灵视,还包括灵视自然的思考。柯尔律治关于"灵视"的定义是多层次的:灵视不仅仅是光线在人神经系统中产生的机械反应,而更多的是内在精神层面和物理层面视野的复杂结合。"灵视"在柯尔律治的诗学观里是一种源自诗人心灵深处对外部自然世界高度综合的精神层面上的顿悟与理解,是诗人综合了道德、艺术和想象之后的诗才体现,其另一名字就是能够把万物看成一个整一的"有机想象力",是一种超越机械幻想的具有综合性的至高精神上的能力和体验,柯尔律治甚至被某些学者称为"灵视者(a visioner)",他的思想则是"灵视的哲学(visionary philosophy)"。这就是说,柯尔律治不仅仅关注我们理解的对象,而且还关注我们怎样去理解这些自然对象。在柯尔律治看来,灵视是具有延展性和多层次性的,并会受到多种因素的影响,比如有意识的想象和天赋,再比如情绪或者梦境的无意识反映,还有一些后天培养的能力,例如理性或信仰等。柯尔律治怀有一个根深蒂固的信念,那就是上帝与人类的各层级感知都有着密切的连接。最终,灵视会成为一个涵盖了从人们对自然最谦卑的认知到最高级的精神层面真理的概念。柯尔律治因著述庞杂、思想深奥一直被学界公认为英国浪漫主义运动中学识最深厚、最富思辨精神的诗人,他亦由此被赋予批评家、思想家和神学家的称号。柯尔律治无愧于这些称号,他对英国文学乃至世界文学做出了极大贡献,特别是他关于诗学想象力的论述。综观他的论著学说,最多被他提及和使用的词汇就是"有机

(organic)""同一性(oneness)"和"灵视(vision)"。正是这三个核心词汇很好地阐释了柯尔律治诗学想象力的内涵与意义,而其中"灵视"的概念在他的思想中始终起着决定作用。

柯尔律治重要的灵视模式是:客观—主观—超验。这个模式从客观角度自然的物质形态开始,进一步涉及创意和艺术的角度,最终到达了超验的境界,即对自然的精神内涵的感知和暗示。这与早在19世纪文学的一个重要的主题相一致,称之为浪漫主义的三联体,或自然的人性和神性间的关系。柯尔律治相信,通过人类完美的"灵视"力量,物质世界和精神世界之间的关系可能会得到充分的理解。柯尔律治认为,人在这一过程中绝不仅仅是被动的,自然实际上帮助人类在这一过程中审视自身、思考世界,甚至探寻神性。通过提供一些"自然的象征"或者是蕴含了内在精神价值的客观存在,自然激发了人们更高层次的审视:所有的身体的感受屈从于我们的理性,响应其号召,欢欣地服从其志愿,并无惊惧,就像在他们主人眼皮底下工作的仆人,我们隆重庆祝自身灵魂中外在表象和自然象征的长久结合。灵视在我们的精神世界和感官世界中均有出现。诗人,如果他掌握了"灵视"的最高水平,就能够深入理解"世间万物之谜",或自然的精神内涵。他声称,"我们的命运和本能,是去解读这个世界,而诗人往往是能够从自己的自然本性中感觉到这种新鲜强烈本能的天才,并理解世间万物甚至是关于最普通事物的解读和秘密"①。

虽然自然可以被理解为精神内涵,但是灵视这种模式是需要培育和发展的。柯尔律治相信上帝把自然当作精神的"外在表象"来创造,因此人类可以通过自然来窥探神的真意。从这个角度来说,自然就像图书或者语言一样服务于人类,帮助我们读取精神内涵。他认为,人们认识自然,就好像在远处看一面镜子,镜中人的形象非常清晰,并在热切地演说。虽然我们听不到他的声音,但他所说的内容我们可以通过其嘴唇的运动、他的神态风采以及脸上的肌肉状态推测出来。在《文学传记》中,柯尔律

---

① Coleridge, S. T. *The Notebook of Samuel Taylor Coleridge*, Vol. Ⅱ. Kathleen Coburn. Ed. London: Routledge and Kegan Paul, 1957, p.2602.

治认为"验证真理可以并必须使用我们的感观知觉,尤其是我们的双眼"①。这样,灵视既是被动的,也是主动的:身体层面的眼睛被动地记录下获得的印象,然而是内在的眼力来对自然形象的意义和价值进行主动的探索和理解,即灵视。视觉影像的转换并不会在"视觉的专制"下发生。如果在被动的双眼中映射出的仅是物质影像,那么它便与思想不相容,并挫败他意欲达到自身与外部世界感觉统一的愿望。但在某些快乐的时刻,诗人的灵魂摆脱了物质世界,他所看到的事物转变成了一种媒介,以便诗人获得更深层次的存在感。而该事物被视为基于存在这一准则的不同表现形式。在这种场合下,"看"这一行为不仅仅意味着认知的力度,也展示着生命和团结的力量。这与他对"自我"的感觉息息相关,他意识到自己的存在就是有机整体的一个组成部分。他在《文学传记》中再次引用普罗提诺的话语:"我们身上似乎出现了这种状况也似乎没有出现。因而我们该静静地观望,直到它突然闪现。"②

《1809》的一个片段中所言如下:

> 人类扩展瞳力,仿佛在天堂中寻找着/遗失于地球的事物/
> 双眼——透过间歇的落泪/半遮半掩地勾勒出内心梦想的形状、
> 颜色与距离③

"间歇的落泪",如同涓涓细流,模糊观察对象的轮廓。双眼透过眼泪只能视察到事物的一半;"可视一半"的双眼不仅赋予他"内心梦想"形状与颜色,还有距离。形状、颜色与距离,属于他的内心本质。

"闪现其中"一词相当于"半透明",该词运用于柯尔律治在《政治家手

---

① Coleridge, S. T. *Biographia Literaria*, Vol. I. J. Shawcross. Ed. Oxford: Clarendon Press, 1907, p. 107.

② Coleridge, S. T. *Biographia Literaria*, Vol I. J. Shawcross. Ed. Oxford: Clarendon Press, 1907, p. 108.

③ Coleridge, S. T. *The Notebook of Samuel Taylor Coleridge*, Vol Ⅲ. Kathleen Coburn. Ed. London: Routledge and Kegan Paul, 1957, p. 3649.

册》(The Statesman's Manual)中给予象征的著名论断。当感觉到超自然的光洒在一物体上时,以往感知到的不透明事物转变成了一种半透明的光的介质。他借与寓言的比较来解释象征一词:寓言仅是把"抽象概念转化为图片式的语言",而象征的特点则是"个体特殊的半透明性质",特殊体的普遍性抑或普遍体的特殊性。尤其是,通过世间的永恒之物的半透明性,它总是分担着现实使人清晰明了的责任。①

在这里,我们看到了一个典型的柯尔律治式的生命等级分类:个体、种属与整体。低等级如在同心圆中隶属于高等级,代表了他《生命的理论》(Theory of Life)一书中所阐述的本体论。较高的存在模式只能通过相应的较低的存在模式予以呈现。后者与前者有着相同的存在原则,即是前者的象征。柯尔律治在这里所强调的世间永恒之物的半透明性,似乎建立在永恒的基督教辩证法与神创性行为的时间鸿蒙之中,但此类问题将会在以后的研究中继续深入讨论。

在观察自然之物的时候,柯尔律治一直都在寻找能勾勒出他内心世界的外在形式,借助于形式来展示自身,他称这种形式为象征。象征即是自身之外的东西,有着客观存在性。他强烈意识到他的灵魂本身并不完美,他使用"半身"一词来描述这种缺陷。1808 年,他写道,"只有在某一象征物下,他才能思考,他的思维不能离开它而存在,因为它不仅是一象征,而且还是他的另一半身"②。他渴求灵视到这一象征物体,从而认识世界的真实与内涵。

1803 年,他在笔记中也作了如是阐述:"我的个体本性需要另一天性的支持,并在其存在的必要缺陷中只寄托于此"③。这里的"另一天性"极

---

① Coleridge, S. T. *Inquiring Spirit*:*A New Presentation of Coleridge*,*His Published and Unpublished Prose Writing*. Kathleen Coburn. Ed. London:Routledge and Kegan Paul,1950,p. 30.

② Coleridge, S. T. *The Notebook of Samuel Taylor Coleridge*,Vol. Ⅲ. Kathleen Coburn. Ed. London:Routledge and Kegan Paul,1957,p. 3325.

③ Coleridge, S. T. *The Notebook of Samuel Taylor Coleridge*,Vol. Ⅰ. Kathleen Coburn. Ed. London:Routledge and Kegan Paul,1957,p. 1679.

其类似于他的个体本性,但并不相同。在解释的时候,这种观念就好比使用相似而不同的管乐器,送入相同的气息,呼应着风弦琴的形象。同样的气息抑或同样普遍的精神通过不同的乐器缔造了"多样的化身"。这便是柯尔律治的灵视力量,它意味着相同的普遍思维表现在不同形式,或不同层次的存在之中。1804 年,柯尔律治患了淋巴结核,在医生的建议下和罗伯特·骚塞一起离家远航到马耳他,希望此行既能治好这个病又能戒除毒瘾。他在英国殖民地总督的帮助下谋得了一个职位,但他的健康状况依旧没有改善。

马耳他岛的深蓝色天空总能为他的灵感提供源泉。在 1804 年的记录中,他将天空描述为一座"柔美湛蓝的大拱门"。在他灵视的世界里,天空就像"倒置的高脚杯,蓝宝石大碗的内壁,好似空气中的无限空间呈现出了大教堂的圆穹顶形状"①。这在他三年之后回归故土时仍是记忆犹新:"马耳他的天空,更确切地说,太空、太阳昂然地悬空高挂于上,双眼似能透视其上下轻飘的海水,如此之蓝,天空实质的影像与固定真实的映像一样,在低沉的时刻,顺从地凝视,我便能湮灭原子论者持有的所有微不足道的体系!灵视既是基本存在的反射,又是其反射的动作,是实际真实的,因而,忠于原物而非凭空臆造。"②

诸如"大拱门""倒置的高脚杯""蓝宝石大碗"与"悬空高挂的太阳"此类的隐喻,均暗示着古老的希伯来人对天空的思考——苍穹犹若结实的圆顶,如《创世纪》(Genesis)第一章 6—7 所述,划分了水的上下。在诗人眼中,轻飘在苍穹上的水与地球上的实质水正是彼此的反映,它们之间息息相通。诗人通过"顺从的凝视",便可反驳原子论者的系统论,而坚信事物的统一性原则,只因统一性维持并包容着物质和非物质的世界。在《沉思之助》与其他地方,柯尔律治对"理性"的定义有别于"理解"。理解是一种散漫的能力,取决于其他基础的事实证据,理性属于"直觉",只凭本身

---

① Coleridge, S. T. *The Notebook of Samuel Taylor Coleridge*, Vol. Ⅱ. Kathleen Coburn. Ed. London: Routledge and Kegan Paul, 1957, p.2346.

② Coleridge, S. T. *The Notebook of Samuel Taylor Coleridge*, Vol. Ⅱ. Kathleen Coburn. Ed. London: Routledge and Kegan Paul, 1957, p. 3159.

而无其他基础。理性是一种沉思的能力,"较之理解,更为接近理智"①。"理性"与"感觉",以平白的语言,暗指两种截然不同的能力,而在这里,两者之间,彼此相连。"沉思"一词类似于普罗提诺的"学说"所表达的含义,意味着导向内部与外部的"深切的凝视"。其运行模式,较之散漫的思维,更为接近感觉或视力,因为它是真理的直觉反应。"直觉"一词,源于拉丁语 intueor,意蕴密切关注着某一事物。

然而,依柯尔律治之见,感官知觉转换成超越视觉的灵视,并不是一个简单直接的过程。如同登梯,他只能步步而上,以此获得他所认为的真理的最终实现。在《文学传记》中,他写道:"感觉本身不过是视觉初期,而非起源于智力,但智力本身在自我建设中,作为早期力量运行着。"②感官知觉并非象征主义观的直接原因,正如仅是感性形象的聚合体,也就不能创造出艺术品。于柯尔律治而言,"感觉"应是一个"视觉新生",即将降临的视觉,抑或是仍处于休眠状态的灵视力量。以我们的日常经验观之,它表现为纯粹的感官知觉,但却拥有着完全蜕变的潜力。毛毛虫从出生到蜕变成蝴蝶是柯尔律治最为喜欢的蜕变象征,因为这契合了他对创造行为的动态进化的认识。在柯尔律治源于希腊神话的短诗《心灵或蝴蝶》中,他说道,蜕变之难,似乎也可用于此人身上,因为在她获得丘比特纯洁的爱之前,接受了十分艰难的任务。

柯尔律治一开始采用了"看"这一简单的行为,以寻求灵视到象征之物,助他凌驾于纯粹的视觉世界之上。但自然仅是从属的语言标志,该标志比他在圣约翰福音中看到的层次更低。诗性想象的"修饰力"致使他荣升一级,但它只是一个神圣创造的"模糊模拟"③,抑或只是近似于他所渴望的整体性的最终归宿。

---

① Coleridge, S. T. *Aids to Reflectio*. John Beer. Ed. Princeton: Princeton University Press, 1993, p. 223.

② Coleridge, S. T. *Biographia Literaria*, Vol. Ⅰ. J. Shawcross. Ed. Oxford: Clarendon Press, 1907, p. 286.

③ Coleridge, S. T. *Collected Letters of Samuel Taylor Coleridge*, Vol. Ⅱ. E. L. Griggs. Ed. Oxford: Clarendon Press, 1956—71, p. 1034.

　　正如我们所看到的,柯尔律治对自然与灵视的兴趣是一种在其理智发展过程中贯穿始终的终生事业。对其自然与灵视的讨论和探索让我们能够更加清晰地看到柯尔律治看待自然的不同模式和态度。与柯尔律治关于洞察能力逐渐提高和上升的观念一致,柯尔律治认识自然的过程也分为最低级别的客观物体的外部观察和欣赏,到最高级别、最崇高的超验的内在灵视与领悟。柯尔律治专注于灵视的至善至美,把灵视视为一个能够潜在地消解存在于自然、人性和上帝之间界线的必需的,甚至是可以赎救的过程。

　　柯尔律治早期的笔记非常明晰地表现了他观察自然世界的客观灵视。在柯尔律治每日的乡间漫步与漫谈中,他的笔记展示了诗人对于自然景物的详细描述,这些描述不仅展现了他对自然美景的热情和激情,同时也让我们看到了他对准确捕捉和描写自然的投入。柯尔律治对自然的客观观察能力使他足以被称为一个自然学家,而更加可贵的是,柯尔律治可以非常自然流畅地从自然描述转到对这些自然景色内在意义的更加抽象的冥思上。阅读这些早期的记录,读者可以一路伴随柯尔律治在自然风景中旅行,同时又能在感悟自然中获得一种新鲜的内在和外在共存的灵视:"我因此几乎每天都要散步到昆特科山顶上,穿梭于山旁的峡谷与小溪中。手里拿着铅笔和备忘录,正如艺术家们所说的,我是在做一些研究,随着眼前的物体和形象随时触及着我的感官,我会不时地把思想形成于诗行。"①像印象派画家第一次带着他们的画板出去一样,柯尔律治每当出去散步总是带上他的笔记,随时记下他所体验的自然。为了在描写自然过程中保持视觉和情感上的直接性和生动性,柯尔律治竭力遵守自己的准则,即诗人"应该把新颖和新鲜的感受与旧的和熟悉的物体结合

　　①　Coleridge, S. T. *Biographia Literaria*. *Collected Works of Samuel Taylor Coleridge*, Vol. Ⅰ. James Engell and W, Jackson Bate. Ed. Princeton: Princeton University Press, 1983, p. 196.

起来"①。柯尔律治不是用眼睛被动地观看和接收物体,而是主动地思考,不断地改变和影响着他所看到的一切。

笔记揭示了柯尔律治具有超强精确描述的能力和像自然学家那样注意细节的眼力。他几乎对所有的自然物体施展其描写才华,他更加关注某些特殊的自然现象,特别是自然内部那种微妙的变化和转化,它们往往似乎能够折射出物质世界里正在发生作用的精神力量。柯尔律治对自然风景特别是湖区山脉以及阿尔卑斯山脉那种戏剧般的、极端而又令人生畏的风景的关注达到了令人惊恐的地步。不过,他笔记里的记录也更加注重那些难以捉摸的景色。他详细认真地保存着转瞬即逝的自然现象记录,比如天气、云景、光和阴影的变化、颜色以及诸如虹、星和月晕等天宇现象。天上的光尤其是月光和阴影对于其他普通景色的转变作用力也同样吸引着柯尔律治。他对风、光和暴风雨等这些看似能够激活自然的力量进行研究,这些观察和研究仅仅关联着他的美学和哲学情感。他对在理解自然过程中因肉眼误导而产生的视觉上的错觉或假象也感兴趣,因为想象力和情感这些力量影响左右着人的理解力。这些记录丰富了柯尔律治关于灵视的认识,即灵视是一个复杂的、多面的过程,而不是一个简单的、机械的解释。

除了对自然景色的精彩描写,这些笔记还展现了柯尔律治在体验自然过程中的那些情绪和精神上的共鸣。自然不仅仅自身形象美丽,它们还唤醒了人类灵视的力量,是一定精神意义上的象征和表现:"噢!上天!一千倍形象的结合每时每刻都在这神圣的山谷里经过,而我的思绪和眼睛却在混沌困顿中消磨——噢,让我拯救我自己吧——即使我机械地开始,哪怕只靠记忆的帮助,看一看四周,给每个事物叫个名字——描写它,就算作文笔的磨炼——这也许会带回先前情感的一些片段——因为我们

---

① Coleridge, S. T. *Biographia Literaria*. *Collected Works of Samuel Taylor Coleridge*. Vol. Ⅱ. James Engell and W. Jackson Bate. Ed. Princeton: Princeton University Press, 1983, p. 17.

只能靠这些自然营养而生活。"①

这段话表现了诗人身处自然景色时,其内在的和外在的灵视同时被激发出来了——他的思想和眼睛需要从混沌困顿中被拯救出来。观察自然并且叫出每样东西的名字,回应了《创世纪》里亚当给予每个创造物的命名,修复着他与这个世界那种情绪和情感上的联系。这种视觉的行为远不是被动的,而是积极主动的、恢复活力的,甚至是救赎灵魂的,这也许会带回先前情感的一些片段,或者是一种使得心智、自然与上帝之间内在联结的感觉。

柯尔律治在其抒情诗歌里所表现的对自然的灵视糅合了客观灵视自然之美与艺术家灵视之多维视角。柯尔律治认为诗人天生就被赋予了对自然外部形式的特殊感悟能力,同时,他们还被赐予了特殊的内在灵视的力量,即能够从自然中读出精神意义,以其自身艺术家的形式与上帝的自然创造形成共鸣,因此,诗人扮演着半个预言家的角色,对自然的精神意义进行阐释和解读。诗歌是诗人灵视旅程的表现形式,带领读者走进自然,感悟诗人对自然的阐释。诗歌赞美着存在于自然与精神世界里的同一性的至高灵视。

柯尔律治认为诗人需要真实地展示观察自然的灵视力量并且传达出它的意义。他的谈话诗歌《午夜寒霜》和《风弦琴》都展示了诗人不同类型的灵视。诗歌开始设置一个爱人或者一个亲密的朋友作为听众,形成一种富于情感联系和交流的谈话形式。然后,以丰富又煽情的细节展开自然景色的描写。最后,揭示出这些自然形象里蕴含的深层次的精神意义。诗人运用了三种灵视的形式:外部客观的灵视,情感和主观的感悟,以及最后超验的或精神层面上的洞察。这样,在这个充满想象力的世界里,诗人就成为调节自然、人类世界和上帝之间关系的中介了。诗歌以灵视旅程形式带领读者走进自然世界,并不断唤醒多面的灵视力量。《这棵菩提树,我的牢房》最好地表达了柯尔律治超越自然表面的灵视智慧,他认为

① Coleridge, S. T. *The Notebook of Samuel Taylor Coleridge*, Vol. Ⅲ. Kathleen Coburn. Ed. London: Routledge and Kegan Paul, 1957, p. 3420.

自然绝不会离弃明慧的朴素心灵之人：庭院再狭小，也有自然驻足之地，荒野再空旷，也可以多方施展我们的耳目官觉，让心弦得以保持对爱和美的灵锐感应。柯尔律治强调自然能够激发包括身体和情感等的所有感官的感悟能力，诗歌不仅是一个外部世界的旅程，也是一个内心世界的情感旅程。这一点在《午夜寒霜》里也得到了极致的诠释：

> 你就会看到各种美丽的景象，
> 你就会听到各种明晰的音响，
> 这些，都属于上帝永久的语言，
> 他在永恒中取法于万物，而又
> 让万物取法于他。宇宙的恩师！
> 他会塑造好你的心灵，既然
> 向心灵颁赐，也就让心灵索取。（59—65）①

这里，自然被转化成了上帝自己使用的"永久的语言"，而他又在永恒中"取法于万物"。把自然视为一本上帝之书的观念并非柯尔律治独有，但正是柯尔律治在他这些早期诗歌里更加大胆地提升了这一思想。

这些早期诗歌的最后，柯尔律治总是把诗学灵视推向极致，极尽展现自然与精神、创造与被造、单一与众多融合而成的一种显而易见的同一性：

> 又何妨把生意盎然的自然界万类
> 都看作种种有生命的风弦琴，颤动着
> 吐露心思，得力于飒然而来的
> 心智之风——慈和而广远，既是

---

① 文中所有引用柯尔律治诗歌原文见 Halmi, Nicholas, Paul Magnuson, Raimonda Modiano. *Coleridge's Poetry and Prose*, New York • London ：W. W. Norton & Company, 2004. 译文除了特殊注明外均选自杨德豫译：《华兹华斯、柯尔律治诗选》，人民文学出版社 2001 年版。个别地方有改动。

各自的灵魂，又是共同的上帝？（《风弦琴》，45—49）

柯尔律治对自然的热情和对其与精神世界联系的信念始于他的童年时代。在他很小的时候，柯尔律治就坚信单纯身体感官不能满足对现实的描写。他回忆起他在读《一千零一夜》时，直觉告诉他在五个感官之外存在着一个精神世界："从我早年读的神话和妖怪故事里，我的大脑总习惯于去思考大千世界，我从不把我的感官作为我信念的标准，即使在那个年龄，我都会以我的想法而不是我的视觉来调节我的信念。孩子们应该被允许阅读浪漫传奇和那些描写巨人、巫师和妖怪的故事吗？我知道这些都是不允许的，但是，我已经形成了自己坚定的信念，我知道没有别的办法能够让大脑热爱这一崇高和整一。"[①]

这种对崇高和整一热爱的直觉与柯尔律治对自然世界的激情一起持续到他成年时期，也是他大量产出诗学著作的时期。在《文学生涯》中，他阐述了自然是如何辅助和形成了他在文学上和才智上的能力："有一个长久的、神圣的间隔时间，其间我的自然官能可以无限扩张，我最初自身发展的意向、我的幻想、对自然的热爱和对以声音和形象表现出来的美感"。[②]

虽然自然在改变和影响他所有早期直觉、感官和情感的过程中起着核心作用，但是，它又绝对不能以牺牲他在精神世界里的信念为代价。因此，柯尔律治竭力去寻找一个足以支撑其观念的理智框架，这也许是他此时从诗歌创作转向理论书写的原因。由此，柯尔律治开始长期探寻能够解释自然与精神之间关系的哲学的和玄学的理论模式。柯尔律治虽然最终没有找到这样一个模式，但是，这些努力展示了他为培养各种灵视力量所做的不懈追求。

---

① Coleridge，S. T. *Letters*，Vol. Ⅰ. E. H. Coleridge. Ed. London：Heinemann，1895，pp. 16—17.

② Coleridge，S. T. *Biographia Literaria. Collected Works of Samuel Taylor Coleridge*，Vol. Ⅰ. James Engell and W. Jackson Bate. Ed. Princeton：Princeton University Press，1983，p. 17.

晚年,柯尔律治更加集中精力为他的基督教信仰和他早年的才智、直觉达到和谐而努力,三位一体的宗教教义为人类提供了一个以自然多种形象展现自己的统一的万能的上帝。要想理解三位一体上帝的精神实质,人必须要有各种形式的精神灵视。这个上帝是单一,也是众多;纯粹精神的,然而又是物质形态的。虽然在后来的诗歌中少见或者不见自然的细节描述,但是,柯尔律治从未放弃对自然的关注和热爱,像早年一样,"自然仍然是他神圣计划中的根本部分"①。

柯尔律治认为灵视的最高境界是能够领悟精神和自然世界之间的关系——众多神秘问题之一,单一与众多、精神与物质、短暂与永恒的关系等都是贯穿柯尔律治才智生涯谜一般难以解决的问题。柯尔律治的终生兴趣可以分为三个阶段:第一,青年时期关于自然与精神互相关联的直觉,这一点与其早期笔记和诗歌相吻合;第二阶段是他力图探寻一种自然与精神之间的美学、玄学和哲学的框架,表现在他中年时期的散文作品中;第三阶段是其晚年那种日益强烈地依赖于灵视的宗教模式。柯尔律治对文学理论、哲学与科学到最后宗教传统等无数知识资源进行研究,这些研究更加坚定了他对灵视力量的信念,灵视能够调和并统一包括自然与精神等明显对立面的因素。

---

① Harvey, Samantha. *Coleridge on Nature and Vision*. London: Continuum, 2008, p. 6.

# 1.2　表现自然

　　与华兹华斯相比,柯尔律治似乎没有在诗歌中特别是在他的三首超自然诗歌中突出或者明确地歌颂自然,表现人与自然的亲密关系,但是如果深入他的书信、诗论、诗歌乃至他的生活,我们不难发现他对自然的深刻认识和对人与自然关系的哲学思考。他的生活与诗作均与自然密切关联。1798 年 3 月,他在给自己弟弟乔治的信中表达了他曾经积极投身政治的遗憾,同时明确表示了他将全身心投入深化人类感悟自然这一更加具有价值和意义的事业之中。他认为政府的兴盛与衰落就像是发烧引起的肿瘤,只会挑起而不是治愈人类灵魂深处的恶念,而自然则能够把向善之爱灌输于人并使人充满新生道德力量的希望和幸福。柯尔律治希望通过自己的诗作把这一力量永久地传递下去,在《书信》第一卷里,他曾这样写道:"我总是带着一种近乎灵视的情愫热爱土地与山林——正是这种情愫的增强使得我的内心充盈着仁爱与平静。因此,我希望能与别人分享,希望能通过保持平静而不是与之对抗来消除坏的情绪。"①

　　实际上,柯尔律治早期的笔记里也展现了多个关于"美德与热爱自然"论题的诗学论述,与此同时的 1795—1798 年间,柯尔律治创作了《风弦琴》《午夜寒霜》《这棵菩提树,我的牢房》《夜莺》等谈话诗歌。这些诗歌如其题目所表示的几乎都源于某一个具体的时间和地点,聚焦于诗人独

---

　　① Coleridge, S. T. *Collected Letters of Samuel Taylor Coleridge*, Vol. Ⅰ. E. L. Griggs. Ed. Oxford: Clarendon Press, 1956—71, p.658.

立想象体系中的事件和物体,而这些不同景物又激发着他的想象力并使他得以发现存在于这些表面上毫无联系的元素之下的整一。发现所有事物得以统一的"同一性",了解众多"不一"是如何成为一个和谐的整一,也许正是柯尔律治的终生追求。

柯尔律治在他同时代(19 世纪)甚至后来的一些批评家眼中一直是一个沉溺玄学世界的诗人,然而,我们不难惊讶地发现,他的早期笔记却明确地记录着他作为"自然女神的眼奴(An Eye-Servant of the Goddess Nature)①"花无数时光煞费苦心记录自然景象的事实。1798—1799 年,柯尔律治来到德国旅行,其间写下了很多游记和信件,从中可以看到诗人对当时德国哲学家们思想争议的关注和思考,但是,我们同样可以发现柯尔律治对德国乡村自然风光的欣赏与迷恋。柯尔律治的此次德国之旅和他后来在湖区、苏格兰、意大利等地旅游中写下的大量的描述性散文足以反驳那种认为柯尔律治思想不受外部自然影响的观点,同时也证明了自然对柯尔律治来说"有其独自的意义"②。无论到哪里旅游,柯尔律治都会专注于某一景物最细微、最瞬息万变的客观表现并耐心地给以远近不同景象的描述,深入观察自然中重复不断的千变万化,思考并阐明其内在的规律。

关注柯尔律治自然描写的批评家们和他一些亲密的朋友都发现柯尔律治的自然描写与当时风行的游记、地形地貌图表或个人日记等很少相似。卡瑟琳·科博恩评论说,柯尔律治"用于光和色彩的语言……在他同时期的英国文学中是不存在的,他所看见的是一百多年前法国印象主义的色彩"③。乔治·沃雷(George Whalley)认为,与多萝西·华兹华斯的

---

① Coleridge, S. T. *The Notebook of Samuel Taylor Coleridge*, Vol. Ⅴ. Kathleen Coburn Ed. London: Routledge and Kegan Paul, 1957, p. 2026.

② Modiano, Raimonda. *Coleridge and the Concept of Nature*. London: Macmillian, 1985, p. 8.

③ Coburn, Kathleen, *The Self Conscious Imagination*. London: Oxford University Press, 1974, p. 54.

日记相比，柯尔律治的笔记描写"更具语感优势"[①]。帕提丽萨·保尔（Patricia Ball）认为柯尔律治比多萝西·华兹华斯"更能够捕捉自然景色里光、色、形的瞬间变化"[②]。

　　柯尔律治为何如此醉心于自然风景的细节呢？他并不是为简单地描写自然而深入自然的，他这种初步的外部观察和接触自然有其深层的目的和意义。不像华兹华斯，在观察和认识自然景物的过程里，柯尔律治完全遵循景物美学里的一个普遍原则，即艺术准则可以为揭示自然界万物中最本质的和谐提供方法。对柯尔律治来说，"风景（picturesque）"这个词意味着我们可以在画里看到的自然万物的美妙组合。柯尔律治总是深深地被自然风景吸引，那种颜色、反差与形式的完美结合就如同一位高超能力的艺术家的杰作。为加强自己对自然深层神秘组合的理解，柯尔律治还常常转向风景画的欣赏。他在《笔记》中写道："绘画与雕刻使我们回归本真，以新的视角看待自然"[③]，他这种对艺术准则的坚持可以体现在他有意以语言的形式对两位艺术家朋友华盛顿·奥斯顿（Washington Allston）和乔治·布蒙特（George Beaumont）的风景画的模仿上。可以说，柯尔律治对风景画的领悟和他对真实景物的表达近乎一样，有时如果不了解相关画家的风格或套路，我们很难区分他的描写究竟来自绘画还是真实。当然，柯尔律治的这些模仿并不是简单地就表象照抄照搬，他总是以画家的眼光来观察自然风物，专注于捕捉深藏于自然粗犷外表之下的和谐元素。正如画家使用色彩画画，柯尔律治则利用语言来表现自然之美、和谐之美。

　　"城墙上骑在山羊背上的孩童。——神圣的落日/浓烈的光亮——一抹黄铜色的薄雾，飘过山林的一端，立马钻进强烈的火焰——城墙上树木

　　① Whalley, George. Coleridge's Poetic Sensibility. *Coleridge's Variety*: *Bicentenary Studies*. John Beer. Ed. London: Macmillan, 1974, p. 8—9.

　　② Ball, Patricia. *The Science of Aspects*, p. 22. See p. 18—34 for a general discussion of Coleridge's notebook Descriptions.

　　③ Coleridge, S. T. *The Notebook of Samuel Taylor Coleridge*, Vol. Ⅰ. Kathleen Coburn. Ed. London: Routledge and Kegan Paul, 1957, p. 1907.

和流动的人群与这铜色的灿烂相交映——"①

"两个孩子,在雨中披着一件雨衣,他们的胳膊互相抱着对方,他们的脸颊,一对儿! 还有衣服等,美丽如画。"②

可以看出在柯尔律治的自然描述中,人与自然不是主客体的关系,人作为自然场景的一个细节,等同于其中的任何一个自然元素。柯尔律治总是以一种整体的意识把表面上不相干的物体放在一起,创造一种由部分组成的和谐整一,柯尔律治称之为"没有融合的整体(units without union)"③。

柯尔律治在观察认识自然的过程中注重整一,力图观察和认识一种优美的——"同一而又不可分割的事物"④。这与他早年接触普罗提诺〔Plotinus,新柏拉图主义(Neoplatonism)的创始人,公元 204—270 年〕、贝克莱(Berkeley,爱尔兰主教及哲学家)和斯宾诺莎等人的一元论哲学密切相关。从其早年开始,柯尔律治就一直探索理解同一性,坚定地认为"一定有同一性的存在,不是一个强烈的组合,而是一个绝对的整一(there must be a oneness, not an intense Union, but an Absolute Unity)"⑤。自然具有内在固有的整一,尽管表面上以多样性假象表现,文学艺术家们的主要任务就是要去帮助人类发现并很好地认识自然中固有的和谐与整一,自然虽然以各自不同的物体形式出现,但这是彼此之间的区别而不是分离,他们相互作用和依赖,共存一个和谐的整一世界。柯尔律治早期倾心于外部自然景物的观察和描写不仅表现在他的笔记和论

① Coleridge, S. T. *The Notebook of Samuel Taylor Coleridge*, Vol. Ⅰ. Kathleen Coburn. Ed. London: Routledge and Kegan Paul, 1957, p. 346.

② Coleridge, S. T. *The Notebook of Samuel Taylor Coleridge*, Vol. Ⅰ. Kathleen Coburn. Ed. London: Routledge and Kegan Paul, 1957, p. 1468.

③ Coleridge, S. T. *The Notebook of Samuel Taylor Coleridge*, Vol. Ⅰ. Kathleen Coburn. Ed. London: Routledge and Kegan Paul, 1957, p. 1452.

④ Coleridge, S. T. *Collected Letters of Samuel Taylor Coleridge*, Vol. Ⅰ. E. L. Griggs. Ed. Oxford: Clarendon Press, 1956—71, p. 349.

⑤ Coleridge, S. T. *The Notebook of Samuel Taylor Coleridge*, Vol. Ⅰ. Kathleen Coburn. Ed. London: Routledge and Kegan Paul, 1957, p. 566.

著中，而且他以多首谈话诗歌的形式证明了他对自然景物的态度和认识。

《风弦琴》和《离开隐居之地的沉思》这两首最早的谈话诗歌让我们对柯尔律治在确立与自然关系过程中所经历的困难有了更好的理解，而这一过程早于他与华兹华斯兄妹之间所发展的文学或个人情感的关系，当然，也有其他作品比如谢林关于自然与美学哲学方面的书籍，反映了才智影响的存在造成了柯尔律治在力图保持与外部自然物体平衡互动关系中的困惑与艰难。柯尔律治与自然的纠结关系表现在，他要么全身心地沉溺自然而必须接受与世俗和社会切断关系的结果，要么坚定地保护着才智能力的独立性，而这种能力柯尔律治认为恰恰是从与自然的亲密接触中获益而来的。与自然过于亲密会使柯尔律治走向泛神论和与正统基督教教义对抗的境地；如果过于强调自我而无视自然，柯尔律治必然面对伯克利那种主观唯心主义的威胁。为了调解这两个同样难以定论的极端，柯尔律治发展了一种象征主义的哲学，目标在于通过超验的念想确立自然与一个完全独立的、具有想象力的心智的共存。

在柯尔律治早期的谈话诗作中，与自然的交流无论是否强烈与满足都反映了诗人内心的矛盾冲突与思想斗争。在诗歌《离开隐居之地的沉思》中，爬山的艰难为说话者提供了一种自然的神圣整一感和自我与客体结为一体的回报性体验。然而，这种体验在面对社会义务而必须放弃个人追求时，似乎总显得其价值具有局限性。此外，就自我与自然融合的方式来说，他的谈话诗作总是会表现出一些矛盾心理。柯尔律治探索了实现主体与客体理想同一性的两个主要可能性，对这一复杂活动中的两个动因给予了不同的强调。一方面，心智似乎通过走向自然和通过学习来解释其不同的"形状和声音"的字母表，来参与到无所不包的整一中。在这一取舍和抉择中，和谐假定存在于自然内部，自我仅仅完成了一次寻找通向外部世界的有机整一的入口的任务而已。另一方面讲，自我占据优势，它以原始声音代表了所有自然的美妙语言。《这棵菩提树，我的牢房》以其最为乐观的形式阐释了这种选择。诗歌谈话者通过在内心构建一个他那些更加幸运的朋友们所履行的旅程计划，成功地克服了其自身最初因为意外而被困在菩提树下，不能与朋友同游所带来的郁闷和不快。随着他跟随朋友从狭窄的小山谷一路来到辽阔的旷野"在宽广的天宇之下",他那种被限制禁闭的感觉自然消失,他对待朋友们的态度也由最初的嫉妒变成了一种更加宽厚愉悦的情愫,这种情愫被济慈称作是上升的"快乐寒暑表",是诗人通过想象力在客体生活中的参与而达到的一种精神上与自然同一的至高体验:

> ……让我的友人
> 也像我那样,感受到深沉的欢愉,
> 肃立无言,思潮涌溢;环视着
> 浩茫景象,直到万物都俨如
> 超越了凡俗的形体;全能的神明
> 为缤纷色相所掩,威灵仍足以
> 令众生憬然于他的存在。(37—43)

可见,诗人对外部客体的强烈感悟为其心智成功地感知和获取世界里的精神力量提供了途径和方法。反过来,这种灵视的张力又滋养出一种更加优美精确和丰富多彩的感知意识。回到这个菩提树凉亭,诗人发现,这个地方原先被看成是一处荒凉荒野之地,而现在却是一个充满欢乐之声和美丽景色的养心养眼之景。诗人因此得出结论,大自然总是喜欢慷慨地恩惠那些"明慧的素心人",这一结论恰恰反映了诗人对自然的那种更深一层的理解和感悟:

> ……从此,我懂得
> 自然绝不会离弃明慧的素心人;
> 庭院再狭小,也有自然驻足,
> 荒野再空旷,也可以多方施展
> 我们的耳目官觉,让心弦得以
> 保持对"爱"和"美"的灵锐感应!(59—64)

在把自我与自然进行和谐融合策略方面,《这棵菩提树,我的牢房》给我们提供了一个最乐观的也是最有活力的版本。心智在与外部客体相互作用的过程中绝对不是被动的,感悟本身是由情感和想象力支撑的主动状态。然而,先决条件依然存在那里,即自然世界具有固有的整一,人类的心智要承担起发现它的任务。这首诗歌里所展现的心理力量使得主体直指诗人对待山野风景的极致灵视,与柯尔律治对于自然景色的观察是一致的,即客体怎样直接作用于心智。这样,当诗人灵视到了一种无限伸展的风景直到"宽广的天宇"和辽阔的大海时,其内心第一个情感变化的迹象也就出现了。自此,大自然的美色在诗人面前展露无遗,诗人开始更加强烈地体验自然并彻底地领悟其内在规律。这首诗歌所传递的意念非常明确和直接:要想摆脱那种因客观原因造成的而且又是毫无意义的自我封闭和悲悯,主体自身必须首先置身于自然之手,并且赋予自然与人确立互动规律的特点。从自然角度说,根本的规律如爱默生所说:"人是我的创造物,尽管他有鲁莽不适的灾难和悲痛,只要与我在一起,他就会快乐。"[1]这一观点也许在《夜莺》开篇部分得到最为清晰的展示。《夜莺》是柯尔律治唯一一首选进《抒情歌谣集》的谈话诗歌,诗歌一开始就驳斥那种把夜莺与忧郁情感联系一起的传统思想,借此诗人开始对人与自然之间亲密关系的真诚与虚假的差异进行反思。错误虚假的自然关系是往往把人自身的痛苦投射于自然之物,进而在看待外部世界的每样物体时,映射出的都是自身的情绪和欲望。人一旦难以控制"把自身的情感推及于万类"(19)的诱惑,他就很难走进真实的自然,当然也就很难接受来自外部世界的影响,"任何甘美的调子,他听来都像是诉他的冤苦"。(20—21)正是这种人"最先把'忧郁'加之于夜莺的歌曲。不少诗人也附和了这种奇谈"。(23—24)因此,柯尔律治建议将来的诗人们要摆脱这种旧的观念,开始真正体验自然之美:

---

① Emerson, Ralph Waldo. Nature. *The Complete Essays and Other Writings of Ralph Waldo Emerson*. Brooks Atkinson. Ed. New York: The Modern Library, 1940, p. 6.

　　　　远不如悠然躺卧在

　　　　树立苍翠、苔藓如茵的谷地里，

　　　　傍着溪流，沐浴着日光或月光，

　　　　把他的灵根慧性，全然交付给

　　　　大自然的光景声色和风云变幻，

　　　　忘掉他的歌声和名声！那么，

　　　　在整个大自然的庄严不朽中，

　　　　他的名声也有其一份；那么，

　　　　他的歌声就会使自然更加可爱，

　　　　这歌声也会像自然一样动人！（25—34）

　　柯尔律治要表达的是，人只有抛却主体自身身上的主观性，才能与自然共建正确的关系，也因此才能从自然中获得应有的美好。诗人只有放弃多产的欲望和急于成名的念想，才能够获取与更高层面力量的接触，而这一接触乃是诗人所有持久艺术表达能力的源泉所在。身体的放松是获得接受外部影响状态的第一步，诗人应该"悠然躺卧在树立苍翠、苔藓如茵的谷地里，傍着溪流，沐浴着日光或月光，把他的灵根慧性，全然交付给大自然的光景声色和风云变幻，忘掉他的歌声和名声！"通过置身于自然，诗人有望能够创造出一个具有真实自然形象的、活力的艺术作品。《夜莺》是柯尔律治自然观的最佳体现，因为它毫不含糊地表达了人的心智与外部物体互动的成功之道。同时，柯尔律治也强调，艺术家不能盲目地照抄自然，否则他将会陷入"一种无用的敌对状态"，这种状态只能制造一些无生命活力的面具；同样，如果以一种预设的美学思想开始，他将产出的是毫无真实而言的空洞的形式罢了。柯尔律治认为，艺术家必须抓住并理解自然的精神，这种精神以一种至高的感觉预设了自然与人类灵魂之间的联结，而对这一联结的清楚认识界定了艺术作品中的精神特质。

　　不过，随着柯尔律治三首超自然诗歌的问世，他的《文学传记》，他关于国家、宗教等问题的著作的不断出版，批评家和读者们发现柯尔律治不再关注自然，而且远离了自然，尤其是把他与华兹华斯做对比，至少表面上看不到他对自然的热情。那么试问，一个很早就对自然内部规律有深刻认识的诗人、哲学家怎么可能轻易转向自己的对立面呢？实际上，随着对自然认识的深入，柯尔律治"早年对待自然的专注和热情不是减弱或消失，而是转向了对自然内部构造和发展规律的洞察上面了"①。

1806 年 6 月 23 日，柯尔律治继远离故乡两年零两个月之后，从意大利的里窝那出发，回到了久违的英国。在马耳他和意大利期间，他试图以工作与环境的转变来恢复健康，已见些微效。然而，对故土环境的热切怀恋与期许使他几近绝望。在离开的那个暴风雨夜，他在笔记里记录了对雷击而亡的渴求。于他而言，"雷击而亡"即是"自然中最贴合死亡这个抽象意涵的具化实现"②，这就形成了柯尔律治式独到的灵视方式。事与愿违，在历经 56 天的航程之后，柯尔律治安全地抵达了英国，并于 1806 年 8 月 17 日，登上了故土的海岸。

在 19 世纪的首个十年间，包括在马耳他的时候，柯尔律治以不同寻常的洞察力描绘着自然之物。当他意识到"好诗不在"之际，便诉诸笔记，笔笔撒下他思绪的碎片，似在追寻先前诗意弥漫的幸福时刻。成千上万的美好意象，即在眼前，却无法使之动容，于是他呐喊着："容我唤醒自身——即便机械式地开场，只能凭借记忆观察，以命名四周之物——但倘若尝试用语言描绘，便可能寻回先前的感觉片段，只因我们以外界事物为养分而生"③。

如同羊群在外界觅食，诗人也试图在外部世界找寻着一切可令之动心之物。另一方面，在诗篇《致颓丧——颂歌》中，他抱怨自己看得到却感受不到自然之美，原文如下："我可能并不期许以外在形式获取/激情与活力，源泉的内在属地。"柯尔律治作为理想主义者，同意主张生命的力量须

---

① Modiano, Raimonda. *Coleridge and the Concept of Nature*, London: Macmillan, 1985, p. 138.

② Coleridge, S. T. *The Notebook of Samuel Taylor Coleridge*, Vol. Ⅱ. Kathleen Coburn. Ed. London: Routledge and Kegan Paul, 1957, p. 2866.

③ Coleridge, S. T. *Collected Letters of Samuel Taylor Coleridge*, Vol. Ⅱ. E. L. Griggs. Ed. Oxford: Clarendon Press, 1956—71, p. 709.

源于"灵魂本身"。1801 年,与洛克和牛顿(Newton)倡导的经验主义哲学相左,他写信给托马斯·普尔(Thomas Poole),指出牛顿学说的思考总是被动的,如同"一个注视着外部世界慵懒的旁观者"①。纵使两年之后他写了一封撤回先前论调的信,他对哲学体系的评论也只是基于感官知觉,抑或可以如是说,柯尔律治所谓的"视觉的专制"②尚未动摇。这不是有悖于他所说的"以外界事物为养料"的生活方式吗?

实际上,诗人在强调外部世界之际,同时也应关注其内在本质,而我们必须考虑这两种不同的观察模式。1801 年 3 月,他在凯瑟克的葛丽塔大厅写信给戈德温,信中说道:"我只看见山的轮廓曲线;而星星,在我仰视的时候,自发形成三角形……我的诗意已荡然无存。"③然而,几个月之前,他在此地也写信致约西亚·韦奇伍德(Josiah Wedgwood):"我经常在深入思考之际,不由地走到窗口,在那儿无意地轻瞥而非有意地注视,突然眼前的凯瑟克湖泊与博拉戴尔群山跃然涌入我的思潮。"④继而,熟悉之物让他突生一种新奇感。

对"无意轻瞥而非有意注视"的理解至关重要。他看着群山,但他们的影像却十分模糊,只看到他们的"曲线轮廓"。他看着群山,却没能清晰入微地观察到群山之状,唯有全景侵袭着他,激发他的内心感受。同时,也不禁让人想起柯尔律治的短诗 *Apologia pro vita sua*,文中,诗人在一片火光曳曳的煤层中察觉到了一种崇高感,余烟从中袅袅盘旋而上。在创造的时刻,诗人赋予自身肉眼以放大化的功能,确切地说,他从不定型的黑色轮廓中解放了双眼。而看待事物的同种模式,如下文所述:"双眼静静稳妥地停留于一事物,似对象并非是它或其中任一部分,抑或是以某

---

① Coleridge, S. T. *Collected Letters of Samuel Taylor Coleridge*, Vol. II. E. L. Griggs. Ed. Oxford: Clarendon Press, 1956—71, p. 1014.

② Coleridge, S. T. *Collected Letters of Samuel Taylor Coleridge*, Vol. II. E. L. Griggs. Ed.. Oxford: Clarendon Press, 1956—71, p. 714.

③ Coleridge, S. T. *Collected Letters of Samuel Taylor Coleridge*, Vol. I. E. L. Griggs. Ed.. Oxford: Clarendon Press,1956—71, p. 644.

④ Coleridge, S. T. *The Notebook of Samuel Taylor Coleridge*, Vol. II. Kathleen Coburn. Ed. London: Routledge and Kegan Paul, 1957, p. 3025.

种方式把观察这一行为落实于此物之上,如同把全部注意力都转放在了内心的感受上。"①这里诗人不仅是在观察外部世界,同时也在倾听自己内心的声音:视觉在整个身体感官中是综合协调的,引导我们走向外部世界,也揭示了我们潜藏的内心世界。当柯尔律治看着或凝视自然之物的时候,该物体似乎失去了明显的轮廓,不只是视觉影像,而是蜕变成了另一物。

下文是写于 1805 年 4 月 14 日众所周知的小段,尼古拉斯·里德(Nicholas Reid)称之为柯尔律治记事本的"入门启航"②:"观察着自然之物之际,我沉思着,正当那边的月亮黯淡地穿透弥漫着露珠的窗棂,与其说是观察着新事物,我更像是在追寻一种深藏己身已久永恒的象征语言。即便确实是在观察新事物,但我仍总觉得朦胧晦涩,好像这种新形式就是内心本性中遗忘或深藏的真理隐隐的觉醒/作为一个词,一种象征,这仍是妙趣横生的! 啊,它是创造者! 进化者!"③

于此,对月亮的影像仍是模糊不清的,他所观测之物成了一个词,一种符号。自然之物在与他灵魂交融之际完成了转变,不再属于简单的事物或影像,相反,蜕变成了一种语言,蛰伏了很长时间,现下为他代言,为他所听。因而,自然之物转变并"唤醒"了诗人潜藏着的思想与感觉,同时它使神所吐露的永恒之语变得清晰可懂。特雷福·H. 莱弗里(Trevor H. Levere)在《诗歌源于自然》(Poetry Realized in Nature)中指出,在呈给约翰·胡卡姆·弗里尔(John Hookham Frere)的《沉思之助》的副本中,柯尔律治的手稿标注了事物与思维的区分:考虑思维涉及事物,考虑事物又涉及思维,"前者,思维逐渐世俗化;后者,事物转变成为符号,渐显理智化。情势的感官面纱失去透明度,物质,守护神……

---

①　Trevor H. Levere, T. H. *Poetry Realized in Nature*. London: Cambridge University Press, 1981, p. 97.

②　Reid, Nicholas. *Coleridge, Form and Symbol*. Hampshire: Ashgate Publishing Limited, 2006, p.1.

③　Coleridge, S. T. *The Notebook of Samuel Taylor Coleridge*, Vol. Ⅱ. Kathleen Coburn. Ed. London: Routledge and Kegan Paul, 1957, p.2546.

闪现其中"①。前者假借一具体形象来表达抽象概念,而后者通过超越感官的洞察力来表达,尽管它只适用于该现象本身。

在观察自然之物的时候,柯尔律治一直都在寻找能勾勒出他内心世界的外在形式,借助于形式来展示自身,他称这种形式为象征。象征即自身之外的东西,有着客观存在性。他强烈意识到他的灵魂本身并不完美,他使用"半身"一词来描述这种缺陷。1808 年,他写道,"只有在某一象征物下,他才能思考,他的思维不能离开它而存在,因为它不仅是一象征,而且还是他的另一半身"②。柯尔律治一直渴求着这一象征物,这一象征主义哲学使其一方面避免了完全走向泛神论和与正统"三位一体"教义的对抗,另一方面摆脱了伯克利极端唯心主义的威胁,而最终通过超验的灵视与念想,实现客观自然与主观想象的和谐共存。

1803 年,他在记事本中也作了如是阐述:"我的个体本性需要另一天性的支持,并在其存在的必要缺陷中只寄托于此。"③这里的"另一天性"极其类似于他的个体本性,但却不相同。在解释的时候,这种观念就好比使用相似而不同的管乐器,送入相同的气息,呼应着风弦琴的形象。同样的气息抑或同样普遍的精神通过不同的乐器缔造了"多样的化身"。这便是"同语反复"一词的暗自表现,该词是柯尔律治以希腊词根创造而生,并运用于他对象征的定义:"它意味着相同的普遍思维表现在不同形式,或不同层次的存在之中。"④至此,柯尔律治与自然之间的关系从低级直观的外部形象的观察与描写转向其更高层面上的内在意义上的灵视与觉悟。

---

① Coleridge, S. T. *The Notebook of Samuel Taylor Coleridge*, Vol. Ⅲ. Kathleen Coburn. Ed. London: Routledge and Kegan Paul, 1957, p. 3325.

② Coleridge, S. T. *The Notebook of Samuel Taylor Coleridge*, Vol. Ⅰ. Kathleen Coburn. Ed. London: Routledge and Kegan Paul, 1957, p. 1679.

③ Coleridge, S. T. *Inquiring Spirit: A New Presentation of Coleridge, His Published and Unpublished Prose Writing*. Kathleen Coburn. Ed. London: Routledge and Kegan Paul, 1950, p. 30.

④ Coleridge, S. T. *The Notebook of Samuel Taylor Coleridge*, Vol. Ⅱ. Kathleen Coburn. Ed. London: Routledge and Kegan Paul, 1957, p. 2600.

# 1.3　自然诗歌的两种形式

尽管柯尔律治与华兹华斯同意各自进行超自然诗与自然诗的创作，但倘若因此而认为两种不同的诗歌意味着这两人的截然不同，就不免缺乏理据了。柯尔律治对于《抒情歌谣集》的贡献中，仅《古舟子咏》（*Rime of the Ancient Mariner*）一诗确切地属于超自然诗。而《地下城》（*The Dungeon*）与《养母的故事》（*Foster-Mother's Tale*），均取自于他的悲剧《奥索里奥》（*Osorio*），讲述了自然知识给不同的人带来的不同影响。《夜莺》中，基于自然诗的创作原则，诗人意欲打破习惯性对于夜莺与忧郁的联系，重新唤醒挖掘自然的真实情感。另一方面，在与超自然的联系中，经常挖掘出一些情感——起源于罪恶，渴望着救赎，这对柯尔律治而言，至关重要，但是，对华兹华斯来说则为自然之自然。华兹华斯的《边界人》（*The Borderers*）主题为：以遭受苦难者迫使他人承受他所历经的一切，以此创设彼此理解的纽带。这与共同创作的《三座坟墓》（*The Three Graves*）的主题相似。而这两首诗犹如列属于自然诗并以真实事件为基础的《古蒂·布莱克与哈利·吉尔》（*Goody Blake and Harry Gill*），而该主题与《古舟子咏》（*Rime of the Ancient Mariner*）和《婚宴之客》（*The Wedding Guest*）之间也并非毫无联系。倘使划分自然诗与超自然诗的界限，那么既不在于这两位诗人离散的兴趣，也不在于他们不同的计划和目的，只因一切均是以使读者认识自然或超自然事物与人性的真理为最终目的。然而，柯尔律治区别自然与超自然的方法——主人公来自日常生活还是奇幻世界——几乎不能给我们提供有效的标准来区分已有的这两种诗歌。但是，如果我们尝试辨别两位诗人运用的创作手法，从两种诗歌中选取一至两位人物来着手研究，那么，我们就会有足够的证据来证明这两种诗歌的相异处。

华兹华斯诗歌的主题，无论是取材于日常生活，还是取自于自然表象，都经过了仔细观察，源于感官影像，直接描绘或是事后回忆。这类感官影像自然与观察者的思维不同，而正是这两者之间的联系构成了诗歌的生命。该对象或影像在观察者想象力的刺激下，获得了新生。当然，于最高层面上，这两种形式在同一生命体中得以体现，正如华兹华斯在斯诺登峰所感受到的一样。个人思维在某种程度上受到所见之物的激发，就在该程度上与外部世界联系，转变成"思维存在于世界，世界存在于思维"的形式。倘使观察到的事物仅只是自然风景，那么我们即可认为思维可以成为自然的生命，而自然给予思维形式以物质补充。然而，清楚可见的是，只要人类存在于世，他们就拥有着有别于观察者的内心世界，不管在目睹外界生命中产生了何种感想。对于华兹华斯的创作手法而言，这种独立且无形的存在方式几乎不被采纳。在《抒情歌谣集》的现代编辑眼中，这无疑成了华兹华斯的一个弊病：他笔下的人物绝不会拥有戏剧性生活，而只有在代表创造者的想象时才会存在。布雷特（Brett）和琼斯（Jones）继而指出，在其中一首诗中，这个观点消失无踪，"在《荆棘》（The Thorn）中，人物形象的塑造突破了这些论点，产生了独立而戏剧性的存在"。而同类诗歌的其他人物塑造——蠢孩子的母亲——从未出现的戏剧性转变使我们疑惑不解，更毋论在阅读《古舟子咏》与《克丽斯德贝尔》之际，要求我们抛开怀疑。人类，于华兹华斯而言，是一种特别的种属存在。虽然人类生活的场景可能影响智力与情感构造的不同部分，然而它们均在同一过程中，转录于诗歌之中。

而柯尔律治在诗歌创作中，是否也运用了这一步骤呢？如下原因告诉我们绝非如此：首先，这些或浪漫或神秘的角色在即刻世界当中并不存在，真切地说，他们仅只是"想象力的缩影"，不同于华兹华斯能观察自己塑造的角色，超自然人物不能以同理而得之。他们不能给予接受者以确切的感觉。即便是在创作之后，《古舟子咏》与《克丽斯德贝尔》不像《西蒙·李》（*Simon Lee*）或《最后的羔羊》（*The Last of the Flock*）中垂泪的牧羊人，均没能唤起个人化的情感响应，当他们仍以缩影的形式停留于诗人脑海之际，就越发显得无力了。超自然角色在外界不存在人物原型，因而他们没有鲜明独立的形式以供想象力转化成生动奇异之物。其次，由于形象模糊不清，这些缩影应以某种方式实物化，以便显得真实可信；柯尔律治"从内部世界引导出一种个人兴趣……"，期望获得真实感。超自然形象先于某种自觉而存在，其源头也并非冥想之物，不是柯尔律治声称的模型特点，亦非"自然"诗歌源于情感的方式。

柯尔律治一开始并不采用特殊的影像、确切而有所限制的环境，也不唤起清晰可辨的情感，相反，他运用模糊的人物形象、一两个偶发的重要情节。为了丰富人物形象，柯尔律治并没有添入角色带来的感触，而是增添了源于自身的所思所感，即便他猜测这些情感均产生于特定人物于特定场景中的这一情形之中。因此，创建的人物显得不再只是观察的对象，而是根据他内心的自然法则生存着；似是而非，脱离了创建者而独立存在。华兹华斯观察着外部世界，而柯尔律治描绘着人类的内心世界。凯瑟琳·科伯恩将这种异处铭记于心，对《皮特·贝尔》（*Peter Bell*）与《古舟子咏》进行了比较：

> 显而易见，无论华兹华斯是如何解释说明皮特行为中的恐惧悔恨，无论他是如何运用一系列"焦虑的阐释"进行大篇幅描写，这首诗仍是行为诗，富余动作情节，如同发生在狭小而湍急的斯维尔河上的事件。而柯尔律治的诗，毫无疑问地属于内心生活……其中一首有关想象力，而另一首至多涉及"固定而确切"的事物，是幻想的诗歌。在《皮特·贝尔》中，华兹华斯观测着外物，正如柯尔律治所描述的，是外来的旁观者。
>
> 但是，倘若我们在错误的诱导下，彻底地谴责《皮特·贝尔》，那么，我们其实就在冒险责备华兹华斯大多数名作背后潜藏的设想。因为他所描述的作用于皮特身上的力量与他在"序言"中提及的作用于己的自然之力大体相似，皮特意图偷驴的情

形与他午夜盗船本源一致。华兹华斯意识到,与自然接壤,便能使笔下人物生动形象,然而皮特·比尔与其他角色一样,并无内心世界,不能称之为自己的生活。而《古舟子咏》与《克丽斯德贝尔》,自柯尔律治的内心世界转而成形,显得格外自由,对前方的宿命毫无知晓,只因为他们不像《皮特·比尔》,如同傀儡般戴着枷锁,受着创作者的肆意操纵。

华兹华斯自然诗的创作方法与柯尔律治超自然诗的创作方法最根本的区别在于观察与冥想,柯尔律治在评论莎士比亚之际曾多次提及这两点。在《文学传记》十八章中,柯尔律治推翻了华兹华斯先前的说法,否决了自己是在模仿粗野的底层民众语言这一说法,并含蓄地批评华兹华斯因感觉影像而先入为主。在下文中,华兹华斯对老一辈诗人做出了一番评论,典型而清晰:"诗歌创作过程中不可或缺的因素,观察与描述,亦即,观而察之,并添以精确细节,仿若己身之物……"而柯尔律治则问道:"通过哪种规则……(诗人)可区分应受禁制的话语与可被赦免的话语,愤怒?抑或是处在狂怒与嫉妒之间? 或许是在野蛮社会中游荡找寻愤怒或妒忌的人群之际得以知晓,为了模仿他们的话语么? 或者并不情愿凭借想象力来着手人性的各个层面? 借助冥想,而非观察? 还是观察只是冥想的结果?"①

两位诗人对人与自然、上帝等关系的理解其核心思想是一致的,但表现方法不同,即自然和超自然,亦即感觉影像和想象组成观察与冥想,柯尔律治更强调冥想的价值,观察必须扎根于冥想,进而映射人性。

1797年11月的一个下午,华兹华斯与柯尔律治在多萝西的陪同下,一同向石头谷进发。此时,双方对彼此诗歌的认识已了然于心了。自那年6月始,他们比邻而居,每天互访,交谈囊括一切。柯尔律治如是记录,

---

① Coleridge, S. T. *Biographia Literaria*. *Collected Works of Samuel Taylor Coleridge*, Vol. Ⅱ. James Engell and W. Jackson Bate. Ed. Princeton: Princeton University Press, 1983, p. 82—83.

他们在谈话之际，"经常提及诗歌的两个基点，一是忠实自然真理以激发读者同情心的力量，二是在想象力点缀下而产生新颖性并引人入胜"①。柯尔律治一直在寻求方法以期更精确地阐释此过程，他猜测这两个要点可融于同一事物之间，突来的魅力之物，有如意外捕获的光与影，月色银辉抑或夕阳余光散漫于熟识的山川之上，这似乎便能验证两者相容的现实可能。以此类推，"意外捕获的光与影"意味着想象力在发挥功效，"修饰"了以往熟知的山峦叠峰，此时不再单单是自然景色，而且体现在感官知觉之中——黎明时分的西敏寺桥，康伯兰道上的乞儿，高地上独自收割的少女。然而，柯尔律治创建的模式几近一种象征符号，对华兹华斯致力编写的《抒情歌谣集》如此，对他自身的成熟诗体而言亦即如此，而倘使我们稍稍翻阅一下序曲中的高潮部分——攀登斯诺登峰，我们便有所了解。尽管华兹华斯是第一次登上这座峰顶，在熟知抑或不起眼事物之间，熟悉的情怀仍涌上他的心头。山川景色一开始于他并无新奇之处，直到踏破云层，在银辉洒落下他举目纵览，只见山顶恰似烟缭雾绕的岛屿，在意外捕获的光与影的映衬下，他的心从有感于个人思潮脱离。多年之后，当华兹华斯追忆往昔，那种细节中的灵动为诗人带来的是强大思维的完美影像。面临大自然景色的视觉冲击，我们的思维无法选择，只能感受：

> 真实的手边之物
> 宛如荣光的才智
> 而思维之强大将之视为己有
> 就是此神思，他们
> 面对着普世的一切：
> 追根溯源，蜕变转换，

————————

　　① Coleridge, S. T. *Biographia Literaria*. *Collected Works of Samuel Taylor Coleridge*, Vol. Ⅱ. James Engell and W. Jackson Bate. Ed. Princeton: Princeton University Press, 1983, p. 5.

信步于另一世界。（作者自译）①

这种信念认为，想象力能使诗人"信步于另一世界"。华兹华斯最好的诗恰好与他在 1797 年与柯尔律治共同探讨的理想目标一致：于斯诺登峰一行，华兹华斯不但忠于对自然外貌的描写，同时还凭借想象力，在类似光与影的冲击下，将诸如此类的表象转化为人脑运行最为充足的一幅影像。这些意指经由想象力转化的山光景色的两个基点，柯尔律治认为："这便是自然诗歌。"②

对于 1798 年的写作，柯尔律治认为自然诗歌即是《抒情歌谣集》的理论出发点。尽管该诗集确实囊括两种诗歌，自然诗与超自然诗，但双方诗人均拟在现实模型中追寻诗歌的两个基点。当时，这两种衍生诗歌与本源如此相近，以至于柯尔律治已模糊究竟是华兹华斯还是自己提出两种诗歌的相异处。而随着诗歌形式的转变，柯尔律治仍孜孜地引证自然诗歌与超自然诗歌处于平行的位置关系。自然诗歌取材于"日常生活常见的事物：诗歌的主人公来源于各个村落或毗邻之地，以便在表现人物之际有据可循，可让诗人沉默地关注人物的言谈，静静地思虑着人物的塑造"③。而诗中的山光风景即是普通民众日常的琐事杂事，在诗人"静默地观察与感性地沉思"间脱离了时间洪荒的束缚——月色银辉与夕阳余光在一切路经之处洒落了一地奇伟壮绝的影子。然而，超自然诗却非针对普通民众，它涉及的是超自然抑或至少是富于浪漫主义色彩的人物角色，这些人只出现于机缘巧合，在某种程度上，至少是在超自然情况之下。值得一提的是，柯尔律治采用"超自然"一词以描绘即将作用其上的人物

---

① Noyes, Russell. *English Romantic Poetry and Prose*. New York：Oxford University Press, 1956, p. 278.

② Coleridge，S. T. *Biographia Literaria*. J *Collected Works of Samuel Taylor Coleridge*, Vol. Ⅱ. James Engell and W. Jackson Bate. Ed. Princeton：Princeton University Press, 1983, p. 5.

③ Coleridge，S. T. *Biographia Literaria*, *Collected Works of Samuel Taylor Coleridge*, Vol. Ⅱ. James Engell and W. Jackson Bate. Ed. Princeton：Princeton University Press, 1983, p. 6.

与事件,但却并非十足确信。在使用这个词的时候,他显得模棱两可,矛盾夹杂。只因该词不但与因果、事件息息相关,还特别涉及人物塑造中情感的转变与传承。超自然诗是否着重于奇幻事件,抑或在于某种压力之下创建人物——《古舟子咏》与《克丽斯德贝尔》不同程度地显露了这种双重压力的痕迹。而柯尔律治本人对两者抉择的疑惑似乎就以倾向人物塑造而得以解决,而主人公生存呼吸的世界可能纯属假象,但落在他或她身上的感觉却是真实无比的,这正是诗人致力于传递的本质——对人性的塑造作用。但在创作过程中,诗人却非无章法可循,随心所欲地选择即可:诗人的本职工作在于揭示人性中我们可能察觉的真理。在这广为人知的篇章其后几行彰显无疑:超自然诗人“致力于描绘超自然的或至少是具有浪漫主义情怀的人物角色,从我们内心本性引导出一种兴趣与类似的真理,足以捕获想象力的影子,而在此刻,暂时搁浅一切疑惑,以此,构成诗意的信仰”①。创建的人物角色可能超自然抑或富含浪漫主义色彩,但绝非毫无性质的奇幻神秘,主人公仍背负着人类的基本特性。这便是柯尔律治潜心创作的动力之源,而华兹华斯则与他通力合作:华兹华斯的诗作着力于“赋予日常事物以独特新奇的魅力,并激起一种类同超自然的感觉,继而唤醒人们慵懒混沌的注意力,将之导引进入眼前可爱而奇妙的世界中,去发现感悟自然之美”②。这种方式,把普通事物以不同寻常的面貌展示于人前,似乎较少涉及我们人性的意识,实际上却是殊途同归,因为华兹华斯意图在事件情形之中留下我们人性的根基,以求使之趣味横生。

因此,理想状态下,这两种形式的诗歌都能激发读者感觉,意识到“某些因素潜藏其中,更深切地在融合”,而那个世界不属于他,却与他同在。

---

① Coleridge, S. T. *Biographia Literaria*. *Collected Works of Samuel Taylor Coleridge*, Vol. Ⅱ. James Engell and W. Jackson Bate. Ed. Princeton：Princeton University Press, 1983, p. 5.

② Coleridge, S. T. *Biographia Literaria*. *Collected Works of Samuel aylor Coleridge*, Vol. Ⅱ. James Engell and W. Jackson Bate. Ed. Princeton：Princeton University Press, 1983, p. 7.

柯尔律治认为超自然等同于自然产生的自然——而诗人的任务即是模仿。在这种观点下，超自然与自然密不可分，是自然的内在本质。于此，我们可推论出自然诗歌理论上与超自然经验相联系，并以人类本性为根基。

柯尔律治在记述《抒情歌谣集》的起源时指出，不管是自然诗还是超自然诗，只是一类诗歌的两个种属，均为自然诗。在两种诗歌中，想象力起着不同的作用：自然诗以感知影像为基础，诗人意欲将之提升为一种思维真理；超自然诗扎根于我们内部世界的真理，诗人可能搭建一个奇幻异常的虚拟世界，通过描绘真实的人类情感而将其外在加以着色。并非是现存世界给予人类本性的感觉以想象力冲击，这些可能是假定而不明了的，却是提前预设的。诗人给周遭环境与内心情感创设了联系，包括以下规则：我们将永远信任抒发的情感，我们将搁浅对物质世界与对虚假周遭的怀疑，而这两类的共同存在正体现了我们人性的实质。

然而，将问题复杂化的是柯尔律治的早期创作丝毫未见与自然诗歌相左。虽然对《古舟子咏》与《克丽斯德贝尔》的第一印象就是创作方式中模型建构不够充分，而他早期的许多作品均可视为想象力作用下，对自然对感知世界直接互动的描述。自然，在想象力的点缀下，在事物上投射出人性独特的光辉，因而展露出我们人性的本质。

柯尔律治是英国浪漫主义诗学想象力的主要理论家，"有机整一"是其重要的思想核心。而如何实现诗歌的"有机整一"？柯尔律治认为诗人视世界一切为一的灵视能力，换言之，综合并融合所有不同元素于一体的想象力，是根本的途径和桥梁。柯尔律治把一首好诗称为"正当的诗（legitimate poem）"。他认为，诗歌形式固然重要，能够给人带来韵律上或者语言上的愉悦和美感，但是，形式只是技术上符合诗歌的定义而已，而真正的好诗或正当的诗必须是一个艺术和思想统一的"有机整体"，这种有机整体的诗只能来自于诗人灵魂深处或思想深处的有机整体。在《文学传记》第 13 章里，柯尔律治这样写道："什么是诗？这和诗人是谁几乎是同一个问题。"①这强调了主观、情感和直觉的浪漫主义诗学主张。接着他又继续写道："以理想的完美来描述诗人，他将人的各个功能调动起来，令人的整个灵魂活跃起来，将整体的底蕴和精神混合或者融合，环环相扣，用一种魔幻的综合力量，创造一个想象力的灵视世界。"②显然，与华兹华斯相比，柯尔律治更加注重超越于诗歌形式和语言之上的内在的精神上的综合力量，诗人必须能够在化解或溶解所有个体的或者不一的元素后达成一种有机的整一和谐，这种"有机整体"只有当诗人自身具备了第二想象的灵视世界的能力时才可完成。

柯尔律治对第二级想象力的提出很好地解释了一位好的诗人所必须具备的灵视能力。在《文学传记》第 13 章里，柯尔律治把想象分为两种：第一级想象（primary imagination）和第二级想象（secondary imagination）。他认为，"第一级想象指的是人所有观察所包括的活力和首要媒介，它是神的无限之我的永恒创造在人的有限思想中的重复"。这是包括诗人之外所有普通人都具备的对外部世界事物的初级观察活力抑或联想能力，是机械的重复性的。那么，诗人应该具备超越普通人初级想象的第二级想象。柯尔律治认为第二级想象和第一级想象在媒介的性质上是相同的，但在程度上和运作方式上是有区别的。"第二级想象对外部世界采用区分、化解和熔铸的方法实现再次创造的目的，如果这种过程不可能时，它仍然可以努力取得理想化和统一化。"③柯尔律治显然强调诗人之所以为诗人，是因为他具有高于普通人乃至历史学家和哲学家的第二级想象力，一种通过观察集合外部自然个体、解悟发现自然内涵及其内部规律的灵视能力，这种能力在深入结合、综合并融合各种因素和元素之后实现一种完美的"有机整一"，即永久美丽的诗篇，不仅能够带来精神上

①　Coleridge, S. T. *Biographia Literaria*, Vol. Ⅱ. J. Shawcross. Ed. London：Oxford University Press，1907. p. 12.

②　Coleridge, S. T. *Biographia Literaria*, Vol. Ⅱ. J. Shawcross. Ed. London：Oxford University Press，1907. p. 12.

③　Coleridge, S. T. *Biographia Literaria*, Vol. Ⅰ. J. Shawcross. Ed. London：Oxford University Press，1907，p. 202.

的愉悦，更能带来思想上的启迪。

　　灵视、想象、自然与超自然突出表现了浪漫主义诗学强调主观理想、抒发个人情感、张扬个性解放和自由的精神特质。浪漫主义文学精神的形成实际上是 18 世纪末 19 世纪初革命浪潮与社会巨变的必然反应，是狂热的梦想与严峻的现实、幸福的追求与绝望的痛苦、自由的快乐与孤独的感伤等灵与肉矛盾冲突的产物，是人追求自由的精神世界受制于自己创造的物质世界和人对这种文明现状的认识、焦虑、反叛与抗争。无论是自然诗歌还是超自然诗歌，他们在艺术形式和主题表现上是一致的，反对禁锢人类思想的社会制度，质疑理性时代冰冷的技术至上，对抗古典主义的清规戒律，提倡开放、多变、个性、自由的表现形式，推崇奇特、超凡、神秘和怪诞。灵视自然、超越自然是柯尔律治通向"和谐整一"哲学自然观的表达方式和能力。接下来第 2、3 章的语境展现也许能为这一具有强烈反叛精神的诗学表现找到必然。

第 2 章　自然诗歌的和谐理念

CHAPTER TWO

# 2.1　《风弦琴》：一曲自然之歌

　　柯尔律治从 1795 年开始创作以自然形象为主题的自然诗歌,也就是他所说的"谈话诗"。继《风弦琴》之后,1797 年他又创作了《这棵菩提树,我的牢房》,一年以后又写下了《午夜寒霜》《夜莺》等,总共有八首诗收录于《谈话诗集》当中。《谈话诗集》当中的这八首诗是柯尔律治在 1795 年至 1807 年之间所创作。当中每一首诗都通过一段特殊生活经历来展示诗人对大自然以及诗的作用的思考。它们描述了道德行为以及人对上帝、大自然以及社会所尽的职责,透过外在的自然形象来灵视并感悟事物内在的规律。《风弦琴》以其简短内容和无韵风格被柯尔律治认为是他"新风格"诗歌的代表,但是,学界对其主题思想一直存有争议。作为早期谈话诗之一,诗歌表面上表达了柯尔律治对他与妻子萨拉的婚姻以及和谐美满爱情的期待,但是,诗歌中由风弦琴所引出的一连串自然意象含义深刻,看似矛盾对立却又最终达成一致,诗人如拨云见日,因"冥顽邪孽的构想"而成为"罪人",最终得到上帝的解救。笔者认为,该诗从三个方面集中体现了诗人"同一性"诗学思想的重大发展:宗教上从上帝一位论回到三位一体,政治上对激进思想的自我批判,自然哲学方面饱含着万物整一自然观。

　　《风弦琴》发表于柯尔律治 1796 年出版的诗集中,并且在后来所有的补收集当中都有出现,"经反复修改和补充长达二十二年之久"①。在他 1796 年出版的诗集当中,柯尔律治称他"最喜欢这首《风弦琴》"②。作为早期的谈话诗之一,《风弦琴》至少表面上特别是诗歌的开篇场景表达了柯尔律治对他与妻子萨拉·弗里克尔的婚姻以及美满爱情的期待。然而,《风弦琴》本身并不是一首爱情诗,它主要还是着重于表达对人与自然之间关系的思考。诗中主要的意象是一台风弦琴,它同时代表着自然当中的秩序和狂野,由这台琴所引出的是一连串看似相互对立却又最终在柯尔律治的同一思想下达成一致的观点。与其他谈话诗一样,《风弦琴》同样包含了对"同一性"的探讨,柯尔律治认为单独的人与自然之中的种种现象都是分散的个体,而这些个体都统一处于现象背后的神灵这一本质规律的掌控之下。《风弦琴》的认识价值更体现为诗人对这一本质思想的思考过程,体现为诗人的思想转变历程。通过对《风弦琴》的结构解析,以诗中的"罪人"和"拯救"这一对矛盾为契机,可以窥见诗人同一性哲学理念的内涵。

这部诗集并非由柯尔律治本人编撰,而是由 20 世纪一些学者根据其诗歌观点、形式及内容的相似性做成的合集。之所以起名《谈话诗集》,是因为在这些诗中柯尔律治通常采用日常对话式的语句来抒发对大自然及道德的观点。这些作品由相同的主题串接在一起,尤其是对人类、自然以及宇宙之间关系的思考。在这每一首诗当中,柯尔律治都表达了他"同一性"的观点,就是将精神与物质、人性与自然以及上帝都看作是个体与整体之间的关系,他认为人与自然是通过神灵进行广泛联系的。这种所谓的"同一性"思想正是柯尔律治的诗学核心,而这种思想的发展在他的人生经历当中又有着深刻而庞杂的脉络。

柯尔律治在 1795 年 8 月 20 日开始创作《风弦琴》,亦即在他与萨拉·弗里克尔订婚期间,"他与弗里克尔参观过他们将来位于萨默塞特郡

---

① Mays, J. C. C. *The Collected Works of Samuel Taylor Coleridge*: *Poetical Works I Vol.* Ⅰ. Princeton: Princeton University Press, 2001, p. 231.

② Yarlott, Geoffrey. *Coleridge and the Abyssinian Maid*. London: Methuen, 1967, p. 109.

克里夫顿（Clevedon）的新居之后产生了创作这首诗的灵感"①；而在这首诗的写作过程中，柯尔律治便与弗里克尔完婚并搬进了这所位于克里夫顿的新居，也就是诗的第一节中所提到的"这小小家宅"（3）。

　　1796 年，这首诗以《情感流露第三十五首》（*Effusion XXXV*）为题首次出版于柯尔律治的《多主题诗集》（*Poems on Various Subjects*，1796）中，而"《风弦琴》这一标题是直到 1817 年出版的诗集《女巫的叶子》（*Sibylline Leaves*）当中才第一次出现"②。值得注意的是，"柯尔律治并没有在这首诗第一次出版之后停止对它的创作，而是在后半生里一直都在对这首诗进行扩充和修改，直到 1817 年"③。在最终版本中，诗的 21—25 行已于 1797 到 1815 年之间被删减掉了。同样地，"26—33 行的内容在各版本之间也有所改变"④。随着版本的不同，"《风弦琴》当中作为主要意象之一的琴本身所代表的内涵也不断被改变、扩展"⑤。抛开版本问题不谈，"柯尔律治本人认为这首诗是他所创作的其他诗歌的范本，尤其是《谈话诗集》"⑥。

　　对此，柯尔律治写道："如果人们认为我根本没必要去特别在意这件小事，那么请允许我来说明一下——而我先要对那些喜欢这种原创的短小无韵诗的众多读者致谢——正是因为他们的存在，骚塞、兰姆（Lamb）、

---

　　① Holmes, Richard. *Coleridge：Early Visions，1772—1804*. New York：Pantheon，1989，p. 113.

　　② Mays, J. C. C. *The Collected Works of Samuel Taylor Coleridge：Poetical Works Vol I*. Princeton：Princeton University Press，2001，p. 231.

　　③ Holmes, Richard. *Coleridge：Early Visions，1772—1804*. New York：Pantheon，1989，p. 113.

　　④ 例如在最初版本当中并没有像 26—33 行将风弦琴与"同一生命"联系起来的内容。

　　⑤ Mays, J. C. C. *The Collected Works of Samuel Taylor Coleridge：Poetical Works I Vol．Ⅰ*. Princeton：Princeton University Press，2001，p. 231.

　　⑥ Mays, J. C. C. *The Collected Works of Samuel Taylor Coleridge：Poetical Works I Vol．Ⅰ*. Princeton：Princeton University Press，2001，p. 232.

华兹华斯以及其他诗人，许多类似的精妙诗篇才得以形成。"①由此足见《风弦琴》这首诗在柯尔律治的人生、思想以及文学创作当中具有深远的意义。

学界一直对《风弦琴》的主题抱有疑问：这首诗"似乎描绘了柯尔律治将诗中他所表现的那些形而上学思想向萨拉遵循严格的宗教戒律所妥协，而表面上看诗人并没有令她不悦"②。在《柯尔律治与〈风弦琴〉中的矛盾》(Coleridge and the Consistency of "The Eolian Harp")中，罗纳德·C.温德林(Ronald C. Wendling)表示这之间并不存在矛盾，他认为柯尔律治在诗中对萨拉所表现出来的"歉意"并不是对他那些关于"同一生命"(one life)的形而上学思想表述的否认，而是"刻意地拒绝在这种凭着一点可怜的经验就使心灵得到满足，却不知具体为何物的浪漫思想当中安逸沉沦"。并进一步指出柯尔律治感觉到他在这首诗中所表述的形而上学思想"可能使人颓废"，而人们在现实当中的生活必须依赖于"同时来自于人和基督教的爱"③。对柯尔律治来说，萨拉本人就是自然的化身，同时代表着爱情；而她的宗教信仰却是代表着柯尔律治所抱有的神圣之爱(divine love)。随着诗歌结尾回到与她的谈话当中，柯尔律治感受到一种平和的精神上的(同时也是物质上的)通约(communion)。温德林据此得出结论，认为《风弦琴》毫无疑问是一首用来抒发柯尔律治对萨拉爱意的"爱情诗"(honeymoon poem)④。

然而威廉·H.索埃勒(William H. Scheuerle)在他的《再读柯尔律治的〈风弦琴〉》(A Reexamination of Coleridge's "The Eolian Harp")中则认为，尽管他"同意温德林先生关于诗中不存在矛盾的看法"，却"需要

---

① Scheuerle, William H. *A Reexamination of Coleridge's "The Eolian Harp"*. *Studies in English Literature*, 1500—1900, 1975, 15(4):591—599.

② Scheuerle, William H. A Reexamination of Coleridge's *The Eolian Harp*. *Studies in English Literature*, 1500—1900, 1975, 15(4):591—599.

③ Wendling, Ronald C. *Coleridge and the Consistency of "The Eolian Harp"*. *Studies in Romanticism*, 1968,8(1):26—42.

④ 可参考柯尔律治诗作《宗教沉思》(1794—1796)，当中表达了他对上帝一位论的认同。

对他的解读方式提出一些意见"。①虽然爱情这个主题在《风弦琴》中占有相当大的比重,它却并不是一首单纯的爱情诗,诗中关于自然景致的描写以及著名的"同一生命"的段落都充分展示了这首诗所包含的柯尔律治本人关于自然及宗教等方面的哲学思想。

从柯尔律治的文学生涯来看,《风弦琴》的创作及修改过程(1795—1817)占了很长时间,在这将近二十二年的时间当中,柯尔律治的人生、哲学以及宗教思想都在不同理念的影响下不断发生着改变。在早年的文学创作中,"受上帝一位论(Unitarianism)影响,柯尔律治在宗教思想上极为激进"②,在提及国教时,"始终将之当作迷信、腐败和压制之源"③。直到1806年他与三位一体论思想达成妥协之后才完成了宗教态度上的转变。"在1817年的讲道文《致中上阶层,论时下的危难与不满》中,他才对上帝一位论进行了抨击。"④

随着柯尔律治宗教思想上的改变,《风弦琴》当中所体现的理念也随之发生变化。从对爱情的期待到对大自然的爱慕,再到"同一生命"观点的表达,《风弦琴》无疑代表着柯尔律治对基督教态度的转变。在诗中,柯尔律治因为自己所表达出来的"同一性"观点而将自己看作是"迷途的、愚暗的、受苦的罪人"(62),而在最后又表明自己受到了上帝的"解救"。这个过程中蕴含着柯尔律治在对待基督教的思想上从上帝一位论向三位一体论的转变。跟随诗歌内容,可以通过种种意象了解诗人是如何从一个与爱人"同坐在小小家宅旁边"的普通人成为一名"罪人",进而又获得"解救"的。

《风弦琴》通常被看作是在特定场景下的感情的自然流露,从标题本

---

① Scheuerle, William H. *A Reexamination of Coleridge's "The Eolian Harp". Studies in English Literature*, *1500—1900*, 1975, 15(4):591—599.

② 刘耀辉:《论柯尔律治的宗教思想》,《重庆师范大学学报》2007年第2期,第38页。

③ 刘耀辉:《论柯尔律治的宗教思想》,《重庆师范大学学报》2007年第2期,第39页。

④ Marshall, William H. *The Structure of Coleridge's "The Eolian Harp". Modern Language Notes*, 1961,76(3):229—232.

身出发,可联想到琴声铮铮的风弦乐器以及挑拨琴弦而奏出弦音的清风,而这两件事物各具特色:就"风弦琴"而言,它是一个真实存在的具体事物,是被动且阴柔的,如同"娇羞少女"一般,凭借感知周围的环境以做出应对;而清风相较是一种抽象无形的力量,它主动去"抚弄"琴儿,具有一种雄性的阳刚气质,同时由于它的不可名状,人们无法透析清风的本质。因而,"它就有如一种默默潜在却又无处不在的力量"[1]。这两件事物的特性实际上又是两种不同的共性,在诗中分别通过各种不同的意象所体现。而这种表达方式就好像是将诗的主体包裹在种种意象之中,只有通过对诗中各种意象的解读才能体会其背后所蕴含的主题,比如诗中的茉莉花和桃金娘就代表着自然的和谐美。由此就可以理解那些诗人对景色的感受和思索所引出的"我那些顽冥邪孽的构想,/无非是从虚妄哲理之泉泛起的水沫/涌现时闪闪有光,却终成泡影"(55—57)所代表的意义,这两者(构想和泡沫)搭配在一起表现出了诗人对于上帝的态度。通过这种方式可以从结构上对诗进行一个整体的解读:被动的理智(mind)在主动的信仰(faith)推动下进行发展,只要分别把理智看成是单纯的理解(understanding)而把信仰看作是理性(reason),那么就能明白理智所起的作用。在这首无韵诗中,理智和信仰这两个主题当中的任何一个都在诗的前两节就有明显的体现,再配合中间两节形成了一个四节交替模式,最终在诗歌最后一节与其他内容衔接融合在一起,用以表达出诗人的最终观点。

诗歌一开始以"沉思的萨拉"(1)开头,因此在第一节(1—25)中所谓"最令人快慰的"内容都可以归结为柯尔律治对萨拉所表露的心声。而这些"最令人快慰的"要素的首先一点就是"你,腮颊偎着我臂膀"(2)。据此可以认为正是有了身边的萨拉相伴,诗人才能够放松心情去欣赏眼前的美景。在这一节的后半部分,诗人转而将描述的重点放在"那简朴无华的风弦琴"(13)上。表面上看,《风弦琴》与开头的"萨拉"似乎没有任何直接

---

① Marshall, William H. *The Structure of Coleridge's "The Eolian Harp"*. *Modern Language Notes*, 1961, 76(3): 229—232.

联系,但在诗中,柯尔律治把风弦琴形容为"对情郎半推半就"的"娇羞少女";而风弦琴被风吹动所发出的声响也被比作"甜甜腻腻"的"嗔怨"。整体来看,"萨拉"与"风弦琴"实际上是同一样事物的不同化身,"对柯尔律治来说萨拉本人就是自然的化身"①。作为这一节当中的两个主要叙述对象"沉思的萨拉"(1)和"那简朴无华的风弦琴"(12)都是被动且阴柔的,因为萨拉是女性而琴则被形容为"被清风任情爱抚,/像娇羞少女对情郎半推半就,/甜甜腻腻地嗔怨着/ 引诱他再放肆一番!"(14—17)。构成整个背景的是具有惰性的"刚才还明光照眼的天上云霞"(6) 和反射光芒的"亮了的黄昏星"(7),被形容是,"灿烂而雍容('智慧'就该是这样)"(8),这些都提前预示着诗的主题。"世间竟这样悄然"(10)是一种实际状态,却也暗示着这份寂静随时有可能被打破。这些感受造成了"远方海水的幽幽喁语"(11)的矛盾,并且只有通过理性才能得到解决。

诗的第二节(26—33)②里,"前面的女性萨拉此刻并不在诗人的脑海中;就所关注的事物中心来说只有诗人本身。"③这一节里通过之前所描绘的情景形成一个新的观念,这些"缄默的空气/是偶尔假寐于管弦之畔的乐曲(32—33)"证实了之前所暗示的寂静有可能被打破是确实会发生的。而"我们身内、身外的同一生命"(26),那"活动之中的灵魂"以及现实的真髓"声中之光,光中的如声之力"(27—28)则象征着某种主动的力量并且以"全部思维的节奏"(27—29)再次预示着诗的主题。值得注意的是,这一节是在《风弦琴》的最终版本(1817)中加进去的④,此时柯尔律治的宗教思想已经到了后期较为成熟的阶段,因此这部分所描述的"同一生命"的内容正是代表了他后期哲学思想上被称为"同一性"的观点。但从

①　Scheuerle, William H. *A Reexamination of Coleridge's "The Eolian Harp". Studies in English Literature*, 1500—1900, 1975, 15(4):591—599.

②　这八行不见于 1796 年的最初版本,是后来增补的。

③　Marshall, William H. *The Structure of Coleridge's "The Eolian Harp". Modern Language Notes*, 1961,76(3) : 229—232.

④　Holmes, Richard. *Coleridge: Early Visions, 1772—1804*. New York: Pantheon, 1989, p. 113.

时间逻辑上来说,这一部分思想已然超出了他最初创作这首诗时的宗教观念,甚至可以说是相悖的,所以这部分成了诗人在后面自称"罪人"的"罪状"。

在诗的第三部分,也就是第三节(34—43)当中,"诗人再次以萨拉为情感的中心描绘起眼前的场景"[①]。这部分内容所描绘的意象表现出十分明显的被动性,而且从诗人自身的感受出发,这里首次表现出感官上的被动:

> 午刻,我躺在那边
> 半山坡上,把肢体怡然伸展,
> 眼帘半闭着,也能看得见:阳光
> 在海上跳荡不定,晶亮如石(34—37),

当诗人"静穆冥想,冥想这一片静穆"(38)时再次以思绪和幻想在他的"这慵懒温顺的脑膜"(41)当中"掠过"这种描写方式表现出一种被动。此刻他再一次把话题转移到风弦琴上,相比在诗的第一部分当中只是轻描淡写地将这台琴比作"娇羞少女"而言,这里"驯服的风弦琴"(43)作为"轻狂,善变,任性的雄风"(42)"扬威鼓翼"的对象来说则显得更为重要,作者乐于接受的本性使得他脑子里的思绪"不招自来、阻留不住"(39)。这样一来,在诗的第一节里仅仅暗示的琴的象征性或标志性意义就在第三节当中得以明确提出。第一节中的自然与第三节中的思维之间的关系在第四节(44—48)就表现得更为清楚,其中琴的意象在修饰涉及自然的隐喻当中起到了主要作用:

> 又何妨把生意盎然的自然界万类
> 都看作种种有生命的风弦琴,颤动着

---

① Marshall, William H. *The Structure of Coleridge's "The Eolian Harp"*. *Modern Language Notes*, 1961, 76(3): 229—232.

　　吐露心思，得力于飒然而来的

　　心智之风——慈和而广远，既是

　　各自的灵魂，又是共同的上帝？（46—48）

　　这几行预示了诗歌结尾将如何把两种在属性上完全相对的意象结合在一起，通过主张信仰是理智的推动者这一事实来把潜在的意义赋予在实际物体当中，把理智的本性归结为理解。从这一点来说，"进行思考的个体就是许多'种种有生命的风弦琴'当中的一员，这些表达了'上帝与自然合一'的泛神论（Pantheism）观点，与正统的基督教教义相悖"①。因此这些"冒渎神明"的"冥顽邪孽"使他成为"迷途的、愚暗的、受苦的罪人"（62），并且像所有堕落的人一样变得有些消极之后再得到救赎。柯尔律治宣称自己得到了救赎，并且拥有了"安宁，家宅，还有你，我敬慕的淑女"（64）这些上帝给予的"厚赐"。

　　纵览整首《风弦琴》，诗人的思想似乎处于一个不断变化的状态，首先是抒发对自然的喜爱，接下来开始通过对风弦琴的遐想进入到关于"同一生命"的感悟之中。再往后的"静穆冥想"又让诗人产生了"各自的灵魂"和"共同的上帝"这些把自然和上帝视为一体的观点。而后又为自己所犯的这个"错误"而接受"基督教大家庭的柔顺女儿"（53）的"严正责备"，成了"迷途的、愚暗的、受苦的罪人"（62—63），最终却又被上帝"解救"，并且得到了安宁。这个过程中所体现出诗人的思想上看似互相矛盾，实则不然，从某种程度上来说，《风弦琴》当中所体现的宗教哲学观标志着柯尔律治在思想上从一名坚定不移的上帝一位论信仰者向三位一体论支持者的转变，而作为一名基督教徒又如何会在宗教理念上发生如此翻天覆地的转变，这值得深入思考。柯尔律治在思想上的转变不仅与他天生善于探求真理的性格有关，同时也与他在政治、科学、宗教等诸多领域当中的人生经历密不可分。

　　① Marshall，William H. *The Structure of Coleridge's "The Eolian Harp"*. *Modern Language Notes*，1961，76（3）：229—232.

《风弦琴》中从诗人对大自然的思考产生"冥顽邪孽的构想"(55)因而"入罪"到最后上帝"解救了我这迷途的、愚暗的、受苦的罪人"(62—63)这一过程可以简单地被看作是体现了柯尔律治从上帝一位论向三位一体论的宗教思想上的转变,但若要对柯尔律治的哲学理论进行探讨,单纯从宗教思想的角度上来分析则会显得过于片面,就如同柯尔律治所倡导的"同一性"一样,所有的一切都应该被看成一个整体来进行研究。在一般人眼里,柯尔律治都是以诗人和文学评论家的身份出现,但事实上,柯尔律治同时"还是一名玄学家、宗教思想家、政治理论家和社会批评家。柯尔律治思想博杂,极富启发性,他撒下的种子在不同的土地上都结出了硕果"①。

柯尔律治对于"同一""整体"的概念从小就根植于心,他的父亲雷夫·约翰·柯尔律治(Rev. John Coleridge),曾是德文郡奥特里圣玛丽教堂的一名牧师。在柯尔律治年幼时期便通过他父亲所讲述的关于上天的各种故事形成了自己的人格,对此,柯尔律治自己曾有记录:

> 我的脑海中一直习惯广阔的事物
> 我从未以任何方式把我的感觉看作是
> 自己信仰的准则。在那个年龄
> 我依靠构想来规定我的信条,
> 而不是眼前所见事物。②

他还曾表示那些受过正常教育的人看待事物似乎只会从局部出发,对他们来说整个宇宙仅仅是大量琐碎事物的集合;而他本人很早就具备了对"伟大"(the great)及"整体"(whole)概念的热衷,这些都可以看作是形成他哲学及宗教观念的基础。由此可见柯尔律治的哲学基础来源于他

① 刘耀辉:《论柯尔律治的宗教思想》,《重庆师范大学学报》2007 年第 2 期,第38 页。

② Anoosheh, Sayed Mohammad. *Coleridge and Religion*. *Journal of Basic and Applied Scientific Research*, 2012, 2(7):6115—6118.

对"伟大""整体"的感觉,而他对基督教的态度则深受他父亲的影响。

　　柯尔律治十五岁的时候通过阅读伏尔泰的《哲学词典》产生了自由的思想。但是多年以后在海格特公墓他说道:"我的异端思想(infidel vanity)从未触碰过我的心灵。我的心也从未离开过基督(上帝)。"①"在此之后他又对斯宾诺莎的哲学思想产生兴趣,但他的信仰仍始终保留于基督教当中。受到伏尔泰的影响,他还学习过新柏拉图主义哲学甚至对伯梅(Boehem)的《奥罗拉》(Aurora)进行研读。"②

　　柯尔律治的父亲想让他成为一名牧师,于是在 1791 年将他送往剑桥大学耶稣学院,然而这个学院当时正充斥着激进的左翼思想,加上柯尔律治本身就对那些看起来最激动人心、最真实的理念十分感兴趣,于是在这期间他成了上帝一位论的忠实拥护者。上帝一位论是从 16 世纪开始人们的意识形态严重左倾时的产物,在法国大革命时期发展到了顶峰。在那几个世纪里,人们提倡所谓"自由思想",因而,"不断反对基督教当中的迷信色彩,从最初的反对神秘、奇迹这些内容开始到后来所有与超自然思想相关的宗教内容都遭到排斥"③。

　　上帝一位论在当时是一种激进的宗教思想,它之所以能吸引柯尔律治是因为它的内容中所提倡的"理性主义""人道主义"这些在当时来说比较先进的思想,而其中反对迷信色彩的部分又恰巧与当时柯尔律治认为国教是迷信、腐败、压制之源的想法一拍即合。为此,柯尔律治曾在他的诗作《宗教沉思》(Religious Musing)(1794—1796)中宣称"上帝一位论最适合那些希望将耶稣的社会使命和纯粹理性的神学结合起来的人"④。

---

　　① Gillman,J. *The Life of Samuel Taylor Coleridge*. Fairford:Echo Library, 2007, p. 23.

　　② Anoosheh,Sayed Mohammad. Coleridge and Religion. *Journal of Basic and Applied Scientific Research*, 2012, 2(7):6115—6118.

　　③ Anoosheh,Sayed Mohammad. Coleridge and Religion. *Journal of Basic and Applied Scientific Research*, 2012, 2(7):6115—6118.

　　④ Coleridge, S. T. *Coleridge's Poetry and Prose*. Nicholas Halmi, Paul Magnuson & Raimonda Modiano. Ed. New York & London:W. W. Norton & Company, 2004, p. 22.

　　然而柯尔律治本身并不认同法国大革命那样以暴力革命的方式取得所谓的"平等",而是强调心灵的革命。在1794年起草《宗教沉思》时,主要参考的是科学启蒙运动思想和乐观有神论(Optimistic Theism),当时启蒙运动哲学在法国与无神论相结合产生了激进的革命,而在英格兰却不同,这之间所产生的矛盾对柯尔律治之后的生活及思考方式产生了广泛影响,他渴望从思想上找到解决这一矛盾的线索,因而尝试去了解各种不同思想体系,在自己根深蒂固的基督教信仰基础上,他开始对基督教的理念进行了反思,为后来转而投向三位一体论打下了基础。

　　在对自身宗教理念进行反思的基础上,柯尔律治在1806年与三位一体论实现了彻底和解,转而开始支持英国国教。这在他的一封信中有着清楚的记载:"我确信,上帝一位论不但不是新约的学说,它几乎不配使用(任何意义上的)宗教这一名称。"[①]但由于之前长期受到伏尔泰等人的自由思想的影响,柯尔律治在皈依国教之后并没有成为一名死板的遵循宗教教义和礼仪的保守基督教徒,而是主张一种建立在个人感性与良知基础上的自由主义基督教思想。他认为,"基督教是理性的人能够理智地信奉的信仰,是一种生活,而不是一种哲学;基督教的真理是自明的。信仰的基础不是论据而是经验,深刻的思想只有通过强烈的感情才能获得。一切真理皆启示,基督教学说必须依据存在来加以理解"[②]。柯尔律治的哲学思想不仅仅体现在宗教方面,自他年少时起,便对任何看上去能够解释有关宇宙内容的哲学思想感兴趣。在大学期间,柯尔律治特别受到哈特利(Hartley)和普利斯特里(Priestley)的引导,他们的思想与柯尔律治自身关于万物皆神灵的感觉产生了共鸣。柯尔律治尤其崇拜这两位作者将科学的精确与宗教的温暖相结合的思想。哈特利教导他生命本身是通过"结合法则"(Law of Association)自发组建成"我们这些生命体"(the being that we are)的,并且在这种法则下人们"通过感观上的愉悦去体会

　　① Coleridge, S. T. *Collected Letters of Samuel Taylor Coleridge*. E. L. Griggs. Ed. Oxford: Oxford University Press, 1956—1971(2):1032.

　　② Anoosheh, Sayed Mohammad. *Coleridge and Religion*. *Journal of Basic and Applied Scientific Research*, 2012, 2(7):6115—6118.

上帝的爱"。①

普利斯特里教导柯尔律治认为"自然界不停流动的无边能量"就是上帝自身的能量，它随时随地发生（causing）、推动（impelling）、支撑（sustaining）。对柯尔律治来说，能认识到上帝存在于自身当中是非常令人着迷且愉悦的。这种伟大的想法极大地鼓舞了柯尔律治的精神，《风弦琴》中将"自然界万类"都看作是"各自的灵魂，又是共同的上帝"（44—48）就体现了这种伟大的想法。由此可见，柯尔律治诗歌当中的思想深深受到哈特利和普利斯特里的影响。

然而，这一选段不仅仅体现了普利斯特里对柯尔律治的影响，同样也表达了柯尔律治对自然的观念，他与华兹华斯都对大自然情有独钟，而且对自然的关注都不仅仅局限于景色上："他们刻意定居湖区，又都不可避免地将时代的宗教思潮、科学发展、社会历史等元素纳入诗歌创作当中。但相对华兹华斯来说，柯尔律治则更多地受到他那个时代一些科学思潮的影响。通过阅读伊拉斯谟·达尔文的说教诗《植物园》（1789—1791）、医学论述《生理学》以及《有机生命法则》（1794—1796），柯尔律治自发成了当时有机主义（Organism）设想的践行者。"②而这种有机主义的隐喻又恰恰体现在他的《风弦琴》里这段关于"共同的上帝"的内容当中，因此有评论认为，"《风弦琴》这首诗是柯尔律治泛神论思想的一个理念基础"③。

有人评价柯尔律治的哲学思想时表示，"他的思想就好像流动的水银，从来没有办法成为一个固定状态，并且从未停止过从柏拉图哲学及基督教哲学当中汲取营养"④。人们可以从他的书信及笔记当中找到大量

---

① For further discussion of Coleridge's acquaintance with Erasmus Darwin, See Desmond King-Hele, *Erasmus Darwin and the Romantic Poets*. New York: St. Martin's, 1986.

② McKusick, James C. Coleridge and the Economy of Nature. *Studies in Romanticism*, 1996, 35(3): 375—392.

③ Anoosheh, Sayed Mohammad. *Coleridge and Religion. Journal of Basic and Applied Scientific Research*, 2012, 2(7): 6115—6118.

④ Anoosheh, Sayed Mohammad. *Coleridge and Religion. Journal of Basic and Applied Scientific Research*, 2012, 2(7): 6115—6118.

的当时他还在研究的思想内容。在《文学传记》当中,他提到了自己在1795 年就已经开始了解三位一体论哲学思想,但当时在宗教信仰上又是一名狂热的上帝一位论支持者。

柯尔律治的哲学思想可谓是充分体现了他所主张的"同一性",从不同的宗教理念到政治主张、哲学思想甚至自然科学概念都在他的脑海里留有深刻的痕迹。作为一名纯正的基督教徒,他的基督教思想从早期的神体一位论转变为后来的三位一体论,这所有的变化过程在《风弦琴》这首诗当中有所体现。在诗中,他因为自己脑子里"一一掠过"的新思想与原本的宗教理念相悖,故而将自己比作一名怀有"冥顽邪孽构想"的"罪人",但在诗歌结尾处却得到了上帝的"解救"。纵观他的思想成长历程,这里的"解救"实际上是暗指他在哲学思想上获得了新生而不必拘泥于个别狭隘的理论当中。对柯尔律治而言,他从小就已经"揭晓了万物相统一的事实"①,而在后期成熟的哲学思想当中,他认为没有什么事物是能够脱离"终极关怀"这一主体或其他物体而单独存在的,整个世界当中的人、自然以及神灵都是合为一体的,也就是诗中第二节所说的"我们身内、身外的同一生命,是寓于一切活动之中的灵魂"(27—28)。

《风弦琴》这首诗从 1795 年开始创作,直到 1817 年才结束了对其修改,历时二十二年,而这二十二年正是柯尔律治人生跌宕、思想波折的一段时间,这首诗平和而富含哲理的内容毫无疑问地体现了这些创作背后的波涛汹涌。

在柯尔律治生活的时代,各种思想观念不断搅动着人们的意识形态,科学技术的迅猛发展对传统宗教思想所带来的冲击以及不同政治思想所造成的影响让人们开始在理念上探寻不同的出路。柯尔律治作为一名纯粹的基督教徒却没有在思想上受到宗教信仰的束缚,他的思维"就像流动的水银一般永远不会僵化"②,在宗教、哲学、政治、自然等各领域思想的

---

① Anoosheh, Sayed Mohammad. Coleridge and Religion. *Journal of Basic and Applied Scientific Research*, 2012, 2(7):6115—6118.

② Anoosheh, Sayed Mohammad. Coleridge and Religion. *Journal of Basic and Applied Scientific Research*, 2012, 2(7):6115—6118.

影响下形成了自己的同一性理念。

柯尔律治在诗中试图深入了解自然的统一机制以及人与自然的关系问题。对他来说，自然就是一个庞大的整体，而现象只是这个整体的不同部分，人们只有通过冥想才能透过现象观察到这个整体的内在本质。

这种思想在他的文学作品，特别是谈话诗系列中所体现出来的就是人们所熟知的"同一性"或"和谐整一"理念。对于柯尔律治来说，人既是自然的一部分，而自然亦是上帝自身的体现，人与自然不分彼此，和谐共存，从而达到一个最为理想的同一状态，如此方为对片面宗教思想的"解救"。就像《风弦琴》的最后所说的"安宁，家宅，还有你，我敬慕的淑女！"（64）。

但在《风弦琴》的主题和背景当中仍有一个深刻的矛盾待以探讨，即柯尔律治在诗中所表达的对他妻子萨拉的爱意与之后他们在现实当中并不算美满的爱情之间的冲突。《风弦琴》的创作历程长达二十二年之久，而柯尔律治与萨拉之间的婚姻在这期间就因他本人吸食鸦片成瘾而宣告破裂。① 这种残酷的现实经历是否又对柯尔律治的思想产生影响？如果有的话，那么在《风弦琴》当中是否有所体现？期待有人能在研究柯尔律治思想的过程中对这些问题给出答案。（本节内容基于 2016 年第 4 期《北京第二外国语学报》论文《柯尔律治谈话诗"风弦琴"同一性诗学观探讨》）

---

① 　Holmes，Richard. *Coleridge：Darker Reflections*. London：HarperCollins，2011，pp. 12—14 (quoting Coleridge "Notebooks"，p. 2805).

# 2.2 《这棵菩提树，我的牢房》：
# 一个灵视世界

　　自然之物对于深具哲学思想的诗人柯尔律治来说，已经远远超越其外部形象的表现。柯尔律治因为友人来访而又无法陪伴等思绪，以自然随意的谈话形式创作了《这棵菩提树，我的牢房》，通过灵视自然去展示、回忆、联想和最后的冥思来表达诗人与自然关系和诗人对自然的看法与态度。着眼于诗的题目，诗人将菩提树比作监狱，首先是由于一场意外。柯尔律治脚部烫伤，因而不能参与朋友外出游玩的活动。1797 年的 6 月，华兹华斯兄妹及查尔斯·兰姆这些柯尔律治殷盼许久的朋友来村舍拜访他。在那段时间，柯尔律治身边总是围绕着众多朋友，这使得他非常自足于当时的生活状态，因此写作的情绪也相当自在。文中所引诗歌便是在柯尔律治因伤痛而滞留在朋友托马斯·普尔的房产中所写，"在那里有花园，有凉亭，也有柯尔律治经常进行诗歌创作所在的小村舍，"①诗歌题目中所提到的那棵菩提树便是在这里。身处于这样的环境中，柯尔律治以其诗人独具的超强想象力和灵视能力创作了这首《这棵菩提树，我的牢房》，给读者以无限的想象张力。

　　在柯尔律治的信件中有 1797 年 7 月 17 日写给罗伯特·骚塞的这样一个版本，信中介绍如下："查尔斯·兰姆已经在这里伴我一周，华兹华斯

---

　　① Ashton, Rosemary. *The Life of Samuel Taylor Coleridge*. Oxford: Blackwell, 1997, p. 9.

来探望我的第二天,亲爱的萨拉意外地将一锅煮沸的牛奶倒在我的脚上,使得我在查尔斯·兰姆逗留期间行动不便,不能持续或长距离走动,在华兹华斯兄妹和兰姆集体外出的一个夜晚,我坐在普尔的花园凉亭里面写下这些诗行,而即使在这里,我也能与凉亭周围的环境进行交流,这让我觉得怡然自乐”。① 从这封信,读者可以推断出这首诗谈论的是当柯尔律治的朋友们都外出去郊外游玩享乐,而诗人本人却不得不滞留在村舍菩提树下这一情境,所以诗人将这菩提树凉亭视为自己身体层面的监狱。其次,读者也许会觉得这监狱必然有其在心理上的深层含义。诗中,诗人柯尔律治能够感应到朋友们观光风景的美好体验甚至能通过他们的眼睛去享受自然美景,并且因为这些自然美景感到欣喜,而当诗人回归到他真实的所在之处时,他也开始能够感受到周围环绕的美景。在这样的体验下,这菩提树凉亭虽然能限制他的身体,但是他的心灵依然是自由的。

柯尔律治认为一种主动并且强烈的想象力其实就是一种综合的灵视能力,对诗人来说是必备的,想象力所具有的灵视综合能力是可以超越不愉快境遇和恶劣环境的承载媒介。不同于其他浪漫主义诗人过于笼统的强调注重想象,柯尔律治将诗人的想象力提升到了理论高度。柯尔律治在《文学生涯》中特别就幻想与想象以及想象力的两个不同层次做了理论性定义和探讨。他认为想象力可分为两个层次,第一层次想象力是所有人类感知中活生生的力量和首要动因,是在有限的心灵中对无限精神的创造行为的积累和组合。柯尔律治强调的是对上帝创造自然的一种感知能力和理解能力,这种想象并不是盲目无意义的幻想,应该是存在一种导向性以平衡与和谐不同因素的力量,将思想融于自然中普遍具体的形象,这种想象应是诗歌的灵魂。而他所认为的第二想象与其他诗人的看法大致相同,属于艺术想象,把原有感官材料加以分解消融,然后重新创造。在《文学生涯》第十四章的最后,柯尔律治写道:“诗才是以机智为躯体、幻想为外衣、运动为生命、想象为灵魂,而这个灵魂无处不在、深入事物,将

① Coleridge, S. T. *Collected Letters of Samuel Taylor Coleridge*. E. L. Griggs. Ed. Oxford: Clarendon Press, 1956, p. 71.

一切合为优美而又机智的整一。"①诗人的多数谈话诗中都注入了其独有的丰富想象力,因此可以让他暂时忽视周围的现实环境,赢得一种全新的体验。想象力的运用可以让诗人完全打破时间和空间的限制,而这种打破现实的心理或是感情上的跳跃手法往往深受读者的喜爱。柯尔律治在这里之所以对想象力如此加以强调,是有其更深层的目的的,那就是他认为诗人通过想象力可以构建或达到一个"整一"的思想或情感。从哲学的角度说,是想象力赋予了柯尔律治创造出完美的能力,正如他所指出的那样:"是我毕生所做的唯——次尝试,即:将我所有学识归为和谐(harmony)……将那些散落的真理碎片结合起来"②。而在艺术方面,这种统一万物的天赋将创造美,诗人简称这种美为一切为一(The many seen as one)。由此可见,"整一"是柯尔律治哲学思想的基础,是其想象力表现的根本目的。

《这棵菩提树,我的牢房》是柯尔律治实践其诗学想象力完美表达他的和谐整一相融自然观的最佳诗篇。诗人丰富的想象能力以及敏锐的诗学思想使得他能够超越现实限制,参与到朋友的郊外游玩中。而当诗人回归到现实中时,他发现被自然美景所包围——纷披的树叶、各种树木以及藤蔓阴影等。想象力的力量赋予了这座身体监狱一种新的能量,让它重新转变成了一个让人觉得怡然自得的美丽地方。当读者全心走进这诗篇时,可以感受到更多至美,不仅仅是自然中的美丽意象,更能感受到诗人美好的诗学理念以及他想要释放的强烈情感。

柯尔律治自然诗学的思想核心是和谐整一。《这棵菩提树,我的牢房》是柯尔律治通过灵视自然去展示、回忆、联想和最后的冥思来表达诗人与自然关系和诗人对自然的看法与态度。诗篇开头解释了诗人为什么与朋友们分离而不得不独自留守在村舍中,而此时他是将这菩提树凉亭

---

① Coleridge,S. T. *Biographia Literaria*. *Collected Works of Samuel Taylor Coleridge*, Vol. Ⅱ. James Engell and W. Jackson Bate. Ed. Princeton: Princeton University Press, 1983, p. 18.

② Coleridge,S. T. *Specimens of the Table Talk of the Late Samuel Taylor Coleridge*. H. N. Coleridge. Ed. New York: Harper, 1835, p. 248.

当作是困住自己的监狱。

> 也好,他们都走了,我可得留下,
> 这菩提树凉亭便成了我的牢房(1—2)

尽管此时诗人的心境更多的是对于不能去欣赏那些"美的风致"的沮丧和迷失,他仍然不掩饰他对自然的强烈向往和热爱,因此他写道:

> 我早已失去了美的风致和情感——
> 这些呵,哪怕我老得眼睛都瞎了,
> 也还是心底无比温馨的回忆!(3—5)

而在接下来的诗行中,诗人便开始跳出地点的限制,基于那些令他不能忘怀的对美妙自然的温馨回忆,任想象的翅膀带他飞向他朋友那里,细细描述其朋友观赏自然的情景。荒野峡谷、林木蔚然、日光洒落、树叶枯黄、瀑布激荡等,诗人带引读者领略了一个包含着所有这些美好自然景致的生动画面,他仿佛身临其境地描述着美景,就如他正跟着朋友们一起观赏似的。而这些景象不仅仅是诗人自己,更有他的朋友华兹华斯也曾在他那首《早春章句》的诗歌中描述过此等美丽意象。柯尔律治描写中有意切换近远景的角度,"以一种动态的方式描绘着海面轻舟,绿岛倒影等美景。"①综观全诗,诗人并没有身临其境,那些美妙景致实际上深深印刻在诗人的脑海里并不断闪现出来,赋予诗人写诗创作的灵感,诗人通过自己回忆时的自得其乐也给读者阅读时带来了美感享受并沉醉其中。在这些景致诗歌中,先是假朋友之眼来描述这段奇妙的视觉旅程,随即诗人又联想到了自己的朋友"温良的查尔斯,正如兰姆本人自己要求在印刷中这样

---

① 蒋显璟:《生命哲学与诗歌——浅谈柯尔律治的诗歌理论》,《外国文学评论》1993 年第 2 期,第 65 页。

将自己命名",①柯尔律治对兰姆久居城市深表遗憾和同情：

> 因为你渴慕自然，
> 多年来却困居都市，如入樊笼，
> 心境悲凉而坚忍，在忧患艰危
> 和奇灾横祸中夺路前行！（30—33）

从这几句诗行的联想中，柯尔律治向读者阐明了他对城市生活的强烈批判的态度，通过比较号召读者拒绝城市生活而应选择相伴自然的生活。在诗人眼中，这种以自然为伴的自由乡村生活是应该被广而推崇的。柯尔律治以诗人的睿智和文学家的道德歌颂着大自然的美好，呼吁着传统淳朴民风的回归，更是批判人类贪欲膨胀、城市商业习气等科技带来的恶果，他响应卢梭"回归自然"的号召并且身体力行。接下来的诗行中，诗人又回到自身所处的现实中，他意识到虽然他不能真正的与他亲爱的朋友们一起结伴而行，但是通过他丰富想象力而呈现出的那些自然美景使他心境开朗并振奋起来。面对人们在物质社会中精神世界的迷失，诗人运用其和谐整一的自然哲学观来指导自己的诗歌创作，为人们指引精神归属的道路，更显示出了诗人想要颂扬的人与自然和谐共生的态度。而在这段诗行的最后提到"在忧患艰危和奇灾横祸中夺路前行"，柯尔律治也透露出对挚友兰姆的宽慰和鼓励。由于兰姆长期在伦敦当小职员，生活窘迫，在柯尔律治写此诗的前一年（1796），兰姆之姊玛丽疯病发作，将生母杀死。对于挚友兰姆长期抑郁的城市生活和一系列悲惨遭遇，诗人柯尔律治也有以此诗慰藉友人之意。在下文诗行中，诗人随着心境的转变又联想到自身现实处境，当诗人重新审视这菩提树凉亭，审视周围环境的时候，他发现自己其实也身处于美妙的自然中，这里有阔大的闪闪叶片，有枝叶洒下的阴影，有夕阳下的胡桃树和苍老的常青藤及榆树，更有

---

① Southey, Robert. *The Annual Anthology*. London: Biggs and Co. for T. N. Longman and O. Rees, 1799, p. 137.

旋绕的蝙蝠、呢喃的燕子以及哼唱的野蜂。撇开他的想象,他的的确确也深陷于绝妙的自然之美中,这些美景让他深深沉醉。诗人坚信自然与人类世界本质上的同一性。至此,诗人通过灵视自然成就了最后的冥思,表达出了诗人对自然的看法与态度:

> 从此,我懂得
>
> 自然绝不会离弃明慧的素心人;
>
> 庭院再狭小,也有自然驻足,
>
> 荒野再空旷,也可以多方施展
>
> 我们的耳目官觉,让心弦得以
>
> 保持对"爱"和"美"的灵锐感应! (61—66)

这完全是诗人的灵视世界,超越时空,感受到了自然之外的大爱与美丽。于是诗人坚信无论你是谁,无论何时何地,只要你心存善意,对一切保持敏感之心,去感受朋友之情,你永远都不是孤身一人;无论如何,自然总是随时随地相伴着你,万物存在总是归一于自然,带给你无尽的爱与美的感受:

> 有时候好事落空也安知非福,
>
> 这可以使我们心境更为高远,
>
> 怀着激奋的欢欣,去沉思冥想
>
> 那未获分享的佳趣。 (67—70)

通过此番冥思,诗行字句中诗人劝诫人们不能目光短浅,应该志存高远,应该珍惜并感恩所有的生命形式,真正去感受自然的和谐之美。因此,在诗篇的最后,柯尔律治对于自己不能亲身游玩感到释怀,因为他拥有了一场更美好的精神旅程。人与"自然"的交流是情感的交融,用布莱尔的话说,"人类的普遍情感必定是自然的情感,唯其自然,才是恰当的。"
(For the universal feeling of mankind is the natural feeling; and because

it is the natural, it is, for that reason, the right feeling. )①诗人强调情感的自然流露不是简单层面上的浪漫情怀,更不是狭隘的个人主义情感,柯尔律治期望通过诗歌对自然的完美生动呈现来唤起读者内心对美与和谐的共鸣,倡导他们复归自然精神家园,挖掘出埋葬在功利与污浊背后的人类美好天性,在美妙自然中找到人生的终极归宿。诗行中蕴含着柯尔律治对人的处境及命运与前途的理性思考,对人类命运的终极关怀。

《这棵菩提树,我的牢房》延续了诗人谈话诗中强调自然中人与神灵和谐整一的主题,诗篇连接起了诗人和他外出游玩的朋友们,尽管自己被迫留下,但他仍然为朋友们尤其是兰姆的出行感到愉悦和满足;尽管他们身体分离、不在一起,柯尔律治通过自然去感应朋友并得到了美妙经历和自然美景的互享,因此诗人也能放松去接受自身处境。自然界万物在诗人眼里已不再是一般意义上的外在自然之物,而是我们人类的同伴(fellow-beings),具有人性、灵性和神性,是一个和谐的、互相交融的整体。这样看来,这种无关精神层面的身体的软禁是可以忍受的。诗人娴熟地利用诗歌媒介,用他的激情、思想和观念来感染、引导读者,以和谐整一观念倡导人们重新认识自然并回归纯真自然,恢复在物质世界中迷失的良知与本性,在自然中探索到走向未来的力量,实现人性美和自然美的最终和谐。

不仅从诗歌本身,读者也可以通过研究柯尔律治本人、他的生活历程以及他的思想表现,对他及其作品有更深层、更全面的认识。当时社会的工业化进程和科学技术的飞速发展破坏了传统的和谐与生态,加速了人与自然生存状态的偏离。而被誉为神学家的诗人柯尔律治无疑最热心于从神性自然的角度表现自然的力量及对人类命运的引导。柯尔律治曾经在1798年3月给他的兄弟乔治写的信中提到自己并不后悔参与激进政治,但同时也宣告他决定投身于更有价值、更能激起人类敏感之心的自然中。他认识到,"把影响人类美德和幸福的责任归于政府是错误的,他愿

---

① Abrams, M. H. *The Mirror and the Lamp: Romantic Theory and the Critical Tradition*. New York: Oxford University Press, 1953, p. 104.

意放弃对革命和社会改革的顾虑和担忧"。① 柯尔律治与其他浪漫主义诗人蛰居到英国西北湖区,寄情山水,缅怀中世纪和宗法制农村生活,并非一味地寄情山水,脱离现实斗争,或者是在外界看来显示出一种政治上的软弱。相反地,他们作为诗人,更加清楚地认识到社会问题的根本所在,他们在试图寻找出一种精神上的出路,自觉肩负着拯救人类精神世界和未来命运的责任。在柯尔律治看来,要拯救人类的灵魂不能靠政府的力量,而应该依赖于自然的力量,并且由于他擅长将看似分离不相关、实际理念融合的事物联系在一起,以此来显示自然带给人类的力量。柯尔律治等诗人清醒地意识到社会危机的本质,革命的暴力无济于事,"暴力革命只能引起社会更大的混乱和道德危机,只有在人们的精神世界中进行改造——而人性的最高标准并不是通过人类理性来获得,而是蕴含在神秘美丽的大自然中,唯有自然才是人性的最高标准和最终归属"②。自然之力不仅仅能够治愈人类的邪念,更能在人们的内心深处徐徐注入善和爱,给人类的道德重生带来希望。因此在柯尔律治的大部分作品中,诗人都高度推崇自然力量,通过灵视的享受,感受到仁慈和平静在心中滋长。进一步说,柯尔律治更希望将这种善念植入他人心中,压制邪念,以此将善行传播,将整一的世界变得更美好。从柯尔律治的笔记中可以看出他乐于将大多数诗学作品基于在"美德与自然之爱紧紧相连"的主旨中。③ 柯尔律治的诗歌可以看作是他在不同阶段对自然的态度及其回应的记录。

柯尔律治对自然的兴趣是广泛的,而诗歌成为他整合这些多样化事物的一种手段和媒介。柯尔律治花费了大量时间去成为"上帝手下自然

① Modiano, Raimonda. *Coleridge and the Concept of Nature*. London: Palgrave Macmillan, 1985, p. 1.

② 高伟光:《英国浪漫主义的乌托邦情结》,北京师范大学博士论文,2004 年,第 33 页。

③ Coleridge S. T. *The Notebooks of Samuel Taylor Coleridge*. Vol. I. Kathleen Coburn. Ed. London: Routledge and Kegan Paul, 1957, p. 552.

的视觉仆人"①。诗人生动的描述手法显示出诗人习惯于以画家的眼光去看待自然之美,并且专注于在纷繁的自然中抓住那种和谐整一。在此基础上,诗人也擅于将自己生活中的重要事件,比如他的友情与爱情等融入诗歌,更有他的象征理念、美学思想、宗教和道德信仰等融入其中,这些种种都直接或间接地影响了他对自然不同的回应与态度。当欣赏柯尔律治的诗歌时,读者应将所有这些因素都考虑其中,以对柯尔律治的自然观有全面深入的认识。而对于诗人来说,他的挑战性在于通过描写将观察者和描述者在适于自己理念而创造的画境中得到愉悦的交流,尽管这种描述与艺术的感知从来都不是"同时发生的"(引用了柯尔律治最爱的词语)。因此,"最崇高的描写是诗人不应该尝试去重复描写本无秩序的事物或者将不相关的事物收集在一起,而是应该努力去做到完整融合,如画般和谐陈列的艺术形式。"②总的来说,将各部分融合成一个和谐统一的整体是至关重要的。

"一定存在着和谐整一,并非那种紧凑的联合而是一种绝对的归一融合"。③ 对柯尔律治来说,灵视有三个重要模式阶段:客观、主观以及超自然的灵视。这些模式从对物质自然的客观灵视开始,升华至创造性的或是艺术性的灵视,最终达到超自然的顶峰。"在这种最高层次的灵视中,自然的精神意义是能够被感知或者至少人们能够最接近自然的精神意义"。④ 从柯尔律治的观点出发,他坚信通过人们对自然灵视的力量可以将物质世界和精神世界的关系明朗化。"自然象征或者外在形式都包含

---

① Coleridge S. T. *Collected Letters of Samuel Taylor Coleridge*. E. L. Griggs. Ed. Oxford:Clarendon Press,1956, p. 71.

② Modiano, Raimonda. *Coleridge and the Concept of Nature*. London: Palgrave Macmillan, 1985, p. 15.

③ Coleridge, S. T. *The Notebooks of Samuel Taylor Coleridge*. Vol. Ⅰ. Kathleen Coburn. Ed. London: Routledge and Kegan Paul,1957, p. 556.

④ Harvey, Samantha. *Coleridge's Responses: Coleridge on Nature and Vision*. London:Continuum, 2008, p. 2.

着精神含义,自然需要高层次的灵视模式去探索。"①自然对人类的思想有深度影响,因此自然可以被看作需要解读其精神含义的书籍或者语言。而诗人能够掌握最高层次的灵视,可能有能力去探究万物的奥秘或者自然的精神意义。灵视有其被动或主动的影响,对生理眼睛来看,灵视消极记录着对自然的印象,而用心灵眼睛灵视,能够主动看穿达至自然实质意义的层面。对诗人来说,自然是艺术灵感的丰富来源,也是一部需要被阐释的深含精神意义的书。具体到诗人柯尔律治,他感兴趣于感知的新鲜和生动,他的种种诗学思想不仅仅是为了赢得读者的拥护喜爱,更多的是想引导读者灵魂的提升。柯尔律治认为"当自然的灵视感知达到其最高层次就能解决自然奥秘,重审精神世界与自然世界的联系,而这种对自然物质形式的特殊敏感性应该是诗人与生俱来超越常人的能力,诗人们再被赋予灵视的内化力量,即能够去研读自然精神的力量"②。因此诗人引领读者灵视自然,对他们来说自己扮演的是自然阐释者的角色,去向读者展示灵视中的自然与精神世界的和谐整一。

柯尔律治生活在工业化所带来的消极后果已经相当严重的英国,亲眼看见了自然环境的惨遭破坏,也感悟到了人性异化、情感迷失和道德危机。作为诗人、思想家、批评家的柯尔律治,不能无动于衷,他创作的超自然诗、谈话诗无疑都彰显了诗人关于人与自然关系的思考,旨在实现人性美和自然美的和谐整一。《这棵菩提树,我的牢房》这首诗歌也是完整深入地展示诗人自然灵视的杰出代表诗篇,柯尔律治通过灵视自然去展示、回忆、联想和最后的冥思来表达诗人与自然关系和诗人对自然的看法与态度,利用其特有的丰富想象力打破距离、时空的限制,寄情于自然的深深归属感。探究诗歌的深远层次,更显露出了柯尔律治深刻的诗学思想及其和谐整一的视角。通读全诗,前部分诗人享受了一场视觉旅程,这些意象和情景自始至终都没有与其分离。在诗人来看,自然是上帝语言或

① Harvey, Samantha. *Coleridge's Responses: Coleridge on Nature and Vision*. London: Continuum, 2008, p. 23.

② Harvey, Samantha. *Coleridge's Responses: Coleridge on Nature and Vision*. London: Continuum, 2008, p. 8.

表达的象征物,所有单个生命都是构成"普遍生命"的组成部分,[①]在本质上是与自然融为一体的,人在生命中实现着个体与自然万物的和谐共生。世界上任何一种存在物都完整体现着上帝所有的自然、朴素的美德,并深深地感染着人,净化着人的灵魂,于是他通过描写来唤醒灵视自然的力量。柯尔律治强调自然之美可以使读者从生理感知升华到精神感知,于是在接下来的诗行中,诗人也阐述了他对城市生活的批判以及对自然的冥思,以此来号召读者保持敏感之心去感受自然之美、朋友之情,去拥有敬畏上帝、敬畏自然的纯净心灵,以灵视自然实现引导人们对人类命运的终极关怀的目的。

---

① 蒋显璟:《生命哲学与诗歌——浅谈柯尔律治的诗歌理论》,《外国文学评论》1993 年第 2 期,第 63 页。

# 2.3　《夜莺》：一个全新的自然形象

　　《夜莺》(1798)是柯尔律治改编自《致夜莺》(*To the Nightingale*)(1795)的一首 26 行诗歌。这首诗是新婚燕尔的诗人三年前写给新娘的，也是唯一一首在题目里明确注明谈话诗类型的诗歌。诗歌的最大意义是颠覆了以约翰·弥尔顿(John Milton)为代表的西方传统文学作品里的夜莺形象，对以夜莺为代表的自然形象本身的价值与意义和人与自然的正确关系进行了思考和阐释。弥尔顿在《沉思者》(*Il Penseroso*)中描述的夜莺是忧郁的、悲伤的，而柯尔律治《夜莺》中的夜莺是一只欢乐的鸟。柯尔律治利用联想主义的哲学原理对"夜莺"忧郁的诗学象征意义进行反思，讽刺和批判了欧洲传统文化里人们对夜莺形象的错误理解。他认为自然本身是快乐的、是陶冶净化人类灵魂的，是城市的发展使人们越来越远离大自然的欢乐，从而导致人类心灵异化等问题。

　　柯尔律治选择"夜莺"这一欧洲文学中传统自然形象命名和谈话无韵诗的诗歌形式有其深意，也就是说"夜莺"的象征意义非凡。柯尔律治以诗人高度敏锐的心理观察能力和想象力，从非常不相干的物质中创造一个复杂而又和谐的整一。夜莺、夜色、圣灵、城市的浮躁、人间友情以及父子之乐等均以自然的和超自然的顺序存在着，通过这些生活中最微小的自然形象和事件，联想冥思一些超常的甚至是崇高的思想。当然，《夜莺》作为柯尔律治前期的代表性自然诗歌，在想象力的运用、故事情节的跌宕以及人物形象的神秘等方面均无法与其后期超自然诗歌相比，因此很少得到学界关注。但是，从文本的角度看，其最重要的认识价值是柯尔律治通过夜莺塑造了一个全新的自然形象,同时,《夜莺》采用寓言体无韵谈话诗歌形式将描述内容戏剧化,以夜莺作为自然形象的象征深入诗人内心,对自然本质和人与自然关系进行冥思和描述。柯尔律治对夜莺形象的重新定位体现了诗人早期自然意识的深刻性,即工业化时代人类应该怎样正确认识自然的价值和人如何摆正自己与自然的关系。

1798 年 4 月的一天,华兹华斯和妹妹多萝西·华兹华斯来到柯尔律治的乡间居所拜访。晚上,三人一起散步结束后,柯尔律治写下了这首著名的无韵谈话诗歌《夜莺》。柯尔律治一开始就直接把它命名为"一首谈话诗歌",但是通篇诗歌的说话人只是柯尔律治一人,好像是把他说给两位友人的话记录下来一样。当然,确切地讲它并不真是他对朋友说过什么的话语记录。柯尔律治通过无韵体的诗歌形式使得诗歌具有谈话式的格调,《夜莺》的结构清晰明了,名为谈话诗,其实是诗人一人之言,自然流畅,发自肺腑。

诗歌开始是这样的,柯尔律治邀请他的朋友一起驻足在一座老桥上,欣赏周围的风光。但是,因为天上浮云遮住了星光,所以并不是一个非常美丽的夜晚。然而他对他朋友说要想一想"让大地变成绿意盎然的春雨",那么他们就会"从昏暗的星光里找到快乐"(9—10)。这一开场白明确地导入了这首诗的主题——人在自然中的位置问题。柯尔律治承认自然风光有时候也许不会马上令人心旷神怡,甚至会让人感到"昏暗"和忧郁。然而他坚持认为如果人们以正确的心态理解大自然,就会从中找到欢乐。

这一观点表明后,柯尔律治就听到了夜莺的叫声,马上感由心生地说,这声音"最悦耳动听,最忧郁伤感"(13)。"最悦耳动听,最忧郁伤感"来自弥尔顿的《沉思者》①。弥尔顿的诗就是用这些词语来描述夜莺的,以此来表达一种忧郁伤感的个性。柯尔律治已经明确表明只要正确理解自然,自然里就充满欢乐,然而,为什么此时他却又称夜莺是一只"忧郁伤

---

① Milton, John. *The Complete Poetry of John Milton*. John Shawcross. Ed. New York: Anchor, 1971, pp. 111—116.

感的鸟"呢？其实,诗人立即就给予了否定,"忧郁的鸟吗？荒诞的想法！
自然界的生灵根本不知忧郁为何物"(14—15)。在接下来的诗文里,诗人
一方面用大量的笔墨来解释夜莺与忧郁之间的关联,另一方面又坚持声
称大自然中欢乐无处不在。

　　在解释夜莺与忧郁伤感之间的关系时,柯尔律治想象出了一个"夜游
人",一个饱受忧郁伤感折磨的"可怜人",并以谈话的口吻告诉他身边朋
友是这种人"把自己的情感推给自然,任何甘美的自然之音对他来说,都
是哭诉冤苦——是他和他的同类人最先把忧郁加之于夜莺的歌唱"(16—
21)。从此后,诗人脑海中就萦绕着这个"别出心裁的意念"(23),那些
"最富有诗意的青年男子和妙龄女郎"总是把"菲勒米拉那我见犹怜的紧
张兮兮、可怜巴巴的样子"与忧郁的夜莺等同起来(35—39)(菲勒米拉是
希腊罗马神话中一个女人的名字,在遭到强奸和杀害后变成了一只夜
莺)。因此,柯尔律治认为大多数人之所以把夜莺与忧郁联结一起,是因
为他们并没有把夜莺当成一只自然鸟类,而是源于一个文学上的一个传
统概念,源于那些对真实的夜莺漠不关心、更不了解的人们,是对真实自
然的不尊重。

　　柯尔律治认为诗人不应该仅仅为写诗而潜心研究诗歌,那样写出的
诗只能是机械的、死板无生气的,更是没有精神和灵魂的。而更应该全心
走进自然、融入自然、聆听自然之声,才能创作出魅力永存的诗篇。

> 诗人么,常常致力于雕章琢句,
>
> 他与其如此,远不如悠然躺卧在
>
> 树立苍翠、苔藓如茵的谷地里,
>
> 傍着溪流,沐浴着日光或月光,
>
> 把他的灵根慧性,全然交付给
>
> 大自然的光景声色和风云变幻,
>
> 忘掉他的歌声和名声！那么,
>
> 在整个大自然的庄严不朽中,
>
> 他的名声也有其一份;那么,

他的歌声就会使自然更加可爱，

这歌声也会像自然一样动人！(24—34)

然而，令柯尔律治深表遗憾的是：

而事实并非如此；善于吟咏的

才郎才女们，把大好春宵虚掷于

舞厅与烦嚣的剧院，他们向来是

恻隐为怀，对于夜莺的啼叫

总是要深表哀怜，唏嘘叹息。(35—39)

柯尔律治不仅惋惜年轻的诗人们忘掉自然、远离自然而使自己创作时搜肠刮肚，雕章琢句，而且明确表明现代文明给年轻一代带来了诱惑和腐蚀，这些诱惑和腐蚀消磨掉了诗人们对自然应有的感悟和理解。接下来，柯尔律治又以谈话的口吻告诫身边的华兹华斯兄妹：

我的朋友啊，还有你，我们的姐妹！

我们既另有知趣，就不要像他们

那样曲解大自然曼妙的嗓音——

这嗓音总是盈溢着爱和欢悦！

这是一只快乐的夜莺，迅疾地，迫促地，

滔滔不绝地倾吐着清婉的旋律，

仿佛它担心：四月的一夜太短了，

来不及唱完一篇篇爱情的赞歌，

来不及让它载满了乐曲的灵魂

卸下这沉沉重负！(40—49)

是的，在柯尔律治自然观里，夜莺乃大自然的象征，她自身"盈溢着爱和欢悦"，无论人类情感如何，她始终自在和谐地存在，是一些不懂自然的人们曲解了自然本身的内涵。作为肩负拯救人类精神世界的诗人千万不能"那样曲解大自然曼妙的噪音"。为了强调大自然本质上的欢乐与和谐，柯尔律治接着带领朋友和读者来到了一片广阔林地中的一座古堡附近：

> 古堡已经无人居住，那片树林呢，
> 也就荒芜了，灌木与丛莽纠结着，
> 平整的道路已经残破不堪，而草
> 纤细蒙茸的野草滋生于路面。
> 有夜莺聚居于此，其数量之多
> 为任何别处所不及……(52—57)

　　这里好大一片广阔的树林，因为人的离弃而造成今天的"古堡树林荒芜，灌木丛莽纠结，道路残破不堪"，一派荒凉忧郁的景象。然而，夜莺这样的自然之物，无视这些荒凉和忧郁，选择此处居住并且：

> 它们此一唱彼一和，互相逗引着：
> 小小的口角，变化多端的争执，
> 佳妙动听的偶语，快速的啼唤，
> 笛韵一般的低吟——比什么都柔美，
> 以一派雍容的合奏激荡着天穹，
> 你若是闭上两眼，简直就忘了
> 这是混夜而不是白天！(59—65)

　　人的无视与冷漠挡不住夜莺美妙的歌声，"它们此一唱彼一和，互相逗引着"自得其乐，尽管也会有"小小的口角，变化多端的争执"，但正是这些不同与差异形成大自然"一派雍容的合奏"。夜莺所展示的只有欢乐，与荒凉忧郁无关，当然更与人的情绪无关，所谓夜莺是"一只忧郁的鸟"，纯属无稽之谈。

当然，荒弃的城堡、废弃的小路和迟迟的暮色这些人为的事情象征着忧郁伤感之情，然而，为数众多的夜莺带给我们的只有欢乐。随着柯尔律治对欢乐的自然这一观点的进一步展开，他所用的语言也就带上了宗教色彩。他讲到住在附近的一位温雅少女，她"犹如一位淑女在林中许愿，愿为某种超凡的灵物而献身"（72—73）。她亲眼看到成群成群的夜莺，熟悉夜莺的各种曲调，当月亮藏在云后时，这些鸟儿不发一声，安静异常，而当月亮从云后出来，它们"一齐倾吐出欢愉的合唱"（80—82），整个看似忧郁冷清的夜晚因为夜莺的歌唱而充满美好与和谐，古堡、小路、暮色与少女、月色、鸟鸣形成对比，自然而成而又融为一体，形成一个和谐整一的自然世界。

> 轻悄地踏过小路；这位温雅少女啊，
> 她熟悉夜莺的各种曲调；往往，
> 当月亮被浮云掩没，那一片歌吟
> 便戛然而止，霎时间声息全消；
> 而等月亮重新露脸，激动了
> 大地和长空，这些醒着的鸣禽
> 又一齐倾吐出欢愉的合唱，俨如
> 一阵突起的天风，同时掠过了
> 百十架风琴！（76—84）

柯尔律治所描述的自然世界，不是一片雷同，更不是同一种声音，有人为而成的忧郁事物，有自然存在的自然之物，每个存在都有其必然和偶然，拥有个性和差异。但是，也正是这些个性与差异形成多彩缤纷的世界，它们不是相互排斥和伤害，而是互补与互助，它们的内在共有一种力量，这种力量凝聚着自然万物的共生与和谐。柯尔律治认为，诗人的责任就是要发现这种存在于众多"不一"中的元素，运用诗学天才想象力整合不一，进而实现统一和"整一"。

在诗的最后，柯尔律治再次展示自然之力和自然之美，并希望朋友们

在沐浴自然之美之后各自回到——"亲爱的家"，享受天伦之乐，聆听自然
之声：

> 再见了，歌手们！到明天晚上再见！
> 跟你们也再见，朋友们！暂时分手吧！
> 我们已经畅游了好一阵，现在
> 该回家——亲爱的家了！（89—92）

此处简单两句话说明了柯尔律治对自然的倾情，坚持每晚畅游于自
然景色之中，夜莺对他来说没有丝毫的忧郁和伤感，它们是歌手，是带来
欢乐的使者！暂时的分离为的是更加宝贵的重聚！朋友们，让我们暂时
说再见，但是再见是为了一个更加美好的团聚，每个个体最终都要回归一
个整体：家庭——和谐生活的象征。接着，柯尔律治描述了自己可爱幼小
的儿子对自然声音的热爱和自然声音对他的吸引，希望他从小就成为大
自然的游伴：

> ……，小小的手儿
> 举到耳旁，竖起小小的食指，
> 叫我们聆听！我想，聪明的高招
> 是让他从小成为大自然的游伴。（96—99）

十八个月大的儿子哈特利正是牙牙学语之时，可以说是开始进入学
习阶段，此时的他应该是纯洁无瑕的。柯尔律治把纯真的孩童与自然的
夜莺放在一起，意义深刻。在华兹华斯、柯尔律治等英国浪漫主义诗人的
观念里，孩童就如同大自然里的夜莺一样，天真无邪，纯真美好，是一块尚
未雕琢的美玉。一些诗人之所以把夜莺看成是一只忧郁的鸟，只是因为
他们把自己的情感强加于一个客观存在的自然之物上，表明他们对自然
的无知，对自然意义肤浅和错误的认识。柯尔律治继续向友人讲述自然
的魅力：

> 他认识黄昏星;有一回他梦中醒来,
>
> 哭得怪伤心的(某种潜在的痛苦
>
> 造成了那种怪物——幼童的噩梦),
>
> 我急忙抱他到屋后的小小果园里,
>
> 他一眼望见月亮,立时静默了,
>
> 止住了呜咽,安恬地笑了起来,
>
> 泪水还盈盈欲滴的一双亮眼
>
> 在淡黄月色里闪闪发光!(100—107)

哈特利这个天真无邪的孩子在大自然中感到了真正的快乐,立马止住哭泣并且还能够安恬地笑了起来,连仍然噙满泪水的眼睛也顿时闪闪发光。在孩童的情感里,自然不仅没有丝毫伤感之意,而且有一种力量能够融化人的伤感,带来愉悦和快乐,这正是柯尔律治希望自己的幼儿从小成为"大自然的玩伴"的原因吧。柯尔律治以《夜莺》为题目,通过联想和冥思把传统的夜莺形象与真实夜莺的文化意义做对比,并把孩童与自然并置,不仅批驳了一些诗人和作家强加在真实夜莺身上的错误指向,批判了现代文明对人类的腐蚀和异化,同时也极尽展示了大自然的和谐与力量。

夜莺是这首谈话诗中最重要象征,对其象征意义的讨论是柯尔律治的重要目的之一。弥尔顿在《沉思者》中把夜莺看作是最悦耳动听,最忧郁伤感的鸟。柯尔律治本人甚至也写了一篇极常规的夜莺诗《致夜莺》,出版于 1796 年的诗歌杂集里。这首夜莺诗也是把忧郁伤感的诗人和夜莺联系在一起,一开篇就写道:"沉浸于孤独的诗人,你的姐妹,夜莺呵!"①而在《夜莺》中,柯尔律治反对"夜莺的鸣唱表达的是忧郁伤感"这一传统意义上的观点,坚决主张夜莺充满了欢乐。从某种意义上讲,他尝

---

① Coleridge, S. *The Complete Poems*. William Keach. Ed. London: Penguin, 1997, p. 79.

试着用真正的鸟来代替"夜莺"在文学作品特别是传统诗歌里的自然形象。因为真正的鸟是大自然中生命和欢乐的一部分，因此，可以通过这种提喻法来象征那种欢乐。自然本身以及人在自然中所处的位置是柯尔律治诗歌的一大主题。他认为诗人不应该只研究诗歌["让诗押韵"，正如他在第二十四行所做的那样，这次暗指的是弥尔顿的《利西达斯》（Lycidas）]（第 159 页第 11 行），而是应该住在小溪旁成为自然的一部分。唯有如此，诗歌才会成为自然的一部分，才会永存于世。

　　然而与自然融为一体并不是一件容易做到的事。柯尔律治并不是一个疯野的孩子，而是一位在英格兰长大的诗人，他的诗充满了文学主题思想。他用来表达自然诗人的形象再平常不过了。年轻人躺在潺潺的溪水旁、草木茂盛的山谷里，微风扑面，鸟语花香，这一切都是平平常常的田园元素。而荒弃的城堡、夜晚林中游荡的女人则是哥特派常用的元素。在诗的结尾谈到他儿子的时候，柯尔律治认为他的孩子是一个与他迥然不同的、没有学会把夜莺与忧郁伤感联系在一起的人，孩子能够把夜莺和大自然中的一切与欢乐联系在一起。柯尔律治用幼小孩童来体现人与自然的亲密关系，孩子象征着一种人生还没有被社会观念玷污的状态。

　　在 18 世纪 90 年代期间，法国大革命对英国有极大影响。革命初始的成功极大地鼓舞着英国人，他们比较着法国革命和英国 1688 年的光荣革命。自由、平等、博爱的伟大理想似乎是对启蒙运动价值观的一场伟大胜利，由此推动了英国的改革运动。然而，"随着革命变得越来越血腥，许多英国改革者就失去了热情"[1]。在英国和法国交战之时，英国人的爱国主义情感与传统的普世原则相冲突，总体上来说爱国主义情感占了上风。继续支持法国革命和在英国国内进行改革活动的英国激进分子不得不反对国内的民族主义舆论以及政府的残酷措施。

　　1798 年，当柯尔律治下笔写《夜莺》的时候，他就已经不再从事激进改革而是转向与华兹华斯合作写诗了。从某程度上来说，这是他暂时

---

　　① Coleridge, S. T. *The Complete Poems*. William Keach. Ed. London: Penguin, 1997, p. 79.

远离政治的表现，他此时诗歌的关注点已经不是城市和政治了，而是自然和诗歌本身。然而，这一改变并非柯尔律治的本意，他发觉他无法完全脱离政治。他和他的朋友威廉及多萝西·华兹华斯兄妹对大多数人来说好像就是几个寄情于山水之间、与世无争的年轻人。但是，当地人对这几个前激进分子以及他们的活动持怀疑态度。1797年，激进分子领导来看望他们，他们晚上散步时详细地记下了周围的美丽风光，可是这引起了人们的怀疑，把他们当作法国间谍，认为他们有可能正为法国入侵英国做准备。

在《夜莺》中，柯尔律治不仅反对自己和他朋友对夜莺老生常谈的文学联系，也反对他们的文化鉴赏力。举例来说，他写道：

> …… ……
> 善于吟咏的
> 才郎才女们，把大好春宵虚掷于
> 舞厅与烦嚣的剧院，他们向来是
> 恻隐为怀，对于夜莺的啼叫
> 总是要深表哀怜，唏嘘叹息。（35—39）

在这几行诗中，柯尔律治批判的是年轻诗人无视自然，远离自然，而总是喜欢消遣娱乐，大好年华沉溺于舞厅剧院。他们对夜莺的悲悯之情仅仅说明他们具有一颗仁慈之心，而根本不懂夜莺这一自然形象真实的意义与价值。他们远离自然，这一点我们在他们对夜莺虚假和错误的观点中看得一清二楚。柯尔律治的自然观念里，自然是快乐的源泉，避开诸如球类活动、看戏等时髦的城市娱乐消遣，这一视角也是抒情歌谣《夜莺》首次出现的那一卷的要点之一，这一点在华兹华斯抒情歌谣的序言中也表达地清清楚楚。在序言中，华兹华斯写到"城市人口急剧膨胀"，人们就会产生一种对"不同寻常事情发生的渴望"。"鉴于人们如此生活和行为方式的发展趋势,我们国家所呈现出的文学和戏曲本身也发生了改变。"①

柯尔律治与骚塞这两个人都是政治上的激进分子,对法国革命投入极大的热情,对英国日益严重的政治压制极为愤怒。他们计划移民到美国,在那里建立一个乌托邦社会,柯尔律治将其命名为"乌托邦的大同世界"。由于种种原因这一计划泡汤了,但是,正如我们在《夜莺》一些段落中看到的那样,离开腐败的社会到更为纯洁的大自然中去这一想法一直萦绕在柯尔律治的脑海中,即使乌托邦的大同世界被摒弃之后也是如此。1794—1796 年间,他住在布瑞斯特,参加一些激进的政治活动,举行一系列的演讲,出版反政府的小册子,甚至创办了昙花一现的政治日报《观察家》。另外,他于 1795 年与萨拉·弗里克尔(Sara Fricker)喜结连理(骚塞和萨拉的妹妹艾德思结了婚),他的儿子哈特利于 1796 年呱呱坠地。1797 年,柯尔律治开始了他和威廉·华兹华斯及妹妹多罗茜的伟大友谊。与此同时,他结束了政治上的激进主义。他和骚塞共享激进主义变成了他和华兹华斯共享对诗歌的痴迷。然而,我们应该清楚华兹华斯在政治上也曾是一位激进分子。柯尔律治、骚塞、华兹华斯他们每个人以不同的方式于 18 世纪 90 年代脱离了激进政治。《抒情歌谣集》是由柯尔律治和华兹华斯合写的,于 1798 年匿名发表,其中就有《夜莺》这一篇。尽管柯尔律治的这首诗不能只被看作是对一个特殊夜晚的写照,但是它确实让我们了解柯尔律治、华兹华斯以及和他住在一起的妹妹多萝西怎样度过在一起的时光。他们长时间一起在乡间田野散步,欣赏美丽的自然风光,谈论哲学和文学上的问题。柯尔律治不管从哪方面来说都是一个极有趣的谈话者。他给多萝西的第一印象是"非常简单、皮肤苍白、身量瘦弱、嘴巴宽大、双唇厚实、牙齿不齐,还长着一头乱蓬蓬的半卷的黑色长

---

① 　Butler, Marilyn. *Burke, Paine, Godwin, and the Revolution Controversy*. New York: Cambridge University Press, 1984, p. 103.

② 　Magnuson, Paul. *Coleridge and Wordsworth: A Lyrical Dialogue*. Princeton: Princeton University Press, 1988, p. 104.

发。但是如果你听他讲话五分钟,你就会对他有一个全新的认识"①。实际上有着 110 行的诗作《夜莺》都是他一人所为,这一点都不假。

《夜莺》的结构不言而喻,名为谈话诗,实在为诗人一人之言,自然流畅,发自肺腑。早前,马丁·比德尼认为《夜莺》当中的韵律类似于一种有机统一的"渐强—渐弱结构,这种结构是一种断断续续的或因害怕而颤抖的行为以及在中间高潮部分表现最为明显"②。柯尔律治想要表达的正是这种有机理论的情感。马克思·舒尔兹提到"一个主要的意象——《风弦琴》中的竖琴,《思想》中无罪的基督徒,《夜莺》中的鸟儿"等,他认为,《夜莺》这首诗"至少是属于谈论诗的类型"③。关于谈论诗的创作动机,包括舒尔兹在内有许多不同的说法,保尔·马格努森敏锐地注意到柯尔律治是如何揭示诗歌中的倾向,即取代诗歌从他自己到对其他人的想象,因此使得读者很难全面理解这种单一样式的理论。法国评论家保罗·迪斯查斯特别注意到诗歌的核心观点被限制于诗中十五行即"自然无忧郁"一段。他写道:"实际上,这个核心观点承载了足够的力量和分量把诗歌的多样性主题组织和融合到一个和谐整一中去,不管是碰到一些多么繁复的变化"④,充分地评价了柯尔律治自然观的重要性。

综观柯尔律治的一生,他的宗教观不断地在变化。年轻时他是一位狂热的一位论教徒,后来他成为一名坦率的英国圣公会教徒,他的诸多诗作都暗含着重大的宗教观点。《夜莺》看起来没什么宗教内容,唯一一次清楚明白地提到宗教是在结尾他谈到他是如何抚养他儿子的地方,"只要上天让我活下去,我就会让他厮伴着夜莺的啼啭而成长,让他的夜晚融合

① Holmes, Richard. *Coleridge: Early Visions, 1772—1804*. New York: Pantheon, 1989, pp. 150—151.

② Bidney, Martin. *The Structure of Epiphanic Imagery in Ten Coleridge Lyrics*. SIR, 1983, 22(1): 29—40.

③ Max F. Schulz. *The Poetic Voices of Coleridge: A Study of His Desire for Spontaneity and Passion for Order*. Detroit: Wayne State University Press, 1963, pp. 89—90.

④ Deschamps, Paul. *La formation de la pensde de Coleridge*. Paris: Universite de Paris, 1964, p. 85.

着欢乐"。(108—112)这个比喻非常老套,似乎没有给全诗带来任何宗教意义。但是,柯尔律治在写有关自然的时候使用了宗教语言,这一点意义非凡。诗的一开始,他向西眺望,他说他看不到"夕阳的余晖"。他后来在诗中提到"最温顺的姑娘",她"犹如一位淑女在林中许愿,愿为某种超凡的灵物而献身,"(69,72,73)。接着这位姑娘就听到了鸟儿"突然间一起鸣唱"(80)。在每一个例子中,柯尔律治所使用的语言都说明他是以一种宗教的方式对待自然的。柯尔律治在《夜莺》中以一种半宗教的方式对待自然,尤其在和正统的基督教相容方面是可以解释清楚的。也许他把自然看作是灵感的源泉,通过自然,他可以灵视到上帝的创造。这一自然的宗教观点在他其他诗篇比如《午夜寒霜》和《这颗菩提树,我的牢房》中表现得再明白不过了。

第 3 章　超自然诗歌的整一理念

CHAPTER THREE

# 3.1　《古舟子咏》：生态预警

《古舟子咏》是柯尔律治实践其哲学、诗学思想的最高成就。诗人运用隐喻、象征的独特艺术手法，带领读者经历了从整一到分离、再回归到整一的本体思维旅程。诗中所展现的避恶趋善的价值追求与整一极善的终极把握，不仅具有形而上的理论意义，而且更有人类现代生态意识的最初萌动。

如果说华兹华斯代表着浪漫主义诗歌中返回自然的主要倾向，那么柯尔律治代表的则是通过瑰丽的想象创造一种神秘气氛或异国情调的倾向，但两者均折射出了诗人对人的处境及命运与前途的理性思考。《古舟子咏》是一首歌谣体长诗，最初发表在 1798 年的《抒情歌谣集》里。作者运用隐喻、象征手法，在带领读者经历了从整一到分离、再回归到整一的本体思维旅程的同时，也使作品充满了神秘且恐怖的情景，仿佛有一种超自然的神力笼罩着万物。对此，柯尔律治同时代的人不能理解，甚至连他最亲密的合作者华兹华斯也认为，该诗对他们合作出版的《抒情歌谣集》是一个"伤害"。[①] 随着人类对自然的认识从"天人合一""天人对立"发展到"天人对立统一"的理解，我们不难发现诗中出现的超现实的幻想、超自然的神灵和超万物的上帝，其实就是超意志的自然力、超物象的宇宙精神和超时空的终极的象征。老水手对信天翁的射杀以及此后对自己行为的

---

① Hill, J. Spenser. *A Coleridge Companion*. London：Palgrave Macmillan，1983，p. 111.

深刻内省,代表了整个人类的行为与反思,是大自然所涵示的无限宇宙精神和人类对这一精神的无限探求,是人类自由精神的重要内容,也是 18 世纪末 19 世纪初西方欧洲浪漫主义的精神实质。

浪漫主义者认为,在"自然"的境界里,一切物质的、理性的束缚都被解除,人性可以舒展自如,自我情感可以尽情抒发,个体生命的价值能得到充分实现;自然不仅是人类的哺育者,也是人类的良师益友,二者有物质上的联系,更有精神上的依存。"自然"丰富了浪漫主义诗学的哲学内涵,成为浪漫主义诗学的理想境界。德国 19 世纪的伟大诗人席勒认为自然是培育点燃诗之精神的唯一火焰,是诗之精神汲取力量的唯一源泉。当人与自然和谐统一时,人性充分地表现在现实中,诗人就必然要依据客观规律"模仿现实";当人与自然分裂对立时,人性和谐成了追寻的理想,诗人就必然通过主观沉思"表现理想",即"把现实提高到理想"。所以,"诗人或是体现自然,或是寻求自然"①。席勒认为,在初始状态,人和自然是统一的,自从人脱离自然发展以来,变得越来越矫饰虚伪,缺失的自然愈显珍贵,现实与自然的统一也就成了人性完整的理想。席勒的观点体现了浪漫主义崇尚人与自然和谐共存、崇尚自由和个性解放的特点。

不过,在追求理想人性的过程中,浪漫主义诗人虽然露出了非理性的端倪,但还十分朦胧,其深层仍未割断与自由、平等的理想和理性主义思想的联系,浪漫主义诗人的自由观念和生命意识在"自然"的境界里找到了终极归宿。浪漫主义文学中人文主义观念已经表现出对欧洲近代理性主义文化传统的反叛精神,这种反叛还没有完全摆脱理性主义思想的文化传统。浪漫主义文学的自由观念和生命意识的深层,包含了释放人的非理性的内容的潜在欲望,但这种非理性的背后实乃隐藏着诗人对人的处境、命运与前途的理性思考。

华兹华斯和柯尔律治是英国浪漫主义文学最杰出的代表。面对启蒙理想破灭后物欲横流的现实,他们一方面用大自然的美来填充自己的心灵,另一方面则试图在宗教里寻找精神支撑。他们提出的口号是"返回中

---

① 席勒:《美育书简》,徐恒醇译,中国文联出版社 1984 年版,第 51 页。

世纪",其实也就是寻找上帝,隐遁天国。不过,需要指出的是,这些浪漫主义诗人并非中世纪的虔诚教徒,他们所崇拜的上帝实质上是他们心灵的最高实在,他们所隐遁的天国无非个人心灵流溢的自由天地。对于柯尔律治来说,寻找上帝就是在自己内心寻找世界的秩序和整一,隐遁天国就是隐遁到文学幻想的自由王国,通过艺术创造,对分裂混乱的社会人生进行一个终极把握。

柯尔律治被称为英国浪漫派诗人中最具哲学深度的理论家,他的某些哲学和诗学思想,与当代最流行的一些哲学、诗学观点并无二致。柯尔律治哲学观点的中心是"太一",即"太初的整一与极善"。"太一"包容万物,一切事物均从属于它。这个"太一"如果用宗教术语来说就是"上帝",柯尔律治从这个"太一"概念引申出他的"万物一体"说,即所有单个生命都是构成"普遍生命"的组成部分,生命最普遍的规律就是"两极性,或曰自然中根本的二元性":其一为"从普遍生命分离",即个体化过程;其二为"回归普遍生命",即所有生命体都被包容进了"普遍生命"。[1] 在他看来,生命不是静止之物,而是一种行动和过程,是联结两极对立势力的纽带。柯尔律治的生命理论论证了人与自然本质上的同一性。在此基础上,柯尔律治提出异化说,并主张人与自然的和谐。在柯尔律治看来,异化就是人与自然的疏远分离。太初时代,人与自然十分协调,生活在伊甸园般的天真与幸福状态中。但自原始堕落之后,人与自然日渐疏远,陷入无尽的劫难。作为浪漫主义诗人的柯尔律治的看法反映了当时英国少数人对理性的反判。工业化与科学的进步把理性推到至高无上的地位,而感性与情感则被日益贬低。人对大自然不断深化的了解导致传统宗教与神话的破灭,造成世界的越来越物质化和人自身的物化。因而,想要恢复人的丰富多彩的情感生活,让炽热的激情取代冷静的理性,就必须回到人与自然的和谐状态。从原始与自然的统一,经过异化的痛苦和磨难,复归于同自然的统一,这是一条环行的旅程。

---

① 将显璟:《生命哲学与诗歌——浅谈柯勒律治的诗歌理论》,《外国文学评论》1993 年第 2 期,第 63—71 页。

　　《古舟子咏》的故事情节很简单：一位老水手在行船中偶然射杀了一只信天翁，结果招致他和全船人受到了严厉惩罚。后来，由于老水手祝福了海中的水蛇，惩罚方才解除。老水手绝处逢生，终于安全抵岸。故事虽然简单，但寓意非常明晰：作者避恶趋善的价值追求和整一极善的终极把握。西方的传统基督教思维往往认为上帝创造了万物，其中包括人的欲望与责任这一对矛盾体，人类精神中的这两极，在西方文学中经常表现为"罪"与"罚"的伦理探讨；欲求是"罪"的根源，"罚"则是责任的警示。信天翁象征基督之灵，它的被杀就是在亵渎神；后来水蛇的出现则象征"圣灵"的复活；老水手的经历象征人类由"原罪"到忏悔再到获得救赎的苦难历程。由于宗教在观念上对多种意识形态有着一种极强的整合力，在思维方式上又具有宏观性、终极性的特性，因而自然也就成了柯尔律治精神感受的借助之物，或者说是他心灵探求的一个表现手段。因而，与其说文本中的"罪与罚"观念是宗教思想的体现，不如说是柯尔律治借用宗教术语对"欲求与责任"这一人类精神的两极进行的一个最高意义上的概括。事实上，基督教的"罪与罚"观念在其实践意义上，早已成了西方人精神追求和心灵矛盾的写照。

　　毋庸置疑，当华兹华斯等浪漫主义诗人们返归自然，将自己的情思融注于自然风物的时候，他们实际上是在描述着人与自然之间的那种平等、亲善、和谐的关系。可是，《古舟子咏》却给我们描述了这样一番情景：由于老水手射杀了一只信天翁，整只船都遭受了可怕的灾难：……水呀，水呀，处处都是水，泡得船板都起皱；水呀，水呀，处处都是水，一滴也不能入口。连海也腐烂了！哦，基督！这魔境居然出现！黏滑的爬虫爬进爬出，爬满了黏滑的海面……水手们"一个个砰然倒下，成了僵硬的尸堆"，老水手奄奄一息，孤独如死。此时，大自然所构成的氛围是一座炼狱，给我们的感觉不再是博大雄伟，而是沉重滞缓、神秘恐怖。其实诗人所隐含的思想就是避恶趋善，谁与自然对立，谁就遭到惩罚。

　　人类自从自然中分离出来，就有了人与自然的对立。这里有两方面的含义：一是忽略了万物的有机统一，与自然日渐疏远；二是主张人类中心论，对大自然进行肆意掠夺和破坏。人类生存环境的日益恶化正是大自然对人类罪行的报复。作品中信天翁的象征意义极为丰富深刻。它从上帝(即"太一")居住的"雪与雾的国土"飞来,是"整一"的象征;"鸟爱那人,那人也爱鸟"寓意鸟和人都是"自然之子",应平等和谐相处;鸟儿伴船而飞是对人与自然和谐统一的直接像喻。可以说,信天翁是永恒宇宙的化身,是人类自由精神的写照。与其说老水手射杀信天翁是无意的行动,不如说是作者的有意安排:故意让他处于大自然的对立面,品尝一下毁灭这种自由精神的后果。

柯尔律治的自然观,集中表现为"被造自然"和"造物自然"的对立统一,前者指万物的实体,后者指创造性的自然精神,这是事物的最高本质,即本体。《古舟子咏》充分体现了这一精神和艺术上的追求。上帝爱人也爱鸟,人不应该杀鸟。因为人和鸟都是上帝的造物,它们之于神就像过程之于本源、现象之于本体。人与自然互为命运,应和谐相处。人只是整个自然秩序中的一个环节,只是有机统一体中的一个部分,只是从"整一"(上帝)分离出来的一个"众多",因而回归整一极善应该是人类自觉的精神追求。诗的最后通过老水手的心灵忏悔对上述思想做了归纳:……只有兼爱人类和鸟兽的人,他的祈祷才能灵验,才能得到上帝的宽恕和救赎。

"人与自然"是一个体现人性与传达人类生存前途及精神景况的永久性主题。19 世纪的浪漫主义诗歌即是这一主题在西方文学中的集中展现。伴随着自身物质生活方式和理性思维能力的不断变化和发展,人类对自然的认识与理解也不断发生着变化。从远古时代至今,人类对自然的认识曾经历了神话自然观、有机论自然观、神学自然观、机械论自然观、辩证唯心自然观及辩证唯物自然观这样一个从"天人合一""天人对立"发展到"天人对立统一"的漫长演变过程。20 世纪的现代化文明进程所带来的精神文化危机和物质文明劫难,促使人们对人与自然的关系进行了新的反思和探索。

现代环境自然观认为"自然界是动植物之间、有机物与无机物之间、地球与其他星球之间经过漫长时间的地质演化与自然进化形成的动态平衡体。它是一种物质性的客观存在,同时又是充满活力的有机体"①。也就是说,自然界不仅包括宇宙的一切物质存在,它同时还指涉所有物质存在以其各自的运动方式交汇而成的运动系统。在这一系统中,不同运动形式之间和同一运动形式内部存在着内在的平衡关系,有机界或生物界则存在着生态平衡和自我组织机制。这种自然界本身的客观性和整体性,维持它呈现为一个自在自因的动态发展过程。现代环境自然观并未改变自然概念所涉及对象的范畴,而是重新界定了自然界的内在机制,明确了人类在其中的位置。人类虽然具有许多优于其他物种的特性与能力,但不等于人类在自然界中拥有绝对的优先权,可以随意剥夺其他物种的生存权利。现在越来越多的人开始认识到了这一点,并在为规范人类的实践活动而做出努力。

柯尔律治和华兹华斯同是英国浪漫主义文学最杰出的代表,只不过他们的表达方式不同。华兹华斯通过歌咏自然,而柯尔律治则通过把人置于自然的对立面来体现诗人早期的人文关怀。柯尔律治的《古舟子咏》乍听起来似乎是一个宗教神话般的说教故事,告诫人们因果相报的轮回。诗歌中充满了神秘且恐怖的情景,一种超自然的神力笼罩着万物。正因如此,诗歌出版后很长一段时期不被人理解。当时,唯一肯定它的人是著名作家查尔斯·兰姆,他直觉地感到这首诗奏响了英语诗歌的新乐章。可是,就连他也只能说:"对这样一首诗,我们只能感觉、品尝和冥想,不能谈论、描述、分析和批评。"②直到 19 世纪末,这种难以言说的状况才慢慢得以改变。20 世纪的评论家们对这一作品也做出了各式各样的现代阐释。我们渐渐认识到,那个深藏于迷雾之中、令人困惑不解的超自然神力既不是基督教的上帝,也不是超验主义者的"超灵",它其实就是渗透于物质世界中、不同物种间生命的相互依存和相互作用的自然之力。在宇宙中,信天翁虽然只是一个幼小的生物,但

---

① 郇庆治:《自然环境价值的发现》,南宁:广西人民出版社 1994 年版,第 218—219 页。

② Hill, J. Spenser. *A Coleridge Companion*. London: Palgrave Macmillan, 1983, p. 154.

是,它的生命与人类的生命一样伟大,伤害它也就等于伤害人类自身。因此,人与其他物种之间应始终保持一种和谐相亲的关系。诗中老水手正是经历了一场生死劫难之后,才对生命价值有了一种全新的感悟。他所"感悟到的真理远远超越了宗教教规,而成为一种对宇宙万物和谐的肯定"①。英国著名的生态文学研究者贝特评价道,柯尔律治在这首诗里咏叹的不是命运悲剧,而是自然伦理或大地伦理的伦理悲剧,批判的是人类的骄妄和毫无"物道"的残暴。杀死无辜的鸟儿,标志着人类与其生存环境里的其他生命彻底决裂和完全对立,从此便成为生物界的局外人,成为被大地母亲所抛弃的孤儿,就像那个整夜徘徊在黑暗森林里的老水手。(本节基于 2005 年第 5 期《浙江学刊》论文《从〈古舟子咏〉看柯尔律治的生态意识》)

---

① 安德鲁·桑德斯:《牛津简明英国文学史》,人民文学出版社 2000 年版,第 532 页。

# 3.2 《忽必烈汗》：欲望批判

　　按照柯尔律治为本诗所命名的副标题，《忽必烈汗》是一首片段诗（54行诗句），而事实也是如此，因为它只是原来诗人1797年夏天一个梦中诗作的一部分。柯尔律治曾经写道，1797年夏天，自己因为身体的原因来到埃克斯穆一个农庄短暂休养，做了这个梦。入睡前，柯尔律治正好在看当时英国著名游记作者珀切斯的一篇游记，其中谈到因马可·波罗的介绍而在西方出名的元世祖忽必烈汗修建宫殿的事。而当时的英国，随着殖民扩张，以中国为代表的东方文化不断吸引着西方世界，柯尔律治也毫不例外，对东方世界特别是中国文化极其迷恋。因此，在鸦片和游记的双重因素下，柯尔律治自然地梦游到了东方世界。柯尔律治醒来后，梦中的长诗依然清晰可记，有三百行左右。不幸的是，一位不速之客中断了他的回忆，他怎么也回想不起来其余的诗句，无奈之间只记下了现存的片段。这一说法是真是假虽然无从考证，但诗歌的题目和内容却与其睡前阅读的东方游记完全一致。柯尔律治本人从未去过中国，那么他为何能够如此真实地再现忽必烈汗这一帝王形象？诗歌中奇异、神秘的中国园林又从何而来？从生态视角解读《忽必烈汗》文本里的众多"不一"，论证《忽必烈汗》只是表面上的未竟之作，实际上是柯尔律治通过"不一"见"整一"的思想表现，是诗人内心情感的必然反映。柯尔律治有意以东方专制帝王为题目，把象征资本主义发展时期人类中心主义的帝王游乐宫建立在一片沃土、圣河之上，吻合柯尔律治痛恨人类物质欲望、心系自然资源危机的浪漫主义诗学主张。诗人以强烈对比的方式批判人类蔑视自然、掠夺自然的残暴,并以战争的预告昭示人类无限的贪欲必将遭遇自然力量的颠覆和报复,最终走向冰窟和消亡的恶果。诗人第二节描写一位手扶古琴、唱着山歌的非洲少女,似乎与蒙古大帝毫不相干,其深意自明,人类应该聆听自然的声音,才能真正享受平和与幸福,才能"摄取蜜露""啜饮仙乳"。《忽必烈汗》以片段的形式表达着一个完整的意境,诗人融众多"不一"于一体,以其伟大的诗学想象构成了"一个优美而机智的整一",是柯尔律治对立统一哲学自然观的最佳体现。

这首著名的片段诗因其想象力的疏放、异国情调的幽婉浓郁被誉为英国浪漫主义诗歌的典范之作,但同时又因其神秘、怪诞而备受指责。该诗最初与《克丽斯德贝尔》(*Christabel*)、《沉睡之痛》(*The Pains of Sleep*)一起发表在 1816 年的一本书里,但它出版之时,一些评论刊物就给予否定或抨击。1816 年 10 月的《妇女杂志》(*Woman's Own*)以五个半专栏来评论《克丽斯德贝尔》,而谈到《忽必烈汗》却只有一句话:"《忽必烈汗》,一首梦境诗,是柯尔律治沉睡中的产品:毫无秩序而又神秘怪诞。"[①]而一些与柯尔律治同时代的读者也把它视为荒谬之作。到了现代,中西方文学评论界大多仍然关注的是它的神秘甚至令人费解的异国情调以及诗人强烈想象力的表现。比如托马斯·麦肯法兰德曾写道:"《忽必烈汗》是一个想象力的杰作。"[②]我国学者王佐良先生在他的《英国诗史》中也这样强调:"显然,此诗的主角并非蒙古大汗而是诗人,所渲染、形容的是灵感,是想象力。情景转换的迅捷,形象对照的突兀,格律上多种乐音替换的频繁,都是为了突出想象力的作用,表现出它的不可捉摸性。"[③]他甚至还认为"此诗之着重音乐美和意境美而不讲思想或道德意义,则又成了后

---

① Bloom, Harold. *Bloom's Modern Critical Views*: *Samuel Taylor Coleridge*. New York: Chelsea House Publishers, 1986, pp. 117—137.

② 王佐良:《英国诗史》,南京:译林出版社 1997 年版,第 261 页。

③ 王佐良:《英国诗史》,南京:译林出版社 1997 年版,第 261 页。

世纯粹诗、抽象诗的先导"①。不过,值得庆幸的是近年来越来越多的读者认为表面上的梦幻诗"《忽必烈汗》实际上蕴含着深刻的思想和意义,虽然他们不能对其确切的意义达成共识"②。诚然,正如诗歌的副标题一样,它"或称为梦中幻景"(or a vision in a dream)。诗中描述了遥远、神秘国度的奇幻景象,突兀诡异,我们不难看到诗人想象力任意挥发中的浪漫情绪。但是,诗人为何给诗起名《忽必烈汗》,却又不以其为主角? 诗人阅读《珀切斯游记》(Hakluytus Posthumus)中的《马可·波罗游记》(The Travels of Marco Polo)关于忽必烈汗在上都建造宫苑而引起梦幻难道只是偶然的巧合? 蒙古大帝下令建造游乐宫与一个非洲抚琴少女(Abyssian maid playing dulcimer)只是毫不相干的两个梦中画面? 游乐宫怎么总与幽暗、冰冷的洞穴并置? 诗人为何为前后两节意境设置了如此截然不同的结果? 柯尔律治并非一个只讲想象力和激情的诗人,他对想象力有着深刻的阐释,他是英国浪漫主义诗人中最具哲学深度的思想家、文学评论家。从生态视角考察柯尔律治的"整一"思想,解读《忽必烈汗》文本里的众多"不一",论证该诗看似片段实乃"一个优美而机智的整一"(one graceful and intelligent whole),是偶然中的必然,是柯尔律治"整一"自然观的集中表现。

柯尔律治在《笔记》第三卷中写道:"整一(unity)是人类思想与情感发展的终极目的。"③他把与杰里米·泰勒的谈话誊写到《笔记》第一卷中:"只有心存一切为一的信念,融万物为一,视万物为一的人才可以享受精神上的真正安宁与平静。"④可见诗人对万物整一的深层理解与强调。

---

① Schulz, Max F. *Samuel Taylor Coleridge*. *The English Romantic Poets: A Review of Research and Criticism*. Frank Jordan. Ed. New York: Modern Language Association, 1985, p. 394.

② Coleridge, S. T. *The Notebook of Samuel Taylor Coleridge*, Vol. Ⅲ. Kathleen Coburn. Ed. London: Routledge and Kegan Paul, 1957, p. 3247.

③ Coleridge, S. T. *The Notebook of Samuel Taylor Coleridge*, Vol. Ⅰ. Kathleen Coburn. Ed. London: Routledge and Kegan Paul, 1957, p. 876.

④ Coleridge, S. T. *Collected Letters of Samuel Taylor Coleridge*, Vol. Ⅰ. E. L. Griggs. Ed. Oxford: Clarendon Press, 1956—71, p. 349.

在创作《忽必烈汗》时,柯尔律治曾给约翰·赛华尔(John Thelwall)写了一封信,明确阐明了整一与个体的对立统一观:

"我有时能够强烈地感受到你描述的那些本身美丽的东西和因为他们而变得美丽的东西——但更多的时候,我又感到万物似乎都很渺小——所有可学的知识,孩子玩的游戏,甚至宇宙本身。但如果将庞大数量的小事物累积起来又会如何呢? 我只能仔细思考零星部分的小事物,虽然这些零星部分事物很渺小——我的思想似乎渴望去关注和了解伟大的事物——即整一且不可分割的东西(something one & indivisible),正是这种信念使得磐石和瀑布、山脉和洞穴给我一种神圣庄严之感。"①

根据柯尔律治的宇宙自然观,万物归于"太一"即"整一",单个生命构成普遍生命,生命是一种流动过程,往返于两极之间,沟通着个体与普遍。人作为生命个体和普遍生命具有内在统一性,在本质上是与自然融为一体的。人在生命的运动中实现着个体与自然万物的和谐共生,而且自古以来就维系着这种和谐关系,只是近代以来工业化和科学技术的进步把理性推到至高无上的宝座,而情感与信仰则受到普遍压制,才使得人与自然发生了二元分离。人要想享受精神上的和谐与平静,首先就应该视万物为一体,人与自然你中有我,我中有你。

当然,柯尔律治也像其他英国浪漫主义诗人一样强调人的自由情感、主张想象力的任意挥洒,但是,这一思想的根基是"万物整一"。就"整一"与想象的关系,柯尔律治在《文学传记》第二卷中这样阐释:"人有一种高级的精神本能来推动自身寻求整一"②。而在其《文学讲座》第一卷里这样说道:"这一重要本能的表达是真正想象力赋予的天赋,是一种能将多元化为整一的天资。"③在柯尔律治心中,想象力赋予人类能将多元化为

①　Coleridge, S. T. *The Notebook of Samuel Taylor Coleridge*, Vol. Ⅰ. Kathleen Coburn. Ed. London: Routledge and Kegan Paul, 1957, p. 72.

②　Coleridge, S. T. *The Notebook of Samuel Taylor Coleridge*, Vol. Ⅰ. Kathleen Coburn. Ed. London: Routledge and Kegan Paul, 1957, p. 249.

③　Coleridge, S. T. *The Notebook of Samuel Taylor Coleridge*, Vol. Ⅰ. Kathleen Coburn. Ed. London: Routledge and Kegan Paul, 1957, pp. 15—16.

整一的天资,是一种能推动人类自身寻求整一的精神本能。所以,在诗人恣意挥洒想象力之时,寻求整一的终极目的创造了《忽必烈汗》这一情致与思致的统一。在《文学传记》第二卷第十四章,诗人写道:

> "最理想的完美诗人能使人的全部灵魂活跃起来,使各种才能互相制约,然又发挥其各自的价值与作用。他到处散发着一种和谐一致的情调和精神(He defuses a tone and spirit of unity),促使各物混合并进而溶化为一,所依靠的则是一种善于综合的神奇力量。……诗的天才以良知为躯体,幻想为外衣,运动为生命,想象力为灵魂——而这个灵魂到处可见,深入事物,并将一切合为优美而机智的整体(one graceful and intelligent whole)。"①

柯尔律治对想象力的强调有其更深层的目的,那就是通过想象力来构建或达到一个"整一"的思想或情感,一个"优美而机智的整体"。从哲学角度上说,是想象力赋予了柯尔律治创造出"完美体系"的能力,这种能力,正如他自己曾谦虚地说道,"是我毕生所做的唯一一次尝试,即:将我所有学识归为和谐……将那些散落的真理碎片结合起来"②;而在艺术方面,这种统一万物的天赋将创造美,柯尔律治简称这种美为"一切为一"③。可见,"整一"是柯尔律治哲学思想的基础,是其想象力表现的根本目的。

然而,令人不解的恐怕也多半因此而倍受指责的是这样一位"和谐整一"的忠诚卫士居然创作出大量至少表面上并不"整一"的作品,至少表面

---

① Coleridge, S. T. *Table Talk*, Vol. Ⅰ. Carl Woodring. Ed. Princeton: Princeton University Press, 1990, p. 248.

② Coleridge, S. T. *Lectures on Literature*, Vol. Ⅱ. R. A. Foakes. Ed. Princeton: Princeton University Press, 1987, p. 220.

③ House, Humphry. "*On Kubla Khan.*" *Coleridge: The Clark Lecture*. London: Hart-Davis, 1962, p. 16.

上是非常不一致的或者是自相矛盾的。汉弗莱·豪斯（Humphry House）说道："柯尔律治对艺术作品的有机统一原则有着超越任何先前于他的英国批评家的清醒认识和全面阐释，但是，却很少创造出整一的作品，这是他一生中众多讽刺之一。"①的确应当如此，对一篇力求思想统一的诗作的最低期待至少是看该作品是否完整。而柯尔律治著名的三首超自然长诗《忽必烈汗》《古舟子咏》和《克丽斯德贝尔》均为未竟之作，《克丽斯德贝尔》计划写三部分，而实际上只完成了两部分；《忽必烈汗》副标题就注明了"片段，梦中画面"，同时诗人又通过写序来表达当时未能记下全部的失望之情；即便是《古舟子咏》也只是"表面上做出了完成之态，而事实上却停止在一个近乎滑稽的悬而未决的状态中"②。这究竟是什么原因呢？

帕里·西蒙斯这样认为："'自相矛盾'来描述柯尔律治如此显而易见又近似荒诞的未竟之作似乎是一个礼貌的表达方式，但是，柯尔律治的确就有这样将失败转化为成功之源的才能；《忽必烈汗》《古舟子咏》和《克丽斯德贝尔》这三首鬼斧神工之作，本身并不完整和统一，但却验证了作者的整一思想。"③当然，柯尔律治身上存在着许多性格上的不足，然而他没有顺利完成一首完整的诗作并不是因为他的懒惰和放荡（这点从他作品的数量上便可以知道），而是他那融不一为整一的思想使然，正如托马斯·麦克法兰德所说的"包容性"④，即一种能够"立马统筹全局"⑤的能力。《忽必烈汗》正是柯尔律治这一能力的体现。"pleasure-dome"（娱乐

① Duncan, Wu. *A Companion to Romanticism*. Massachusetts: Blackwell, 1999, p. 131.

② Duncan, Wu. *A Companion to Romanticism*. Massachusetts: Blackwell, 1999. p. 132.

③ McFarland, Thomas. *Romanticism and the Heritage of Rousseau*. Oxford: Clarendon Press, 1995, p. 243.

④ McFarland, Thomas. *Romanticism and the Heritage of Rousseau*. Oxford: Clarendon Press, 1995, p. 82.

⑤ McFarland, Thomas. *Romanticism and the Heritage of Rousseau*. Oxford: Clarendon Press, 1995, p. 81.

宫）和"caves of ice"（冰窟），"sacred river"（圣河）和"lifeless ocean"（死寂的海洋），"voices prophesying war"（战争预告）和"the milk of paradise"（琼楼玉殿），"a woman wailing for her demon lover"（为鬼魅情人哭泣的女子）和"A damsel with a dulcimer singing of Mount Abora"（手抚扬琴吟唱阿玻芳山风光的女郎）等不协调、不相关、看似相悖的意象组合论证了柯尔律治的"整一"思想。这种残而不缺、悖而不谬、晦而不涩，乖戾蕴含规则、恣肆不失秩序的诗性构成了柯尔律治重要诗作特色，而《忽必烈汗》尤为如此。《忽必烈汗》从题目到内容，从开篇到结尾恣意挥洒着不协调甚至相反的成分，诗人得心应手地把这些看似相悖不一的形象与意境并置融合于诗歌的结构中，形成鲜明生动的意象群，构成了"一个优美而机智的整一"。诗歌题名《忽必烈汗》，但是它讲的却不是蒙古大汗的显赫功绩，而是从头至尾展示描写了"威严的宫殿与险恶的冰窟、悲悯哀怨的宫女与抚琴咏唱的阿比西尼亚少女、远祖的战争预警和天堂的蜜汁琼浆"等一系列"不一"的景象。

诗歌一开始就用命令（decree）、庄严（stately）叙述蒙古大帝忽必烈下令在一个叫上都的地方修建一座宫殿，专门为皇帝享乐之用。而为了建造这座极尽豪华的宫殿，方圆十英里的绿树青山、花园小溪以及阳光明媚的田野均被高墙和塔楼围起。"降旨""威严"渲染了帝王的尊贵，"高墙"和"塔楼"更凸显了帝王的威力，但同时也给了我们一种极权的暗示。蒙古大汗要把宫殿建造在一片"肥沃的土地"（fertile ground）上，这里有古木参天的森林（forests ancient as hills）、澄莹清明的花园（gardens bright with sinious rills）、许多开满了芳泽四溢的鲜花的树（incense-bearing tree）、阳光明媚的绿地（sunny spots of greenery）等，一切都象征着自然的活力、生命的活跃。然而，强权专制的忽必烈公然下令修建"一座威严的游乐之宫"（A stately pleasure dome）。作为凌驾于百姓之上的皇帝拥有控制宰杀一切的权力，但是，绝对不能滥用这种权力。任意地耗费人力财力，贪婪地践踏沃土良田，仅仅为的是建造一座游乐宫来满足自己奢侈繁华的物质享受，违背的是天理。柯尔律治清楚地看到英国工业革命后人类为发展为谋取物质利益而对自然资源随意的盘剥和开发开采，也许就是因此有感而发。他选择遥远的东方帝王,有意识地安排了极具讽刺意义的画面:把专为帝王享乐的游乐宫建造在一个充满无限生机的绿色原野,中间有奔腾不息的河流经过,而这条河流并非普通之河,它是一条象征生命起源的以"Alph"(既是希伯来语首字母,又是希腊语首字母)命名的圣河(sacred river)。圣河之河应该是不可侵犯,它穿越人类不可测量的洞穴最后流向深不可测、不见阳光的海洋。如果说诗人有意选择"decree""stately"并且避而不谈整个工程的建造和植物的栽培过程来突出人的意志——宫殿的建造是理所当然的话;那么,诗人用神圣的(sacred)、高深莫测(measureless to man)、一片黑暗的大海(sunless sea)与其并置彰显的就是自然的威力了。与此同时,柯尔律治选用"pleasure dome"而非"pleasure palace"本身含义深刻。圆屋顶(dome)首先从发音上与坟墓(tomb)谐音,其次其字面意思是圆顶穹隆的形状,除了让我们联想到蒙古人居住的蒙包、至尊皇帝的宫殿,更让我们联想到的则是古代人的墓葬之地。诗人把"pleasure"与"dome"并置其隐喻显而易见:"乐园的欢快"底下蕴藏的是坟墓,表面上的繁荣茂盛遮盖不住必然衰亡的命运,荒淫无耻的生活只会走向万劫不复的深渊。

　　忽必烈下令把乐园建立在广袤的土地上,以期获得物质上的浮华享受,但是很快却被一个幽深、浪漫的峡谷(a deep romantic chasm)、荒蛮残忍之地(a savage place)等多个与游乐宫极不协调、甚至截然相反的众多形象所代替。孤身女子为"鬼魅情人"哭泣,"幽深的沟壑喧嚣不已","大股泉水滔滔喷涌","石块跳起既像冰雹又像谷粒",而"片刻不停的圣河","穿越林地和峡谷","抵进幽深莫测的洞窟","喧哗着,投入死寂的海洋",最后忽必烈听到了"远古祖先战争预告的声音"。忽必烈用高墙和塔楼把所谓的荒蛮(savage)排斥在外,试图构建出看似和谐美丽的花园(gardens)。但是,忽必烈所建造的所谓天堂是以强权(decree)、高墙和岗楼围起(girdled round with walls and towers)为途径,以其自身利益为中心,以贪图物质享受为目的(pleasure-dome)的。所以,与游乐宫不和谐的景象相继出现:孤身女子为"鬼魅情人"哭泣,"幽深的沟壑喧嚣不已",圣河奔腾咆哮,冲破围墙的封锁,通向危机四伏的洞穴和深不见底的大海。在"投入死寂海洋"的"喧哗里",忽必烈听到了"远古祖先战争预告的声音"。战争,这一与上都的游乐宫极不协调的意象,影射了忽必烈与其游乐宫的最终结局。柯尔律治将焦点从奢侈的享乐宫殿转向了漂浮于波涛之上的影子,一种随时坍塌随时破碎的意象跃然纸上,最终形成的是冰凌洞府映衬的艳阳宫苑(A sunny pleasure-dome with caves of ice!)。对《忽必烈汗》理解最透彻的分析家约翰·比尔写道:"无论忽必烈做什么,他都无法逃避最终失去他的乐园的这个事实,毕竟,它只是像其他已逝的乐园一样仅仅一个乐园罢了。"①这里虽然没有基督教伊甸园里的罪恶之蛇(sinious snake),但是那些邪恶小河(sinious rills)实际上已经隐喻着人类贪图享乐的恶念迟早会摧毁这些外表华丽的宫殿。忽必烈企图通过人的威力使自然臣服于脚下,将所谓"野蛮的"隔离在乐园的"高墙和塔楼"之外,来创造人类文明的完美,这种视自然为敌对的行为注定会遭到自然的报复。

诗歌第二大部分与第一部分形成鲜明对比,没有帝王,没有宫殿,当然也没有冰窟和战争,展现的是一位抚琴咏唱的非洲少女和受灵感驱动作诗的诗人,一片宁静,美好和谐。表面上看,这一部分与前一部分特别是诗歌题目极不协调,看似毫无关联。少女抚琴吟唱,咏颂着圣山阿保拉。"圣山阿保拉"像前面圣河一样以象征生命起源的 A 字母命名,代表着自然的伟大与神圣,阿比西尼亚少女敬仰自然而抚琴歌唱,诗人有此歌声而获得创作灵感和精神的平静与安宁。相反,忽必烈为了自己所谓的文明世界妄图用强制手段即建造高墙和岗楼(walls and towers)把圣河、岩窟排斥在外,破坏了万物为一的自然规律必然走向末路。柯尔律治把两个似乎毫不相干的片段并置一起是有意制造一种鲜明对比,不仅揭露了物质享受的短暂,更重要的是颂赞了自然力量的永恒。

本部分前面提到对于《忽必烈汗》的研究大多集中于两点:一是认为

---

① Beer, John. *Coleridge and Poetry*: *Poems of the Supernatural*. *Writers and Their Background*: *Coleridge*. R. L. Bret. Ed. London: Bell, 1971, pp. 45—90.

它就是一个毫无意义可言的梦幻之作,荒诞、晦涩;二是认为它是以神秘、奇异的异国情调为特色的浪漫主义作品,表现的是浪漫主义诗人的丰富想象力,并没有什么思想深度。那么,就让我们先从该诗的序言说起吧。诗人在《忽必烈汗》的序言中这样写道:"1798 年夏季,健康状况不佳,在一农舍静养。一日略感不适,服用了镇痛剂后阅读《珀切斯游记》一书,读到'忽必烈汗下令在此兴建皇宫和豪华御苑,于是十里膏腴之地都被圈入围墙'这两句时入睡。熟睡约三小时,梦中异象纷呈,文思泉涌,作诗不下二三百行。醒来后,记忆甚为清晰,急取纸笔一一写下。不巧,这时有人因事来访,使他写作中断,约一小时后再来续写时记忆俱已模糊,遂被迫搁笔。"(180)序言确实表达了诗人被迫搁笔的遗憾,但更重要的是给读者留下了不尽的思考空间。

首先诗人选择农舍作为静养病体的环境本身就说明了自然的重要,人只有回到自然中去才能获得精神上的平静,进而实现身心和谐的健康。这一点在诗歌最后一节也得到了最佳体现。关于人与自然的关系,柯尔律治在 1825 年写给吉尔曼(Gillman)的信中有明确的论述:"虽然有时,作为理性的人能够战胜自然,并可以任意地改造自然;……但是,可悲啊!可悲啊!自然是一个机警狡猾、长命不衰的女巫,像乌龟那样韧劲十足……从长远看,她注定变得更强而后报复人类。……"[①]柯尔律治虽然并不曾提出过生态伦理的系统思想,但他的确较早地意识到了自然的价值,提出了自然在时空上的漫长性与广博性。在《书信集》第一卷里,他曾这样写道:

"我总是带着一种近乎灵视的情愫热爱土地与山林——正是这种情愫的增强使得我的内心充盈着仁爱与平静。因此,我希望能与别人分享,希望能通过保持平静而不是与之对抗来消除坏的情绪。"[②]

柯尔律治对自然的情感使得他的创作以"忽必烈汗"为名却大谈圣河

---

① Coleridge, S. T. *Collected Letters of Samuel Taylor Coleridge*, E. L. Griggs. Ed. Oxford: Clarendon Press, 1956—71, pp. 496—497.

② Coleridge, S. T. *Collected Letters of Samuel Taylor Coleridge*, E. L. Griggs. Ed. Oxford: Clarendon Press, 1956—71, p. 397.

的威力与圣山的魅力,隐喻着诗人对人类欲望的批判和对自然万物的热爱,可以说《珀切斯游记》中的蒙古大汗无视十里沃土兴建皇宫的作为激发了诗人热爱自然、珍视自然、痛恨人类物质享受的内心真实。看似偶然的梦幻之作,无关现实、无关自然,实际上乃是诗人关注社会、关注人类长足发展的浪漫主义诗学思想的必然反映。

其次,我们不容忽视的一个事实是,浪漫主义时期的英国已经与东方有着密切的文化和贸易往来,大量的游记和大量的东方产品涌向英国。浪漫主义诗人们本身主张奔放的想象力,追求奇幻的异国情调,他们以诗歌的形式来表现对东方文化魅力的向往应该说是非常自然的事情,可以说是一种审美情趣上的美学追求。《珀切斯游记》是英国地理学家塞缪尔·珀切斯(Samuel Purchas)的作品,其中收录了《马可·波罗游记》。《马可·波罗游记》里对中国的介绍与描写大大激发了西方人重新认识世界的灵感、新的审美倾向和对异国情调的向往。19世纪的英国在率先经过了工业革命发展后,国力的不断强盛使之极端蔑视其他国家和民族,自信到狂妄的地步。但是在文化艺术方面,他们又无限迷恋异国情调。中国这个遥远的异域之邦充满诱惑,她历经几千年古老神奇的繁荣,不断地激发着西方人强劲的想象力。以忽必烈汗为典型的帝王的荣耀与威严,皇家宫殿的恢宏与奢华,投合了浪漫主义诗人追求宏大气势的心理,给他们带来了广阔的想象空间和审美意境。不过,"忽必烈汗下令在此兴建皇宫和豪华御苑,于是十里膏腴之地都被圈入围墙"的无上荣耀与威严、皇家宫殿的恢宏与奢华更加象征着一种极权与专制。在一个"融万物为一,视万物为一"的诗人心里,这种极权与专制破坏了生态整体的和谐与美丽,因此诗中忽必烈下令所建造的宫殿就只能成为冰凌洞府映衬的艳阳宫苑(A sunny pleasure-dome with caves of ice!)。

柯尔律治是英国浪漫主义诗人当中集哲学深度与浪漫诗学于一体的理论家,他推崇想象力的发挥,但更加强调想象力所赋予人类特别是诗人那种寻求"整一"和谐的能力。"柯尔律治从来不是灵感至上的拥护者,而是强调灵感与理性的辩证结合。"①因此,他的诗歌往往集哲学深度与浪漫主义诗歌主张于一体,在神秘、奇异的异国情调中表达着诗人浓浓的人文关怀。《忽必烈汗》固然是想象力发挥的最佳范例,但它不仅仅停留在简单想象的层面。虽然有神秘甚至荒诞之嫌,但说是"不讲思想或道德意义"的"纯粹诗、抽象诗"的先导则失之偏颇。柯尔律治展开丰富的想象把各种物像混合并且进而溶化为一体是对人与自然关系的深刻思考。人类固然强大,甚至随着科学技术的不断发展,人战胜自然、利用自然的能力日益增强,几乎可以为所欲为。但是,如何认识、摆正人与自然的关系应该是工业革命时期人类更加值得深思的首要问题,虽然人类一直为此努力。忽必烈拥有至高无上的王权,可以为所欲为地毁坏良田、建造宫殿,但是,大自然固有的威力也当然不可侵犯。忽必烈无视肥沃的原野、傲视圣河的力量,必然会同他的游乐宫一样最终"漂浮在波涛之上",直至变成"冰凌洞府",消失得无影无踪。相反,倘若我们"心存一切为一的信念,融万物为一,视万物为一,才可以享受精神上的真正安宁与平静"。柯尔律治集皇宫,圣河,花园,冰窟,战争预警,蜜汁琼浆于一体,向读者揭示了一个悖而不缪的道理:大自然是一个有机统一体,它既可以是美丽的,也可以是恐怖的,就像是人类既可以是高贵、富有创意的,也可以是邪恶、具有破坏力的一样。人与自然的关系应该基于人类长足发展的愿望,运用人的高贵与智慧实现与自然的美丽相容。(本节基于 2009 年第 5 期《外国文学研究》论文《一个优美机智的整一:"忽必烈汗"的生态解读》)

---

① 梅申友:《"诗是理性化的梦"——〈忽必烈汗〉1816 年序言刍议》,《外国文学评论》2017 年第 2 期,第 24 页。

# 3.3 《克丽斯德贝尔》：整一重构

《克丽斯德贝尔》不仅是柯尔律治最长的一首超自然诗歌，而且也是出版历程最复杂、跨越时间最长的一首。按照该诗序言中的说法是："第一部分写于 1797 斯莫赛特郡的斯托维村庄。第二部分写于坎伯兰郡的克斯威科，时间是在他从德国回来的第二年即 1798 年。"①但是实际上，"《克丽斯德贝尔》第一部分是写于 1798 年的春天，而不是柯尔律治在其序言中说的 1797 年。第二部分写于 1800 年的 8 月，拟作为《抒情歌谣集》的最后一首。"②《克丽斯德贝尔》几经波折，直到 1816 年才最终出版发表。

1800 年 8 月，柯尔律治完成本诗歌第二部分，拟作为《抒情歌谣集》(1800)最后一首诗歌出版，但是多萝西·华兹华斯却突然在其 10 月 6 日的日记里写道要略去这最后一首诗，取而代之的是华兹华斯写的《迈克尔》。10 月 9 号柯尔律治说明《克丽斯德贝尔》之所以被略去，主要因为它的主题与《抒情歌谣集》的主旨不符合。这首诗歌主要"尝试着看看那些发生在日常生活小事中的情感在多大程度上能够自我具有意义，或者

---

① Coleridge, S. T. *Coleridge's Poetry and Prose*. Nicholas Halmi, Paul Magnuson, Raimond Modiano. Ed. New York • London: W. W. Norton & Company, Inc., 2004, p. 161.

② Coleridge, S. T. *Coleridge's Poetry and Prose*. Nicholas Halmi, Paul Magnuson, Raimond Modiano. Ed. New York • London: W. W. Norton & Company, Inc., 2004, p. 158.

情感本身给予一些非常事件一点价值"①。1815 年 3 月,柯尔律治曾经请求拜伦帮助出版,拜伦给予《克丽斯德贝尔》很高的评价,认为它是一首"狂热的、唯一原创的美丽诗篇",并于 1816 年 4 月说服亨利·穆雷(Henry Murray,1778—1843)一起出版《克丽斯德贝尔》《忽必烈汗》和《睡眠之痛》。1816 年,《克丽斯德贝尔》历经三次编撰,最终得以出版,但立马就遭遇评论界的批评和攻击。首先是来自同时代的哈兹利特,在 6 月 2 日的《观察者》上表示"其主题令人恶心"②,并且认为吉诺丁是一个巫女,一个拥有女人身体的魔鬼。曾与柯尔律治保持长期接触的约翰·摩根(John Morgan)把吉诺丁看成"一个超自然的邪恶的人物"③。《爱丁堡评论》影射该诗没有思想,充满堕落和诱惑。对此,柯尔律治坚决反对。他在《文学传记》第 24 章写道,"自从出版后,《克丽斯德贝尔》得到的除了谩骂还是谩骂,这对于一首表面上看来非常普通的诗歌来说是一种精神上的伤害。吉诺丁不是任何意义上的巫女,他是一位伪装的男士,一个送往国外带有邪恶灵魂的邪恶传说……"④柯尔律治认为大多人没有能够真正了解他的思想和他的用意,曲解了他想通过日常小事儿里的情感细节,用一种超自然和心里描写的方式来说明道德世界拯救罪恶的目的。柯尔律治在《文学传记》第十三章里曾经说过,"我负责超自然的或至少是浪漫色彩的人和物",而"华兹华斯负责赋予日常事物一些新奇的魅力",但"目的都是为了唤醒人们习惯性冷漠的心灵去关注展现在我们面前却因为过于熟悉和懒惰已经忽略掉的世界的魅力和奇迹,对这些大自然提供的不尽财富,我们经常熟视无睹、充耳不闻、心不在焉。带着这

---

① Coleridge, S. T. *Collected Letters of Samuel Taylor Coleridge*. E. L. Griggs. Ed. Oxford : Clarendon Press, 1956. p. 631.

② Jackson, J. R. de J. *Coleridge: The Critical Heritage*. New York: Barnes & Noble, Inc., 1970, p. 207.

③ Griggs, E. L. *An Early Defense of Christabel*. *Wordsworth and Coleridge*. Princeton: Princeton University Press, 1939. p. 176.

④ Beer, John. *Coleridge, Hazlitt, and Christabel*. *The Review of English Studies*. 1986, 37(145): 40.

种观点,我写了《古舟子咏》《克丽斯德贝尔》……"①他和华兹华斯的分工不同,他负责超自然,华兹华斯负责日常小事,但是他们都是为了一个目的,即唤醒人们已经被现代文明异化了的麻木的心灵,唤醒人们发现美、认识美和感悟美的激情,重新构建和谐整一的理想世界。

《克丽斯德贝尔》情节朴朔迷离,人物关系错综复杂,故事内容神秘莫测。柯尔律治究竟想通过邪恶的吉诺丁与纯真的克丽斯德贝尔表达什么?三部诗作中,《克丽斯德贝尔》被诟病为"只有想象、没有思想",这部诗歌叙述的是一个恐怖、怪诞的中世纪城堡里的故事,对立迭起、悬念不断。天真善良的克丽斯德贝尔遭遇邪恶蛇妖吉诺丁,克丽斯德贝尔的父亲利奥林爵士面对蛇妖的美貌与甜言蜜语时的神魂颠倒,以及利奥林爵士和罗兰伯爵朋友关系的破碎与修复构成了故事的扑朔迷离,从内容和形式上都更像一部脱离现实的哥特式小说或中世纪传奇;然而这部作品虽然表面上无关自然、无关现实,但在根本价值观上与《古舟子咏》《忽必烈汗》却是密切相关的。《克丽斯德贝尔》与《古舟子咏》一样反映了中世纪天主教宇宙观:"'耶稣,玛利亚,保佑这姑娘!'"(325)同样探索罪与罚的主题:"'确实,我犯了罪孽!'克丽斯德贝尔说"(340)。诗中对吉诺丁的刻画类似《古舟子咏》中的老水手,比如对他们眼睛的强调。但是,老水手的忏悔代表着工业革命之初人类对人与自然关系的反思,而吉诺丁则代表着一种邪恶的本性,一种来自自然的报复之力,这与《忽必烈汗》中忽必烈竭尽全力要把所谓的荒野排除在帝王宫殿之外但又徒劳无功有着惊人的相似(孤身女子为"鬼魅情人"哭泣)。吉诺丁给利奥林爵士家庭带来巨大破坏等同于忽必烈不稳固的文明最终走向末路:克丽斯德贝尔自己引狼入室,带来了破坏;忽必烈不顾自然之力把宫殿建于圣河良田之上同样是自毁长城。

《克丽斯德贝尔》故事自始至终充斥着神秘、恐怖、灰暗甚至破碎的中世纪场景、关系与情节,是一首未完成的叙事诗,对该诗的解读也充满争

---

① Coleridge, S. T. *Biographia Literaria*. J. Shawcross. Ed. Oxford: Clarendon Press, 1907, p. 7.

议和不解。首先，故事场景惊悚恐怖，克丽斯德贝尔是一位男爵女儿，月黑风高之夜来到城堡外橡树前，为远方作战的情人祈祷，突然发现一位落难美女吉诺丁。克丽斯德贝尔心地善良，在父亲不知情的情况下把她领回城堡并且安排就寝。然而，令克丽斯德贝尔惊讶且惊恐的是，刚才的美女是一个人首蛇身的妖魔，而此时的她已经被妖魔施了魔法，无法向父亲说明真相。次日，妖魔冒充男爵故友的女儿，受到男爵的款待。更加令人不解的是故事到此中断。表面上这首诗歌与自然毫不相干，但是结合柯尔律治和谐整一诗学观的一贯追求，特别是他对自然万物的哲学思考，诗歌中的这些场景设置、人物关系的神秘复杂等都是值得我们深入探讨的问题，诗人也许正是想通过现实的残缺、分裂甚至断裂期待一种社会、人类与自然和谐共存的整一状态。

诗歌以代表着纯真善良的克丽斯德贝尔遭遇邪恶化身吉诺丁为启示和线索，详细地讲述了吉诺丁施咒的那个晚上之前与之后所发生的故事，以黑暗的夜晚和恐怖的城堡为场景，创设出一个又一个扑朔迷离、令人不解的悬念，营造起一种阴森诡异的氛围。读者在熟知与未知的世界之间徘徊、猜测和深思。吉诺丁以人形蛇心欺骗诱惑克丽斯德贝尔及其公爵父亲，有意破坏善良和秩序，这一情节不得不引发读者对人性的思考和关注。公爵与妻子之间的分离，公爵面对美女吉诺丁时内心的挣扎与矛盾，公爵与自己朋友间的隔阂以及他渴望修复这种破裂关系的愿望等其实是柯尔律治真正关注和思考的问题。因此，柯尔律治的超自然并非完全是传统意义上的迷信或超现实的事物，柯尔律治选择超自然场景和事物，有意"拉近疏远之事物，使之平易近人"[①]。以超自然元素为媒介，直指真实社会的矛盾与冲突，最终目标是追求深藏于表面的真理。

柯尔律治认为人性本身兼具善良与邪恶，如果人不升空成为天使，那么，毫无疑问他将下沉成为魔鬼，人不能停留在自然的兽性阶段，因为那将比野兽更坏。故事中善良的克丽斯德贝尔与邪恶的吉诺丁可以说代表

---

① Farness, Jay. *Strange Contraries in Familiar Coleridge*. *Essays in Literature*，1986，13(2)：231—45.

着人性和命运的两极化,即"天使"与"魔鬼"。而作为现实中的人,绝非从属于任何绝对的一极;相反,人总是纯洁与兽性的矛盾统一体,游走于天使与恶魔之间。就故事寓意而论,可以说克丽斯德贝尔就是吉诺丁纯净的载体,吉诺丁则是克丽斯德贝尔邪恶一面的展现,而公爵自身也同样是善良与邪恶的结合体,他邪恶的一面破坏了他与妻子、朋友的关系,善良的本性又令他痛苦于自己的不忠和不义,最终期待与妻子的重逢和与朋友友谊的修复。

诗歌的另一情景中,柯尔律治假托吟游诗人勃雷西的梦境,以蛇与鸽子的形象喻指吉诺丁与克丽斯德贝尔。鸽子本身就是和平和谐的象征,又与其宝贝女儿同名,因而深受利奥林爵士喜爱。然而,鸽子似乎正遭受着某种无以识见的苦难,与当时默默承受着痛苦的克丽斯德贝尔不谋而合:

> "原来是绿莹莹小蛇一条
> 在它的脖子、翅膀上盘绕,
> 像周遭的青草一样绿莹莹,
> 缩着头,紧挨着鸽子的头颈;
> 它随着鸽子而扭动、起伏,
> 两个的脖子都胀得老粗!(550—555)

鸽子被小蛇折腾不堪,象征着善良的克丽斯德贝尔深陷吉诺丁的魔法而无力自拔的痛苦。生活中,善良纯洁总是被欺骗和邪恶蒙蔽,诱惑层出不穷,特别是在物质利益驱使的时代里更是如此。蛇以引诱和破坏善良与纯洁的形象最早出现于《圣经》,亚当与夏娃没有经受住它的诱惑而偷吃禁果,而后被上帝驱逐出伊甸园。克丽斯德贝尔何尝不是,原本生活在富足平和的城堡,她本身的善良与纯洁蒙蔽了她对邪恶的认识和发现,以至于为自己乃至全家招致灾难。柯尔律治选择鸽子和蛇这两个自然形象,以其超自然想象力叙述了这样一个邪祟诡秘的故事,顺应吻合了西方基督教文化主流。吉诺丁利用诡异超然之能,以假乱真,搅乱了本应和谐自然的家庭秩序。显然,我们不仅读到了柯尔律治对人类异化世界的深深担忧,同时也感受到了对和谐世界修复与重构的切切期盼。

《克丽斯德贝尔》呈现出纷繁复杂的人际关系,为读者提供了多重视角的解读。在紧张多元的生存重压之下,该诗激发读者深入了解,从一开始探求人际关系的紧张局势到后来的对和谐关系的期盼,柯尔律治以超强的心理探索能力布局并展开着这个看似神秘、实则为道德思考的故事。在克丽斯德贝尔心中,存在着两个世界:一个舒适奢华的世界,生活安逸富足,利奥林爵士珍爱着她;另一个是阴暗寒冷的世界——城堡之外的树林。克丽斯德贝尔在那天晚上为了远方的爱人偷偷溜出城堡,独自一人跑到橡树底下,祈祷情人的回归。这一情景在不知不觉中表现了她当时的苦闷与痛苦。在那个充满父爱的城堡里,克丽斯德贝尔的内心渴望和郁郁寡欢都无人问津,于是她选择逃离。在邂逅吉诺丁之前,克丽斯德贝尔的世界只属于她自己。多年来,她生存于一个古老而封闭的城堡里,几乎与世隔绝,而此刻,却瞬间被一个陌生的来者入侵扰乱。柯尔律治早年积极参与各种社会活动,特别珍视同伴朋友之间的合作与互助。克丽斯德贝尔欣然邀请吉诺丁进入她的个人世界,在一定程度上代表了一个公众社会,爱与恨、善良与邪恶无处不在。诗歌从一开始便塑造了这样两个形象:吉诺丁扮演着受害者的形象,而克丽斯德贝尔则是以救赎者的形象出现。在那种境遇之下,克丽斯德贝尔扶持着吉诺丁,并予以她莫大的安慰,而吉诺丁对于处在极度孤独寂寞中的克丽斯德贝尔来说也不能不说是一种慰藉,哪怕这种慰藉多么短暂。当她们途经城门:

> 像病痛发作,那女郎跌倒;
> 克丽斯德贝尔不辞辛劳
> 把她搀扶(好沉的分量)!
> 跨过了门槛,进入了城墙;
> 那女郎霍然站起来行走,
> 仿佛她什么病痛也没有。(129—134)

在进入城门之前，吉诺丁显得无力而孱弱，只能依靠克丽斯德贝尔的
搀扶。克丽斯德贝尔边走边不辞辛劳地指引着吉诺丁，而吉诺丁却痛苦
似的战栗着。而穿越城门的这段路径正是吉诺丁至关重要的转折点，由
先前的虚弱乏力转变成之后的强大有力。与此同时，人类与超自然力展
开了一场永无止息的角逐。当她们抵达克丽斯德贝尔的闺房之后，她劝
吉诺丁喝下一杯母亲调制的提神甜酒。而一提及母亲，吉诺丁就眼神恍
惚地怪吼：

> 女人！
> 走开！眼下的时辰归我；
> 尽管你是她的守护神，
> 你也得走开！这时辰归我。（210—213）

就在吉诺丁饮下甜酒的那一刻，情况即刻发生了变化。克丽斯德贝
尔在吉诺丁的咒术施展下，反而变成了受害者。当她仰躺于床上之际，昔
日的酸甜苦辣豁然涌上她的心头。与此同时，吉诺丁趁机剥夺了她的说
话能力，并把她的意识掌控在自己手中。叙述者在诗中有两次明确地指
出克丽斯德贝尔已被施咒的事实。第一次是当吉诺丁与利奥林爵士久久
偎依，致使克丽斯德贝尔想起那晚她冰冷的胸脯。她"再也说不出别的什
么话"（474），不禁苦痛不堪，只因"那魔力呵，过于强大"（475）。第二次是
当吉诺丁的两眼缩成一双蛇眼，阴沉而憎恶地乜斜克丽斯德贝尔之际，克
丽斯德贝尔恳请男爵送走吉诺丁，"别的话再也说不出口：她心里明白，/
却无法说出——那强大的魔力已将她镇住"（619—621）。貌似纯洁孱弱
的吉诺丁实际上却是邪祟的承载体。吉诺丁以克丽斯德贝尔为代价而施
展开自己的咒术，夺取了她的感官知觉与说话能力，饮下甜酒并驱逐母亲
的亡灵。当吉诺丁"躺下了，在这少女的身边！/她轻舒双臂，搂住这少
女"（262—263），她"却睡得似乎平静而安泰，/像一位慈母偎抱着婴孩"
（300—301）。犹若母亲般的怀抱使吉诺丁替代了克丽斯德贝尔母亲的位
置。而此刻，幼年丧母的克丽斯德贝尔与"蛇化"般的"母亲"紧紧相拥。

随着情节的展开,吉诺丁不仅试图替代克丽斯德贝尔的母亲一职,还欲取代利奥林爵士的女儿克丽斯德贝尔。直到诗歌第二部分利奥林爵士才登场,这位所谓的"慈爱"父亲本应十分关注自己女儿忧愁与否,却在不知不觉中展露出他更倾向于吉诺丁的神情体态。"看到了吉诺丁小姐,/他眼中露出惊奇和喜悦"(398—399)。吉诺丁超乎寻常的华贵明艳,深深吸引了男爵。而当她揭开身世的当下,作为男爵往昔的挚友,特莱缅的罗兰·德沃勋爵的爱女,又激起了他对失交经年的好友的怀念,以致对吉诺丁的保护欲与怜爱之情越发明显。在得知吉诺丁的遭遇时,"无名怒火从心头升起"(432),"他眼珠转动,闪闪如电火"(444),"向俏丽女郎伸出了双臂,/吉诺丁投入男爵怀抱里,/她眉似目展,久久偎依"(448—450)。在男爵眼中,吉诺丁便是能修复他与勋爵关系裂痕的一大关键:

> 自从那不幸的时辰以后,
> 已经度过了多少春秋,
> 我再也找不到一位友人
> 像罗兰·德沃那样知心。(516—519)

于是,男爵命令游吟诗人即刻出发,重拾旧交的迫切使他无视了自己孩子此刻的苦闷,致使吉诺丁的咒术发挥到了极致。

而克丽斯德贝尔与利奥林爵士的父女关系显得尤为古怪奇特。一方面,这位"慈爱的"父亲竟能放任自己女儿在夜晚偷偷溜出城堡而无人知晓,同时第二部分又指出他由于克丽斯德贝尔母亲的离世而沉浸于悲痛之中无法自拔。而在城堡的每一天均是以报丧的钟声为起始,让人不禁想到无以抗拒的死亡阴霾。另一方面,即克丽斯德贝尔在吉诺丁的蛇眼凝视下而痛苦不已的时候,男爵并没有表示安慰,相反,他间接地无视并有所怨怼。他站在了吉诺丁的立场而罔顾克丽斯德贝尔的心情:"这上了年纪的男爵,利奥林,转身不理他温良的爱女,却挽着吉诺丁向前走去!"(652—654)至此,诗篇呈现出一位冷酷无情的父亲形象,有悖于开篇所说的"慈爱的"父亲。在某种程度上,这也便能理解克丽斯德贝尔在那晚为何会擅自离开城堡,脱离父亲的佑护。她是在逃离古堡阴森晦暗、与世隔绝的气息,或是想远离父亲专制独裁的脾性,抑或两者皆具。利奥林爵士的古堡,如同它的拥有者,颓败荒凉,诡异森然。城堡内的所有事物均似染上了一层阴暗古老的气息:掉光了牙齿的看家狗、有病在身的利奥林爵士、锈迹斑斑的城门、昏暗壁龛中盾牌上的陈旧浮雕、永不止息的丧钟,使整个城堡笼罩在忧郁窒息的氛围中。而在单亲家庭中成长的克丽斯德贝尔,因早年丧母,急欲逃离这个弥漫着浓重哀伤气息的地方。

毫无疑问,利奥林爵士与克丽斯德贝尔的父女关系并不好,因为克丽斯德贝尔总是称之为"利奥林爵士"而非"父亲"。诗中,克丽斯德贝尔两次提及他,并两次与他直接对话,但她未曾称呼他为"父亲"。克丽斯德贝尔禁锢于古堡——这个她所熟知的世界,受制于父亲——这个熟悉的人。如同柯尔律治,克丽斯德贝尔渴望从外部世界、从未知超自然的境遇中寻求爱与自由,却不期然地发现自己孑然一身。游吟诗人勃雷西似是唯一一人展露出对克丽斯德贝尔怜爱和关切的人,然而却由于立场的原因,无权施以援手。重重叠叠的人物关系使整首诗幢影憧憧,无一人自始至终地占据主导地位。唯一能肯定的便是,吉诺丁的掺入,在冥冥中加速家庭伦理关系的恶化,刺破这颗毒瘤,使之昭彰于世,而本来就岌岌可危的存在构架就轰然倒塌。《克丽斯德贝尔》中人物关系复杂模糊,情感的较量与心灵的转变赋予全诗鲜活灵动的生命力与跌宕起伏的现实感。"在1797 至 1798 年间,柯尔律治诗学任务的关键在于将幻想解析转为意识。倘若诗学幻想能给予读者以独特的眼光看待异样世界,那它便能改变他们的思考方式。"[1]

柯尔律治的超自然"异样世界",其实就是进入内部世界外化的冥想状态,是一个布满超自然灵体的世界。柯尔律治运用诡谲神秘的格调和场景层层展示超自然与超理念的元素,借稀松常见之物,逐步深入神性的

---

[1]　Fulford, Tim. *Slavery and Superstition in the Supernatural Poems. The Cambridge Companion to Coleridge.* Lucy Newlyn. Ed. Cambridge: Cambridge University Press, 2002, p. 55.

自然与异化的心灵。"树林""月亮""狗""光焰""鸽子""蛇"等意象频频出没,不知不觉中营造起了一种神秘、恐怖的氛围和一个中世纪哥特式场景。神秘主义、直觉主义和超验主义一直是浪漫主义文学的突出特征,是起源于基督教思想发展中的"非理性主义"思潮。柯尔律治利用想象力把这三者完美地结合在《克丽斯德贝尔》中。柯尔律治认为"想象是一切人类知觉的活力与原动力,是无限的'我存在'中的永恒的创造活动在有限的心灵中的展现。想象能通达无限的领域,与神圣的上帝直接沟通"①。自然中的任何一平凡之物,在"想象力"的点缀下,就会恰如其分地表现诗人的寓意。那条掉光了牙齿的看家狗,"听钟声一响,它也就开腔"(9),"不分晴雨,到时候,它总是/不轻不重地叫那么几声;/有人说,它瞥见了夫人的亡灵"(11—13)。当克丽斯德贝尔和吉诺丁进入城堡之际,它又"怒吠了一声,真真切切!/这条狗,它会有什么烦恼?/在克丽斯德贝尔面前,这畜生/从来也不曾怒吠过一声"(142—146),"那女郎一来,炉中便闪现/一条火舌,一道光焰"(153—154)。而在诗人勃雷西的梦境中,"鸽子"即象征着温良的克丽斯德贝尔;盘绕折磨着鸽子的"绿莹莹的小蛇"难道不是暗指邪恶的吉诺丁吗?

　　柯尔律治深受基督教教义影响,在他心中,自然承载着上帝的精神与意志,甚至可以等同于上帝。柯尔律治的自然是二维的,自然对人类大有裨益,同时又不期然地戕害着整个人类群体。自然是一个矛盾统一体,一方面表现着仁慈善良,另一方面又表现着残酷暴戾,应人类之变而变。诗中柯尔律治通过展示善恶不同的两种自然意象,一方面表明自然本身的两面性,人与自然的不可割断性,同时也映射了当时社会现实充满矛盾的不协调境况,人心败坏腐化,人与人之间关系唯利是图,失却信任,导致人与人、人与自身、人与自然关系冲突不断。柯尔律治的这种忧虑也因此为他接下来继续寻找解决办法、寻找修复关系、重建和谐秩序提供了良好的铺垫。

　　"自然与想象力于柯尔律治而言,对探求三种模式的视觉至关重要,

---

　　①　刘若瑞:《十九世纪英国诗人论诗》,人民文学出版社 1984 年版,第 61 页。

即客观之物、主观之物与超现实之物。首先以自然的物质形态这一客观存在为起始点,提升至创意型或艺术型,并以超越现实达到顶点,最终感知了或稍稍触碰到大自然的精神意义。"①柯尔律治的诗歌中,一个重要主题便是自然、人性与神之间的关系。宿命与本性使然,人类均须层层剥开世界这个谜团,从他的急欲探索的本能脉动之中,以洞幽烛微的眼光描摹透析世间的一花一叶、一沙一木。而诗人有着视觉的终极模式,无疑可解决万物之谜与自然蕴意。自然能使人类视察自身、洞悉世界、触摸神性。换而言之,自然相助人脑,就如同将一本书或是一种语言编译成精神意义。而视觉兼具被动与主动之性,肉眼被动地将事物影像映入其中,然而心灵之眼则积极地捕捉自然之物的意义。柯尔律治认为,神与世界的关系较之个人与自然的关系是平行而列的。在泛神论中,神融入了世界,就等同于世界;同样地,个人与自然合为一体,成了整体的一部分。在联想论中,人们觉得世界在某些呆板的机械规则下运行着,而上帝只能被动地看着他所创造的世界,正如个人只能消极地感知自然的一切。如此言论均否定了神对世界的掌控权与个人之于自然的掌控权。与之相反,柯尔律治崇尚和谐统一的整体自然观。

柯尔律治的自然并非无怨无悔为人类谋福祉的施予者,相反,它极具报复之力,柯尔律治在这一超自然诗歌里融入一些不协调的自然意象,着重强调人的责任与义务,人若善待自然就是善待自身,人若与自然为恶就是自掘坟墓。在柯尔律治的年代,工业革命已经如火如荼,自然在人们眼中已成为可随意役使、取之不尽的资源宝库。而柯尔律治恰恰注意到自然潜藏凶相的另一面,因而提笔呼唤人类须善待自然,善待己身。柯尔律治认为,异化是人与自然的疏远分离,他主张人与自然的和谐同一。鸿蒙太初,人与自然友好共处,犹如身处于伊甸园般幸福天真,然而生存意识的根基性缺失与意义本源的匮乏导致人心陷落,人与自然渐行渐远,堕入了无穷无尽的劫难之中。从个人良知起始,在自己的内心感悟下,将洞彻

---

① Harvey, Samantha. *Coleridge on Nature and Vision*. London: Cambridge University Press, 2006, p. 2.

是非的眼光投射到自然的一景一物。正是他以洞幽的神思熟悉了自然的一草一木,才使他产生了超越时代的生态伦理意识。

而这一切的发生均源自于这样一个时代背景:扎根于人类本源的存在意义已然缺失,物欲功利此起彼伏,泛滥成灾,现代人四处展露着精神的贫瘠。自英国工业革命与法国大革命相继粉墨登场以来,人心逐步堕落,陷入了无止无尽的功利情结。因而柯尔律治主张远离这个物欲横流的社会,呼吁回归可亲可敬的自然以救赎沉睡已久的道德心,并挖掘出埋藏于物质世界的美与善。他看见了覆盖于江海河湖、山川苍穹之上,神圣且诗意的轻纱受到了现代科技无情的撕扯,而底蕴丰厚的自然在贪婪的迫害下,倾尽着所有,穷尽着一切。这一物欲横流的近代世界给人以深深的不安:"他们挖掘大地的深处,冒着牺牲健康和生命的危险,到他的中心去探求虚幻的财富,当他们懂得享受大地向他们提供的真正财富撇在一边时——火焰代替了他们田间劳作的甘美形象,在矿井有毒气体的包围中受尽煎熬的可怜的人,浑身漆黑的熔铁匠,人人面孔瘦削、苍白——这就是采矿设备在地底造成的景象,他代替了地面上青翠的绿野、盛开的鲜花、蔚蓝的天空、相恋的牧羊人、健壮有力的农人。"①人类天性中潜藏着对自然的神圣眷恋,而当工业化崛起,人们生活负担不断加重,人们转而渴求回归自然,返璞归真。在这个转变中,人类原先以自然之子自居,继而将自己异化为自然之主,最终不堪后果转而求助于自然。这一系列的变化均凸显了人类与自然关系演变进程的否定与再否定,认识与再认识,并同时暗示了人类与自然应有的终极关系。

"在柯尔律治看来,自然并非纯粹为无理性的物质,就其本质而言它是上帝的杰作,是上帝的神圣创造,但自然的智慧与人的智慧不同,自然的智慧就在于其计划与执行、思想与产品的同一、同时发生。但是其中没有反省活动,因此也就没有道德责任。而人则有反省、自由和选择,因而

---

① 卢梭:《孤独散步者的遐思》,熊希伟译,华龄出版社 2001 年版,第 125 页。

他是肉眼所能看见的生物的首领。"①简而言之,自然一体,美丑共存,善恶同在,神圣与邪恶统一。在理性主义主宰的西方精神世界,柯尔律治恰恰认为诗歌是人与自然的中介者与沟通者,随之将自然人性化,而人的主体性也得以展现于自然。心灵四处游走于自然,不自觉地意识到自身空间一直在探求周遭的一切。柯尔律治主张踏足自然,亲之信之,是对现今已被糟蹋的生活情感的一种补偿。超自然成了一种另类的自然再现。自然成为复归人性、净化心灵的一大有效装置。回归自然成了一种理念,更是对现代文明做出的一种反思。

《克丽斯德贝尔》瑰丽奇特的想象与神秘莫测的超自然氛围既引人入胜,又让人备感困惑。在神秘雾纱的萦绕下,人们难以看清其真面目。他的理念与神思超越了他人、超越了自身而又超越了生活的时代,以至于同时代的人对其诗作知之甚少。尽管冠之以诗界奇才,却难以以其作品来界说自身的伟大,不由使他感到郁郁不得志。而在时间的锻造洗练下,由于他创作的诗歌神秘怪诞、思想复杂矛盾、宗教情怀深切虔诚,充满了想象的魔力与超自然的意象,逐渐为后世所推崇,并在浪漫主义文学史上独树一帜。布鲁克(Stopford Brooke)评价柯尔律治的诗歌时就有一番妙论:"柯尔律治全部美妙的诗篇可以装订在二十页中,但是,应该全部用纯金。"②其实,如果我们深入观察会发现,《克丽斯德贝尔》中人物关系曲折复杂,道德伦理的逻辑思维存在着诸多问题。善与恶界线模糊不清,道德与责任软弱匮乏。我们看到了一个混乱不堪的阴暗空间,感受到了现实的扭曲与邪恶。虽然浪漫主义诗人普遍提倡情感的自然流露,柯尔律治仍独树一帜,自成一家。柯尔律治时代的英国与欧洲其他国家都正在经历着人类历史上的巨大变革,工业革命颠覆了传统的生产方式,改变了产业结构;法国革命激发了人们追求自由民主的政治意识;意识形态领域里的基督教文化也正经历着现代科技的考验和质疑,因此社会也好,人性也

---

① Abrams, M. H. *Natural Supernaturalism*. New York: Norton, 1971, p. 144.

② Charpentier, J. *Coleridge the Sublime Somnambulist*. London: Constabel & Company Ltd., 1929, p. 338.

罢,都处在一种黑暗探索阶段。同时,柯尔律治自身生活也如同被黑蝙蝠的阴影所笼罩,身体不好、吸食鸦片、妻离子散,压抑痛苦为他的一生涂上阴暗模糊的一笔。因此,柯尔律治的诗歌亦如他的人生,神秘复杂,婆娑迷离,充满超自然元素和恐怖景象,矛盾与混乱表现其中,这种矛盾与混乱不仅彰显了时代特征,同时也印证了诗人内心深处的忧虑和期盼。

《克丽斯德贝尔》尽管创作尚未完成,却绝非是一部拙作。"它的主题涉及骑士贵族家族展示的骑士制度与性别身份问题。"①于 1790 年而言,骑士精神已然没落于社会,而法国大革命终结了欧洲先前秩序井然的局面。《克丽斯德贝尔》故事繁芜、复杂和无序,在深层内涵上影射了现实世界中人心堕落功利化和自然荒芜混乱化的景象。克丽斯德贝尔与吉诺丁、救赎者与受害者间扭曲的关系是善良与邪恶的抗衡与较量。克丽斯德贝尔与男爵层层恶化的父女关系,在某种程度上,反映了当时人类生活关系的畸形走势,一种信仰缺失和破碎之后的期盼。因此,柯尔律治在自然与超自然,熟知与未知之间,致力于创作超自然诗体,有意设置看似神秘怪诞、支离破碎的场景,深切期盼断裂与破碎之后的修复与重构。

柯尔律治通过克丽斯德贝尔与吉诺丁展现了善与恶的抗衡与较量,同时通过克丽斯德贝尔与她分离的情人、利奥林爵士与他死去的妻子、利奥林爵士与罗兰伯爵表现了人类内心的挣扎与矛盾。柯尔律治曾经在其书信集第一部第 249 行用了"融合个体(mingling identities)"②这一词组来表达,这让我们又回到了《忽必烈汗》第三节里所展示的"对立"融为"整一"的自然观理念中。"一种对立面的完整统一,相互之间给予和接受彼此的永恒,你中有我,我中有你。"③家人夫妻之间、朋友情人之间的关系

①　Fulford, Tim. *Slavery and Superstition in the Supernatural Poems*. *The Cambridge Companion to Coleridge*. Lucy Newlyn. Ed. Cambridge: Cambridge University Press, 2002, p. 55.

②　Coleridge, S. T. *Collected Letters of Samuel Taylor Coleridge*, E. L. Griggs. Ed. Oxford: Clarendon Press, 1956—71, p. 249.

③　Coleridge, S. T. *Biographia Literaria*. J. Shawcross. Ed. Oxford: Clarendon Press, 1907, p. 5.

都是不可分割的整体关系，你中有我，我中有你，相互支撑、相互依存。现代工业发展带来的不仅仅是自然生态的破坏，而更加严重的是人性美好天性的丧失、人与人关系的支离破碎，而这种人性危机必然会反过来加剧对自然的盘剥和破坏；柯尔律治设置克丽斯德贝尔期盼情人的回归、利奥林爵士对他死去妻子的怀念以及对与罗兰伯爵朋友关系修复的愿望更加验证了诗人力图重构"和谐"与"整一"社会秩序的至高追求。

第 4 章　湖畔诗人自然观的探索与终结

CHAPTER FOUR

# 4.1　华兹华斯诗歌中的自然形象

华兹华斯虽然毫无疑问地被认为是最具浪漫主义诗学特色的自然诗人,但是也曾经受到中外学界特别是早期中国学者们的争议和质疑。一种观点认为华兹华斯等湖畔派诗人热心自然的审美取向是对现实的逃避,说他们对法国大革命"产生抵触情绪,蛰居到英国西北湖区,寄情山水,缅怀中世纪和宗法制农村生活"[①],"脱离现实斗争,投入大自然的怀抱"[②],仿佛他们对自然的歌咏是出自一种政治上的软弱;第二种观点虽然不赞成"逃避"一说,但是认为华兹华斯是一个"悲情"诗人,他在后革命时期"转向人间悲情并写出许多悲情诗"[③];而第三种观点则是对华兹华斯诗歌中的自然不以为然,例如艾伦·刘(Alan Liu)认为华兹华斯诗歌"不存在自然"(There is no nature),"自然只是一个名目,使人自身感觉更好一些的一种中介物"[④],刘认为华兹华斯并没有把自然看成是多么重要之物,他们选择自然作为诗歌主题只是一个表达方式,仅把自然当作一个实现其目的的中介,所以并没有什么深刻的思想。不过,随着人们对自然认识的深化,对华兹华斯等浪漫主义诗人生活的时代背景的了解和认

---

① 郑克鲁:《外国文学简明教程》,华中师范大学出版社 2001 年版,第 109 页。

② 毛信德:《外国文学教程》,浙江大学出版社 2007 年版,第 207 页。

③ 丁宏为:《理念与悲曲——华兹华斯后革命之变》,北京大学出版社 2002 年版,第 9 页。

④ Alan, Liu. *Wordsworth: The Sense of History.* California: Stanford University Press, 1989, p. 38.

识,学界对华兹华斯诗歌本质的探讨也在变得越来越客观和深入。约翰·拉斯金(John Ruskin)称赞"华兹华斯在洞察自然方面是楷模",认为"在认识自然的深度和本质上他是所有现代诗人中最具敏锐目光的"①。乔纳森·贝特(Jonathan Bate)强调华兹华斯等浪漫主义诗人对自然的兴趣是关于人类生存的(vital)、生态的(ecological),指出"华兹华斯是我们第一个真正的生态诗人"②。我国著名学者苏文菁教授认为"华兹华斯的自然观既是精神的体系,又是现实的存在","是一种力图从精神方面、从人类心灵方面拯救人类的观点"③,并从人与自然的辩证关系上论证了华兹华斯的诗歌主题是关于"人类的以及人类生存的"。站在生态危机与人性危机双重重压下的今天,我们发现华兹华斯诗歌主题的内核是自然至高无上的神圣性,这种神圣性从以下三方面得以表达:一、自然是超越人的主观意志之外的客观存在,对它的破坏与侵犯势必带来人性的异化,华兹华斯诗歌在现实层面的"逃避",实际上是对人的处境、命运与前途的理性思考;二、自然的生命活力与人的生存息息相关,自然与人密不可分,互相依赖;三、自然不可切割、不可破坏的整体性表达着人与自然、人与世界新的关系的建构,华兹华斯在试图寻找到一种新的伦理秩序的依据。

华兹华斯的诗歌主题饱含着对人的处境及命运与前途的长远的理性思考。这种深度的理性思考不同于启蒙运动崇尚科学与规则、推崇人类中心主义的理性思想。不可否认,法国大革命追求"自由、平等、博爱"的思想是浪漫主义思想体系形成的重要元素之一,对旅法的华兹华斯本人也必然产生了巨大影响,但这并不一定构成解释他诗歌丰富内涵的唯一或重要依据,究其另一真正的根源应该是兴起于17世纪的工业革命。虽然英国工业革命为资本主义的现代化发展暂时扫清了前进的障碍,但"心

---

① Ruskin, John. *Modern Painter. Romantic Ecology.* Jonathan Bate. Ed. New York: Routledge, 1991, p. 8.

② Bate, Jonathan. *Romantic Ecology, Wordsworth and the Environmental Tradition.* New York: Routledge, 1991, Preface.

③ 苏文菁:《华兹华斯诗学》,社会科学文献出版社2000年版,第59页。

态的现代转型比历史的社会政治、经济制度的转型更为根本"①。同时，政治上法国大革命带来了追求自由、公正和社会进步的先进理念，但它的极端方式却遭到了一定程度的质疑和批判。以华兹华斯为代表的英国浪漫主义诗人清醒地认识到其根本的局限性，在他看来，社会变革难以避免消极的破坏性，因此，他要通过自然复归人性本真、减缓工业革命带来的人性异化，进而推动人类社会的和谐发展。西方资本主义文明的标志是工业革命。工业革命的深化给人类物质生活带来了前所未有的变化，人们愈加崇尚科学和理性，相信科学技术能给人们带来最大的福利和满足；与此同时，资产阶级的价值观也日益侵蚀着人们的思想，人们追求实用主义，膜拜行动和成功，致使他们所创造的资产阶级工业文明充满着盘剥的、算计的、冷冰冰的机械论。华兹华斯批判 19 世纪初的英国除了以往恬静、诗意的乡村风光遭到严重破坏，人们的精神世界也已经发生了质的转变：人们不再安于宁静平和的淳朴，而是极力追求着物质上的贪欲。华兹华斯在感到无比痛心的同时，期待人们到自然中去、到未受工业文明侵扰的乡村生活中去，那里有最宁静、最美好的自然环境，更有与大自然一样淳朴的人性。

　　面对自然的惨遭破坏带来的异化了的、功利的世界，华兹华斯以其诗人特有的敏锐目光和强烈的社会责任感直接地、一针见血地批判资本主义工业革命给人性带来的危机。华兹华斯在《写于伦敦，一八〇二年九月》(*Written in London*，*September 1802*)中写道："…… 最大的财主便是最大的圣贤；/自然之美和典籍已无人赞赏。/侵吞掠夺，贪婪，挥霍无度——/这些，便是我们崇拜的偶像；/再没有淡泊的生涯，高洁的思想；/古老的淳风尽废，美德沦亡；/失去了谨慎端方，安宁和睦，/断送了伦常准则，纯真信仰"(7—14)。这里，华兹华斯批判人们对自然之美的熟视无睹，对贪婪、财富的顶礼膜拜，感叹"古老的淳风尽废，美德沦亡"。从这一角度来看，华兹华斯对待自然的热情赞美固然有对当时政治运动的态度

---

　　① 刘小枫：《现代性社会理论绪论——现代性与现代中国》，上海三联书店 1998 年版，第 14 页。

问题,但更有他本人作为一个诗人对人类理想境界的探索问题。因此,诗人呼吁"弥尔顿!今天,你应该活在世上"(1),"回来吧,快来把我们扶持,/给我们良风,美德,自由,力量!"(7—9)。华兹华斯虽然终究没有成为弥尔顿那样的革命诗人,但他充满对"世风日下"、人们再没有"内心的安恬"、整个英国成了"死水污地"的痛心。华兹华斯选择普通百姓生活作为创作对象是在给我们树立道德人性的典范,乡村生活真实、美丽的自然环境培育了普通百姓最纯真、善良的人性。在《西蒙·李》中,西蒙·李曾是一位风景秀丽山庄的好猎手,"又高又壮、神气活现、快活能干"。可是,随着工业社会的迅速发展,以前的山庄"风光秀丽"变成了"荒凉破败";同时又因为他年龄的不断增长也变得"又老又穷,又弱又无力/无亲无故的,留在世上"。但是,尽管如此,别人一点微不足道的帮助却让老人"泪水顿时涌上他两眼,/道谢的话儿来得那么快——"。华兹华斯把这样一位贫穷、孤苦但心地善良、淳朴的老人置于一个"世人无情无义,/以冷漠回报善心"的世俗世界,一方面充满了对贫苦百姓的同情与怜悯,而更多的是表达了诗人对工业发展带来的对大自然的破坏的痛心和批判,对资本主义社会物质追求淹没一切、人性冷漠、人情淡薄的无奈与忧虑。

华兹华斯大多数诗歌表面上主要以抒写自然为主题,而且华兹华斯又确实隐居英格兰北部湖区,因而得名"湖畔诗人"或"自然诗人"。事实上,这些所谓自然诗歌无一不与人的生存这一伟大主题相联系。在被公认为浪漫主义诗歌宣言的《抒情歌谣集》(*The Lyrical Ballads*)序言中,华兹华斯明确地表达了作为诗人的任务:"竭力使人们不用巨大猛烈的刺激也能兴奋起来的能力增强是各个时代作家所能从事的一个最好的任务,特别是现在。因为,从前没有的许多原因现在联合起来,把人们的分辨能力变得迟钝起来,使人的头脑不能运用自如,甚至蜕化到野蛮人的麻木状态。"①足见华兹华斯对当时社会现实的焦虑与不安。1808 年,他在

---

① Merchant, W. M. *Wordsworth Poetry and Prose*. Cambridge Massachusetts:Harvard University Press,1963,p. 224.

写给友人乔治·彼沃蒙特(Sir George Beaumont)的信中把自己视为教师,他觉得事实上每位伟大的诗人首先都应该是一位教师,诗魂亦师魂,并清楚地看到人们"正在堕落"①,批评"人们的庸庸碌碌和盲目奔波的生活",他要帮助人们"创造一种……审美观",教给他们"艺术性鉴赏力",使他们变得"更有智慧、更好"②。因此,华兹华斯的诗歌体现了难以言喻的文学使命感,表现了诗人对国家民族命运、捍卫纯洁人性、追求诗意生存的强烈责任感,可以说这是一种积极的、深度的、关注人类命运与前途的理性思考。

对自然力量的崇尚是华兹华斯诗歌主题的另一重要内核。华兹华斯在人们普遍追求功利和贪婪掠夺自然的时候,深情地歌咏自然并身体力行隐居湖区,向人们展示着一种平静恬淡的心态与宁静和谐的生活状态,积极探索着人类生存的意义根基,这是一种深层意义上的人文关怀。华兹华斯期待通过人性的复归,实现人类社会"良风、美德、自由、力量"的回归。究竟如何首先实现人性的复归呢? 华兹华斯想到了具有生命活力的自然和最接近自然的儿童,期待人们通过与自然的相融、通过学习儿童身上的纯真天性来获得拯救人类灵魂的良药。在华兹华斯很多诗歌中,自然被看成"师长""朋友"和"伴侣"。华兹华斯在《转折》(*The Tables Turned*)中,号召人们超越认识和书本,直接用心灵去感受自然的力量。"到林间来听吧,这歌声饱含智慧","自然的宝藏能裨益心灵、脑力","指引你识别善恶,点拨你做人之道"。诗歌第四节"来吧,来瞻仰万象的光辉,/让自然做你的师长"可为全诗主题所在,大自然富于灵性和智慧之光,让我们走出阴暗的书斋,进入光明的世界,接受大自然的恩赐,"春天树林的律动,胜过/一切圣贤的教导"。全诗字里行间体现着理性与非理

---

① Wordsworth, W., Wordsworth, D. *To Robert Southey*, Feb. 1808. *The Letters of William and Dorothy Wordsworth:The Middle Years. Part I*. Ernest de Selincourt & Mary Moorman. Ed. Oxford:Clarendon Press, 1969, p. 56.

② Wordsworth, W., Wordsworth, D. *To Robert Southey*, Feb. 1808. *The Letters of William and Dorothy Wordsworth:The Middle Years. Part I*. Ernest de Selincourt & Mary Moorman. Ed. Oxford:Clarendon Press, 1969, p. 86.

性、书斋与自然的强烈对比。按传统观念，智慧与真理只能是闭门苦读的结果，而华兹华斯则以其独特的浪漫主义情怀给人与自然的关系提出了全新的解释。《劝导与回答》(*Expostulation and Reply*)最后两节这样写道："我们置身于宇宙万物里，/它们都说个不休，/对我们难道就没有教益？/又何须苦苦寻求？那就别问我：为什么这样/坐在石头上，俨如/与万物交谈，把大好时光/在沉思幻想中虚度。"(25—32)是的，在一般人看来，一人孤独地坐在石头上除了幻想、虚度时光还会有什么呢？而在华兹华斯看来，"置身于宇宙万物里"就如同在与老朋友交谈，这种与朋友的交流不仅能滋养、舒缓我们的性情，更能使我们得到学习和提升。华兹华斯在《水仙》(*The Daffodils*，1804)中把自己喻为一朵"独自飘过山谷的云霓"，将水仙视为"伴侣"和"珍宝"，因此，"每当我倚榻而卧，/或情怀抑郁，或心境茫然，/水仙呵，便在心目中闪烁——那是我孤寂时分的乐园"。显然，自然在华兹华斯眼里已经不是一般意义上的普通自然，它是集自然美感与人性和灵性的完美统一。"诗人的漫游，并非无所事事、东逛西荡，而是在追寻、在求索，在求纯真坦荡之率性，在索自由独立之精神。"[①]"诗人把天然、真淳和平淡结合起来，是如此充满魅力，从而构成了其诗的审美风貌。"[②]这种审美是集自然美与人性美、智慧美与和谐美之大成者，人性、自然、神性在诗人无边的爱心和敏锐的顿悟里达到了和谐统一。赫尔姆·J.史雷德(Helmut J.Schneider)在其《自然》(*Nature*)一文中就曾谈到1770—1830年间的欧洲浪漫派运动实际上"是对汹涌而来的现代文明的一种审美反应或补偿"[③]。他还强调说："浪漫派作家都想减缓自然的

---

① 袁宪军：《"水仙"与华兹华斯的诗学理念》，《外国文学研究》2004年第5期，第57页。

② 金春笙：《论诗歌翻译之韵味——从美学角度探讨华兹华斯〈水仙〉的两种译文》，《四川外语学院学报》2007年第4期，第96页。

③ Schneider, Helmut J. *Nature*. *The Cambridge History of Literary Criticism*, Vol. Ⅴ, *Romanticism*. Brown, Marshall. Ed. Cambridge：Cambridge University Press，2000，p. 92.

异化"①。"自然"是浪漫主义诗歌的核心主题,他们通过这一主题来表现和张扬其内心追求自由与和谐、期望人性回归本真与淳朴的美好愿望。

　　人怎样重新认识自然,保持自身天性的本真,华兹华斯找到了人类自身最理想的形象:儿童。儿童的善良、天真早在法国启蒙主义思想家卢梭(Jean-Jacques Rousseau)的《爱弥儿》(Emile,1762)中得到充分的展现和尊重。儿童未受世俗污染,天性纯真无邪,他们最接近自然淳朴状态。于是,华兹华斯凝视孩童身上这种特有的禀赋,呼吁成人向儿童学习,复归人的自然天性:"……儿童乃是成人的父亲;/我可以指望;我一世光阴/自始至终贯穿着天然的孝敬。"(无题7—9)在华兹华斯看来,成人的世界虽然有序、理性和文明,但同时也意味着贪婪、狡诈和邪恶;相反儿童的天地无序、混沌,但是却质朴、纯洁。儿童离出生的时间越近,离自然就越近,因而能时刻感受自然的亲润。成人重返童年意味着返回到人类最美好的、人性最纯洁的初始状态,那么人与自然就处在一种和谐的状态,人性就得以自然地舒展。"儿童乃是成人的父亲"看似有悖常理,但表达了华兹华斯对自然天性的虔诚,彰显了浪漫主义诗人认识自然的深度。

　　华兹华斯对儿童天性的关注实际上是华兹华斯自然情感的延续和深化,是诗人关于人与自然伦理关系的哲学思考。就人类文明发展史来说,自然是人类的童年状态,是一种纯然的荒野状态。对每个个体而言,童年是未受任何浸染的、最为纯洁无瑕的自然纯真状态。然而,随着社会的发展,工业化时代的物质和商业污染,人如何能够保持对自然的虔诚,保留一份童年的纯真天性,不仅是人自身的问题,更是社会长久发展的问题。华兹华斯不仅选择干净纯洁的湖区作为生活之地,更重要的是以自然为其诗歌主题,力图通过自然来体验人的纯真状态,并表达对人性完美的渴盼。华兹华斯怀着对完美人性的终极追求,创作了大量表现纯真自然状态的童年题材的诗作。比如《我们是七个》(We Are Seven),《致蝴蝶》

---

　　① Schneider, Helmut J. *Nature. The Cambridge History of Literary Criticism*, Vol. Ⅴ, *Romanticism*. Brown, Marshall. Ed. Cambridge: Cambridge University Press, 2000, p. 96.

(*To a Butterfly*)等。通过回忆儿时的美好生活,与妹妹一起追扑蝴蝶的生动景象,把我们带进童年时代的欢乐与纯真;《致杜鹃》(*To the Cuckoo*)通过寻觅杜鹃鸟的踪迹,聆听那神奇的声音,回忆和唤醒人类金色童年的美好。诗人写道:"吉祥的鸟儿啊!这大地沃野/如今在我们脚下/仿佛又成了缥缈的仙界/正宜于给你住家。"(29—32)这仙灵境界既是鸟的神圣居所,同时也是诗人精神的永恒栖息地。其自传性长诗《序曲,或一个诗人心灵的成长》(*The Prelude or Growth of a Poet's Mind*,1850)展现了伟大诗人不忘初心、永远怀念童年的思想历程。"无论大自然,还是心灵,再还是人类,其作用只不过体现诗人欲依赖自己的资源改进民众素质之愿望,也就是把他们变得更温和、更沉稳、更有同情心、更富于诗意想象力,也因为拥有这些品质而表现出更多的尊严。"①所以,华兹华斯热爱自然的深层动机在于他那强烈的热爱人类自身的人文关怀,他以歌颂自然、崇尚自然并身体力行实践自然生活的方式向人们展示着人与自然的伦理关系,以期通过唤醒人们正确认识自然达到人性的复归来实现人类社会和谐发展的宏愿。

华兹华斯对人与自然关系的伦理思考集中体现在他始终强调自然神圣不可侵犯的自然观里,这种自然观强调自然是一个有机统一的整体,人们应通过理性思考和切身感受去领悟自然的神圣、万物的灵性和生命的真谛,倡导和谐自然、生态整体以及人对自然的责任。华兹华斯与柯尔律治一样强调自然是一个有机整体,万物存在于一个统一的整体,人与自然相互依存,不可分离。《廷腾寺》(*Lines Composed a Few Miles above Tintern Abbey*,1798)中这样表述了人与自然的和谐关系:"蓝天,大气,也寓于人类的心灵,/仿佛是一种动力,一种精神,/在宇宙万物中运行不息,推动着/一切思维的主体、思维的对象/和谐地运转。"(96—100)"蓝天""碧海"甚至呼吸的"大气"已经"寓于人类的心灵",是不可分割的整体;正是这种整体形成了"一种动力,一种精神"推动着宇宙万物"和谐地

---

① 丁宏为:《理念与悲曲——华兹华斯后革命之变》,北京:北京大学出版社2002年版,第138页。

运转"。在阔别怀河美景五年后,诗人故地重游,对景抒怀:"多少次,/我心思转而向你——/啊,林间的浪游者,绿荫掩映的瓦伊河!"(58—60)怀河美景不仅在往日的岁月里慰藉了诗人的心灵,给了诗人以精神的寄托,甚至在未来的日子里,诗人也从这美景中汲取"将来岁月的生命和粮食"。在《自然景物的影响》(*Influence of Natural Objects*)中,华兹华斯认为自然的神圣力量就是一种宇宙灵魂,即一种"宇宙精神":"无所不在的宇宙精神和智慧,/你是博大的灵魂、永生的思想!/是你让千形万象有了生命,/是你让他们生生不息地运转!"(1—4)华兹华斯对自然的态度是无比虔诚的、敬仰的,是自然让宇宙有了无限生机和生命,是自然让大地充满活力,实实在在、生生不息。

"华兹华斯在寻求新的存在的理由,他在考虑人与自然、人与世界的新的关系,在考虑一种新的秩序的依据。华兹华斯把自然神圣化,把上帝的属性转移到自然中来,并将之视为一个有机体,正是这种寻找新的存在理由的结果。"[1]人类文明的不断发展造成严重的精神污染和人性异化,科学理性带来自私冷漠和贪婪,人类在不断陶醉于科学技术带来便利和享受的同时却与自然也产生了严重偏离。华兹华斯《序曲》第八章"追忆——爱自然通向爱人类"("*Retrospect—Love of Nature Leading to Love of Mankind*")也许应该是诗人热爱自然、崇尚自然最终实现人性本真复归、实现人与自然和谐共生这一生态伦理思想的最佳表达。该章题目"爱自然通向爱人类",以辩证的方式肯定了人与自然的关系,强调了自然的尊严与价值。华兹华斯认为自然与人是来源于同一源头的,是共同处于一个有机整体中的平等成员,具有至高无上的价值内涵。人本身就是自然的一部分,人要想永久地诗意生存,就不能脱离与人类自身相互依存的自然,更不能以主宰者自居,任意地利用、盘剥甚至掠夺自然。因此,华兹华斯写道:"我已经学会去爱/爱与我共生的同伴们已成为一种习性/树林里、山冈上,这里我发现/你正以仁慈和蔼将我引导/使我超越了家

---

①　苏文菁:《华兹华斯诗学》,社会科学文献出版社 2000 年版,第 48 页。

庭、朋友和儿时的玩伴/拥有了更广阔的胸怀。"①自然万物在华兹华斯眼里已经不是一般意义上的外在自然景物，而是我们人类的共生伙伴（fellow-beings），具有人性、灵性和神性，人与自然应该是平等的、亲密的，应该互相依存于一个和谐的、相互交融的整体之中。在华兹华斯看来，自然就是人类本身，是"大我"，而人类仅仅是自然这个大我中的"小我"。华兹华斯认为，既然自然与人是一个整体的不同表现，同是这个宇宙的组成部分，人与自然之间就不应该有任何界限，自然在身外也在心内。因此，关注自然也就是关注人类自身；同样，要关心人类的生存就不得不关心自然的状况。他强调人与自然的相融，热爱自然、走向自然，进而恢复人性的本真，解决人性的危机，实现人类社会的最终和谐。苏文菁教授认为："华兹华斯的自然观立足于人与自然的关系。"②勃兰兑斯也这样说过："华兹华斯的真正出发点，是认为城市生活及其烦嚣已经使人忘却自然，人也已经因此受到惩罚；无尽无休的社会交往消磨了人的精力和才能，损害了人心感受纯朴印象的敏感性。"③

　　华兹华斯走向自然并不存在任何"逃避"之意，也不是简单地为了在自然中寻求心灵的安慰，而是有其更为重要的道德使命。纽约大学英语系教授劳伦西斯·洛克雷吉（Laurences Lockridge）在其《浪漫主义伦理》一书中曾以马修·阿诺德（Matthew Arnold）对英国浪漫主义诗歌的批评为例，肯定了英国浪漫主义诗歌所具有的生态伦理价值，他说虽然阿诺德认为浪漫派"懂得不够"（did not know enough），但是他仍然把华兹华斯看成是继莎士比亚、弥尔顿之后的最伟大诗人，因为他向我们提供了"生活的批评"（a criticism of life）和"怎样生活"之困惑的解决方法（the means of dealing with the puzzle of how to live）。利物浦大学英国文学

---

　　① Wordsworth, W. *The Prelude 1799, 1805, 1850*. Wordsworth, Jonathan. M. H. Abrams, Stephen Gill. Ed. New York・London: W. W. Norton & Company, 1979, p. 270.

　　② 苏文菁：《华兹华斯诗学》，社会科学文献出版社 2000 年版，第 65 页。

　　③ 勃兰兑斯：《十九世纪文学主流》第 4 分册《英国的自然主义》，徐式谷、江枫、张自谋译，人民文学出版社 1984 年版，第 47 页。

教授、著名生态批评学者乔纳森·贝特则直接把"浪漫主义"与"生态学"联系在一起,在《浪漫主义生态学》一书中,贝特写道:"华兹华斯的《远足》最初吸引读者的是其'伦理思想'(its ethical content),……因为它体现了华氏哲学思想的最高境界。"①他强调指出:"华兹华斯诗歌里对自然神圣性的尊重实际上也就是'一种生态伦理'(an ecological ethic),在价值标准严重迷失的今天一定要加以重新肯定。"②

　　面对社会的混乱、人性的危机,华兹华斯以其诗人的敏感和文学家的道德认识到革命暴力的无济于事,人类社会的进步依靠的不是法国暴力革命式的政治手段,更不是英国工业革命式的经济手段,而是重建人类审美价值体系的精神手段。这种终极审美价值体系正是来源于人类共同的精神家园——自然,即自在的自然与人性的自然的统一。因此,华兹华斯对人与自然的关系的思考与表现是严肃理性的,是基于工业文明带来的多重社会问题至上的明示和引导。他作为新时代的诗人,有责任和义务去探索和发现问题的根本原因。在其不断思索的过程中,他企图从神秘的自然中找到一种走向未来的力量,希望人们通过置身于自然,回归、恢复原有的纯洁灵魂。华兹华斯试图通过他的诗歌把工业文明重压下的"人的主体精神的自由、自然在人的生存与发展中的作用以及以上帝为中心的宗教教义统一起来看待,以期建立起一种人与自然、人与社会、过去的人与现在的人及将来的人联系起来的伦理道德原则"③。因此,"华兹华斯后革命性质的思想状态并非以'逃避'或'遮掩'为特点,也不是一句'重归自然'就可以涵盖的"④。"华兹华斯诗歌里对自然神圣性的尊重实际上也就是'一种生态伦理'(an ecological ethic),在价值标准严重迷失

---

　　①　Bate, Jonathan. *Romantic Ecology*, *Wordsworth and the Environmental Tradition*. New York: Routledge, 1991, p. 64.

　　②　Bate, Jonathan. *Romantic Ecology*, *Wordsworth and the Environmental Tradition*. New York: Routledge, 1991, p.11.

　　③　聂珍钊、杜娟、唐红梅等:《英国文学的伦理学批评》,华中师范大学出版社2007年版,第388页。

　　④　丁宏伟:《理念与悲曲——华兹华斯后革命之变》,北京大学出版社2002年版,第63—64页。

的今天一定要加以重新肯定。"①至此，我们可以这样认为，华兹华斯诗歌主题的深层内涵是以拯救人类灵魂、促进人类社会和谐发展的生态整体主义思想为其价值标准的理性思考，是一种超越时代发展的深层生态伦理智慧。

---

① Bate，Jonathan. *Romantic Ecology，Wordsworth and the Environmental Tradition*. New York：Routledge，1991，p. 11.

# 4.2　柯尔律治诗歌中的超自然想象

　　英国浪漫主义文学运动的潮流,最典型的莫过于华兹华斯的《水仙》、《孤独的割麦女》(*The Solitary Reaper*)、《西蒙·李》等众多歌颂自然的诗歌,诗歌中自然形象真实、纯朴,读者很容易身临其境,触景生情;而相对华兹华斯诗歌中这些纯净而热情的自然形象而言,作为湖畔诗人重要一员的柯尔律治除了早期的《风弦琴》《夜莺》《菩提树》等谈话诗外,其后期的诗歌创作确乎显得不太协调,他似乎总是给自己所讲的故事笼罩了一层中世纪的神秘怪诞色彩。《古舟子咏》中不断向婚礼客人忏悔的老水手、破雾穿云飞来的信天翁以及水中神秘出现的水蛇;《忽必烈汗》中圣河之上的皇宫、哭泣的孤身女子以及手抚琴弦的非洲少女;《克丽斯德贝尔》更是恐怖怪诞,克丽斯德贝尔与吉诺丁、利奥林爵士与罗兰伯爵以及故事情节的扑朔迷离等。这些形象很难在现实世界里找到他们的真实存在,他们至多就是一些想象的影子,不能给我们的大脑一个明确的感觉,也就是说老水手和克丽斯德贝尔或者他们的行为不能像割麦女和西蒙·李那样容易激起我们情感上的共鸣;同时,在这些诗歌中,柯尔律治没有设置具体的、局限性的场景,也没有激起读者明确的情感,有的只是一些含糊迷离的人物和他们一到两个本质特点的行为表现。所以,这些诗歌常被学界甚至柯尔律治本人称为超自然诗歌。那么,柯尔律治为什么要设置这些超自然形象,他们真的与自然无关吗? 柯尔律治真的违背了"湖畔派"包括他自己的诗学主张了吗? 这些超自然形象体现了什么样的思想,又是怎样体现的呢?

　　首先,柯尔律治认为自然的和超自然的诗作其实是同一类别——自然诗歌的两种。在《文学生涯》中,柯尔律治自述与华兹华斯在《抒情歌谣集》中各有分工,他自己"负责超自然的或至少是浪漫色彩的人和物",而"华兹华斯负责赋予日常事物一些新奇的魅力",但"目的都是为了唤醒人们习惯性冷漠的心灵去关注展现在我们面前却因为过于熟悉和懒惰已经忽略掉的世界的魅力和奇迹,对这些大自然提供的无尽财富,我们经常熟视无睹、充耳不闻、心不在焉。带着这种观点,我写了《古舟子咏》《克丽斯德贝尔》……"①看来,柯尔律治是有意识地选取那些超自然或者说是浪漫的形象,但有着与华兹华斯自然诗歌和他本人前期谈话诗歌共同的思想主题,都关注人类本质的根本规律,极尽激发读者的"精神感悟"。在柯尔律治的思想意识里,超自然与自然有着本质上的相同,都关乎自然,只是表现形式不同罢了。

　　柯尔律治与华兹华斯的这一分工差别曾引起格拉汉姆·戴维逊的重视,他指出这一差别显示了重要的意义,就是想象本身体现着思想:"华兹华斯的自然方法和柯尔律治的超自然方法的根本区别在于观察与沉思的区别。"②他说:"自然诗歌的基础是感觉印象,诗人试图把这种印象提升至心灵真实;而超自然诗歌的基础是我们内在本质的真实,诗人无须通过已给的世界来刺激想象力去认识人类本质规律,诗人要在场景与情感之间创造一种关系包含这些规律。"③他认为柯尔律治虽然没有像华兹华斯那样直接地、外观地观察自然、描写自然,但他用另一种预设的高度想象的方式来思考自然。"华兹华斯观察的是外面世界,柯尔律治描写的是人类的内在生命"④,也就是说柯尔律治赋予其模糊人物形象的情感不是简

---

　　① Coleridge, S. T. *Biographia Literaria*, Vol. Ⅱ. J. Shawcross. Ed. Oxford: Clarendon Press, 1907, p. 7.

　　② Coleridge, S. T. *Biographia Literaria*, Vol. Ⅱ. J. Shawcross. Ed. Oxford: Clarendon Press, 1907, p. 14.

　　③ Coleridge, S. T. *Biographia Literaria*, Vol. Ⅰ. J. Shawcross. Ed. Oxford: Clarendon Press, 1907, p. 70.

　　④ Coleridge, S. T. *Biographia Literaria*, Vol. Ⅱ. J. Shawcross. Ed. Oxford: Clarendon Press, 1907, p. 5.

单地来自于外部世界对他的刺激,而是来自于诗人内心对生命本质规律的洞察。"超自然"并非无关自然,相反正是诗人关注自然的一种更高级的方式。

　　格拉汉姆·戴维逊显然批评了那种对柯尔律治超自然诗歌持否定认识的观点:他指出这些诗引发的巨大想象力将思想指向人类本质规律,不仅有思想而且还涉及了人类精神终极关怀的话题;他以"精神感悟"来强调这种思想的深刻性,显然是在工业化弊病初显人类生存危机的时代里,在人们茫然无措、愤怒幽怨的情绪中,对一种新型的人类精神的向往与渴望;他的这些评价显然都准确估量了柯尔律治超自然诗的思想价值。不过同样明显的是,格拉汉姆·戴维逊在这里只提出了这种思想的模糊概念及其生成与存在的理论因素,却未能指出这些诗歌如何作为文学本身对哲学道理进行反映的内在逻辑,也未能关注这种具有鲜明感召力的思想在新时代新领域中新探索的精神注入。

　　基于这样的思考,我们发现柯尔律治强调"诗歌思想内涵与想象外衣完美结合"亦即"诗歌创作必须是一种有意识的艺术,诗论的意义所在"[1]。柯尔律治认为诗歌的两大要素首先应该是"能够以对自然真理的坚守激起读者同感的能力",其次是"以色彩斑斓的想象给予作品新意的魅力",好的诗歌一定是"这两者的结合"[2]。汉弗莱·豪斯这样评价:"柯尔律治对艺术作品的有机统一原则有着超越任何先前于他的英国批评家的清醒认识和全面阐释。"[3]也就是说,作为诗人、文学评论家和哲学家的柯尔律治不可能只是凭空想象出这些毫无意义的荒诞故事,他的故事一定包含着诗人一定的思想和意识,它们只是以一种更加抽象的艺术形式来展示罢了。

---

　　① House, Humphry. *On Kubla Khan Coleridge*: *The Clark Lecture*. London: Hart-Davis, 1962, pp. 114—122.

　　② Coleridge, S. T. *Biographia Literaria*, Vol. Ⅱ. J. Shawcross. Ed. Oxford: Clarendon Press, 1907, p. 18.

　　③ Coleridge, S. T. *Biographia Literaria*, Vol II. J. Shawcross. Ed. Oxford: Clarendon Press, 1907, p. 18.

　　柯尔律治提出,"意志和理解力"是想象力的基础,而且以一种不易觉察的温和的方式左右着想象力。想象力不同于空泛、机械的幻想,它是有思想导向的、有机的,是善于平衡与和谐不同因素的力量,是善于融思想于形象、普遍于具体的有机的、综合的力量,是"诗歌的灵魂"。在《文学生涯》第十四章的最后,柯尔律治写道"诗才是以智慧为躯体、幻想为外衣、运动为生命、想象为灵魂,而这个灵魂无处不在,深入事物,将一切合为优美而又智慧的整一"①。柯尔律治认为如果想象力是诗歌的灵魂,那么,机智就是诗歌的躯体,二者缺一不可;而且,如果没有运动,那诗歌则失去生命。作诗就如自然界植物的生长,伟大的诗才会把机智和思想与想象力紧密结合起来,赋予诗篇永久的魅力。柯尔律治认为意志和理解力控制着想象,这样,就将理性成分注入想象中,使得想象有思想,有深度。柯尔律治同意诗歌必须是感官的,但一定要有个原因,真理或思想构成了他主要的兴趣。为了使意象有效地发挥作用,他通常承认热情是必需的,但他通常要把"思想"一词加进去,把它作为诗人的最高职能,没有人可以是一个伟大的诗人而同时不是一位深刻的哲学家。同时,柯尔律治反复强调想象力的重要性,他把想象力称为"善于综合的神奇的力量","这种力量是由意志和理解力发动的,而且始终在它们不懈的但又是温和的、难于觉察的控制之下;它能使相反的、不协调的品质平衡与和谐起来,例如同与异、普遍与具体、思想与形象、个别的与有代表性的、新奇新鲜感和旧的熟悉的事物、不寻常的情绪与不寻常的秩序、清醒的判断力和稳定的冷静与热情和深情"②。应该强调的是,柯尔律治所说的"善于综合的神奇的力量"不是简单的区分和归纳,不是将具体化为抽象的简单做法。柯尔律治强调的是想象力能够使事物混合、交汇、相互影响,在这个"综合"过程中,作为主体的诗人起着重要的作用,其想象力承载并蕴含着创造力。对柯尔律治来说,天才并非是一种集合力,也不是一种化繁为简的知识获取

---

　　① Coleridge, S. T. *Biographia Literaria*, Vol Ⅱ. J. Shawcross. Ed. Oxford: Clarendon Press, 1907, pp. 15—16.

　　② Wheeler, K. M. *Sources, Processes and Methods in Coleridge's Biographia Literaria*. Cambridge: Cambridge University Press, 1980, p. 29.

途径,区分和归纳只是获取知识的预备行为,天才更重要的作用是将部分重新融入(reassimilate)新的整体与模式中,这些整体从蕴含的真理与能量方面讲超过了部分的汇总或者由部分分析得出的道理。

柯尔律治关于自然与超自然诗作区别的观点和他对诗歌的灵魂、躯体与运动的表述,使我们确信对柯尔律治诗歌思想深刻性的认定须结合新型的生态理念;而如果从古老的中华民族文化思想的角度出发去探索柯尔律治诗中所表述的神秘意象,我们很可能在西方学界所感到怀疑困惑的地方另辟蹊径。我们认为柯尔律治三部超自然诗作只是采用了不同于华兹华斯以及他自己前期的诗歌题材,但其创作目的非常明确,即唤回人们漠视自然的心灵和意识,把自己对现实社会中人性异化、人与自然、人与人关系危机的忧虑表现出来以起警示作用;柯尔律治是在有意识地把对立的或不一致的审美特性加以想象性综合,以其独特的超自然的形式表达着人与自然、人与人乃至人与自身和谐整一的哲学思想;如果说《古舟子咏》《忽必烈汗》重在表现人与自然对立的预警和批判,那么《克丽斯德贝尔》则强调的是现代文明社会中人与人和谐关系的修复与重构。

《古舟子咏》是柯尔律治第一个关于人与自然关系的超自然故事,这首诗中诗人以宗教寓言的方式设置了一个人与自然对立的场景,以此反思和预警西方文化的主客二元理念。故事开始展现了这样两个不协调画面:热闹忙碌的婚礼,"新郎的宅院敞开了大门/……/客人都到了,酒席摆好了,/闹哄哄,欢声一片。"(291)[①]。"海上的风暴呼呼刮起,/来势又猛又凶狂;/它抖擞翅膀,横冲直撞。"(293);一位"眼神古怪""手似枯藤"(291)的老年水手急切地拦住急于参加婚礼的客人描述海上经历。我们知道"婚礼"往往代表人类的和谐与幸福,"风暴"则意味着自然之力的摧枯拉朽,那么诗人为何把二者放在一起? 老水手为什么会是这样一副可怜形象? 是什么样的罪责让他如此悔过? 原来,老水手在大海航行中遭遇风暴、浓雾飞雪、天气骤然变冷:"这里是冰,那里是冰,/到处是冰墙重

---

① Coleridge, S. T. *The Notebook of Samuel Taylor Coleridge*. Kathleen Coburn. Ed. London: Routledge and Kegan Paul, 1957, p. 876.

重。崩裂、咆哮、吼鸣、嚎啸/……/危急时刻,一只信天翁穿云破雾飞来/……/一声霹雳,冰山解体,/我们冲出了重围!/可意的南风在后面吹送……"(294)然而,老水手却"一箭便把信天翁射死"(295)。接着,惩罚开始了。首先是大自然的报复:"和风停止,篷帆落下,/情景极度悲凄"(296),"日复一日,天复一天,/我们困住,风不吹,船也不动"(297),"海水,海水,四面是海水,/船板都在干缩;海水,海水,四面是海水,/却没有一滴可喝"(297)。而此时,船上水手们极度干渴,认为这一切都是老水手射杀信天翁招致的,痛恨之下也开始了惩罚:"我看到了老老少少的面孔,/哎呀,脸色多么凶!/他们挂上我脖颈的,/不是十字架,/而是那死的信天翁。"(298)而对老水手最大惩罚的莫过于独自活下来的孤独和死去水手们谴责的目光:"孤独啊,孤独啊,真正的孤独,/大海上孤单单一人!/没有一个圣者施予怜悯,/怜悯我痛苦的灵魂。"(303)"更为可怕的是死者眼里的怨气。/我面对谴责,/七天七夜,/自己恨不得死去。"(304)在受到这些肉体上、精神上的双重惩罚后,老水手反省了自己的罪孽并开始了真诚的赎罪和祈祷。面对水中出现的水蛇,老水手不再伤害,而是充满爱心:"啊,快乐的生物,它们的美,/难以用语言敷陈。/我心里涌起爱的源泉,/不禁祝福它们;/当然是保护神对我怜悯,/使我祝福它们。"(305)此时,老水手脖颈上死去的信天翁跌落下来,惩罚似乎得到解除。可是,老水手心中的痛苦却难以忘却,他不得不重复地向客人们倾诉着自己所犯下的罪孽以缓解自己的悔罪之心。最后,老水手反复强调:"热爱一切大小生命,/祈祷才有效力;因为热爱我们的亲爱的上帝,/他创造并热爱一切。"(321)

《古舟子咏》体现了什么样的思想?对这样一个故事,柯尔律治同时代的人不解,一些现代读者也是褒贬不一,总认为一个简单的罪与罚的故事无须如此神秘怪诞,对老水手的惩罚也过于严重。出于柯尔律治时代欧洲启蒙思想的理性精神,人们更强烈地关注的是信天翁的物质属性,甚至全然忽略它的背后的超越物质形态的东西。而我们从中国古代文化出发却很容易辨认出,这是一种带有天人合一思想痕迹的诗化表述。其实,在柯尔律治的宇宙观里,世界正是一个有机整体,任何自然之物都是大自然的必要元素,所有元素相互作用,互相依存。在《笔记》第一卷中,他写道"只有心存一切为一的信念,融万物为一,视万物为一的人才可以享受精神上的真正安宁与平静",①在《笔记》第三卷中也这样写道"整一(unity)是人类思想与情感发展的终极目的"。② 信天翁的确只是一只小鸟,但是与人类具有同样平等拥有地球的权利,共同维护着生态和谐与整体。老水手毫无缘由地射杀,表现了人类对自然界的蔑视。这一现象正是西方自文艺复兴以来,尤其是 18 世纪理性时代对人性过度张扬的结果。过分高扬人的力量和推崇科学技术至上促使人与自然的分离,把自然推向任意利用和破坏的境地。柯尔律治运用这样一个"罪与罚"的故事来警示人们与自然对立的后果,质疑、挑战西方传统上人与自然二元对立的价值观。实际上,从宗教角度讲,《圣经》也赋予了自然神圣性,自然与人同为上帝创造,上帝派人来保管所有自在之物,也仅是保管而不是任意使用甚至破坏。老水手的行为无疑触犯了天戒,触犯了"物物相连"③这一自然规律,当然应该受到严惩,也只有严重的惩罚才有可能使他醒悟,真诚地忏悔自己的错误。因此,当他再次见到水中水蛇的时候,老水手心中充满爱意,对任何生灵都要尊重和爱护,这样才能得到上帝的庇护,也就是说人类自身才能得以继续生存,才能获得故事开头婚礼场面的和谐与幸福。

如果说《古舟子咏》是通过形象自身表述思想,那么《忽必烈汗》则是在以印象强烈的形象之间巨大的张力来强化思想的可感性。这部作品是柯尔律治创作的最短、最朦胧也最具浪漫主义神秘色彩的"超自然诗",作者自称这首诗得之于一个梦境,醒来时还清楚记得所有诗句,可是突然有

① Coleridge, S. T. *The Notebook of Samuel Taylor Coleridge*. Kathleen Coburn. Ed. London: Routledge and Kegan Paul, 1957, p. 876.

② Coleridge, S. T. *The Notebook of Samuel Taylor Coleridge*. Kathleen Coburn. Ed. London: Routledge and Kegan Paul, 1957, p. 3247.

③ "Everything is connected with everything else". qtd. in Glotfelty, Cheryll, and Harold Fromm: *The Eco-criticism Reader: Landmarks in Literary Ecology, Introduction*. Athens & London: the University of Georgia Press, 1996.

一位不速之客打断了思路,因而只剩下现有的五十四行。我们暂且不谈柯尔律治的梦是真是假,但这首诗的意境确实虚无缥缈,我们似乎很难找到实质性的东西,只是感觉自己走进了亦真亦幻的异国世界。诗歌虽然以忽必烈汗为题,但并未描绘或歌颂这位曾叱咤风云、名扬天下的东方帝王,而是以其为诗人寄情表意、发挥想象力的媒介和工具。诗歌分为两个似乎毫不相干的部分。第一部分首先是"忽必烈汗把谕旨颁布:/在上都兴建宫苑楼台;/……/于是十里膏腴之地/都被高墙岗楼围起"(393),接着是"孤身女子""残月之下""哭她的鬼魅情人"(394),还有"大地急促地喘着粗气""腾跃的圣河……进抵幽深莫测的洞窟""忽必烈宛然听到祖先悠远的声音——战争的预告"(394)。忽必烈作为一代帝王为自己享乐而下令修建皇宫,刹那间大片良田毁于一旦。柯尔律治借远古帝王的暴行预指人类对自然盘剥的贪欲,这样必然受到自然之力的反抗。于是,忽必烈听到了女子的哭泣、大地的喘气乃至战争的预告。第二部分诗人却展示了与第一部分截然不同的画面:"一少女扬琴在手:/她是阿比西尼亚女郎,/她吟唱阿岥若山的风光,/用扬琴悠扬伴奏。/但愿那琴声曲意,/重现于我的身心,/那么,我就会心醉神迷,/就会以悠长高亢的乐音,/凌空造起那琼楼玉殿——"(395)。如果说第一部分在批判、警示人类贪欲的后果,第二部分则是用悠扬琴声和自然美景来陶冶人类灵魂,前者是关于物质,后者是关于精神。遥远的非洲远离现代文明,只有心情平静的人们才会抚弄琴弦,以至高的精神享受去代替低俗的物质追求。诗人在优美的琴声中、在静谧的阿岥若山风光里,享受心灵的荡涤,获得激情的创作灵感,自然能够做出完美诗篇,而这种"凌空造起那琼楼玉殿"远远胜于靠强权"在上都兴建宫苑楼台",前者犹如"乐园仙乳",而后者只能是"冰凌洞府"。

《忽必烈汗》前后两节表面上极不协调,对立、甚至毫不相干,但柯尔律治正是利用这种对立、这种虚无缥缈机智地表达了自己内心深处的忧虑。自然之力永远是双向的,尊重和谐就会润泽人性、启迪智慧,蔑视狂暴只能招致灾难和死亡。忽必烈无视十里膏腴之地,用高墙和塔楼筑起欲望之殿,以强权为途径、以其自身利益为中心、以贪图物质享受为目的,这种与自然对立的行为势必走向末路;相反,阿比西尼亚少女心拥自然、怡然弹琴,诗人敬仰自然、激情创作犹如"摄取蜜露"。现代西方生态批评的思想内涵之一就是欲望批判:是欲望膨胀导致了人类疯狂掠夺自然,也是欲望膨胀扼杀了人类纯洁灵魂和美好天性。柯尔律治虽然没有专门的论著来批判人类的疯狂和矫枉,但是,他"整一""和谐"的宇宙自然观自始至终彰显于他的诗歌作品中,警示着人类贪婪欲望的危机。可以说,《忽必烈汗》是对"欲求与责任"这一人类精神中的两极进行了一个最高意义上的概括。

显然这部作品超越前两部的关键之处,在于它除了探讨人性邪恶与罪责的主题外,更加注重人与人关系的修复:克丽斯德贝尔与她分离的情人、利奥林爵士与他死去的妻子、利奥林爵士与罗兰伯爵等。对于人类关系的前景,柯尔律治曾经在其书信集第一部第 249 行用了"融合个体"①一词来表达,这让我们又回到了《忽必烈汗》第三节里所展示的"对立"融为"整一"的自然观理念中。"一种对立面的完整统一,相互之间给予和接受彼此的永恒,你中有我,我中有你(a union of opposites, a giving and receiving mutually of the permanent in either, a completion of each in the other)"。②《克丽斯德贝尔》里对家人夫妻之间、朋友情人之间关系的分离、破碎的展示有其深深的寓意。现代工业发展带来的不仅仅是自然生态的破坏,更加严重的是人性美好天性的丧失、人与人关系的支离破碎,而这种人性危机必然会反过来加剧对自然的盘剥和破坏;柯尔律治设置克丽斯德贝尔期盼情人的回归、利奥林爵士对他死去妻子的怀念以及对与罗兰伯爵朋友关系修复的愿望更加验证了诗人对"和谐""整一"价值观的至高追求。虽然实现这种终极和谐的可能性不大,甚至令人沮丧,但它毕竟是一种深层次的生态伦理追求。

柯尔律治有意识地运用想象力创造出神秘、怪诞甚至恐怖的人物和

---

① Coleridge, S. T. *Collected Letters of Samuel Taylor Coleridge*, Vol. Ⅰ. E. L. Griggs. Ed. Oxford: Clarendon Press, 1956—71, p. 249.

② Coleridge, S. T. *Biographia Literaria*, Vol Ⅱ. J. Shawcross. Ed. Oxford: Clarendon Press, 1907, p. 5.

场景,完成了《古舟子咏》《忽必烈汗》和《克丽斯德贝尔》三首长诗,"以色彩斑斓的想象",或通过"想象变换了的风景和人物",[①]即"超自然"形象将读者引向一个有形无体、朦胧晦涩的世界之中,融合多种对立元素于一诗,有意消除现实与幻觉之间的界限,以此传递诗人"对自然真理的坚守",即"一切为一"[②]的生态理念。柯尔律治充分认识到世界的复杂性,万物混杂但相互作用。诗人的作用不是简单地梳理、区分和归纳,而是要充分运用具有高度调和能力的诗才即想象力把不一致的或对立的元素加以融合,创造出一个和谐优美的体系。柯尔律治曾说过"给我一个自然,让它具备两种相互对立的力量,一种力量能够无限扩展,另一种则努力在这种无限中认识或发现自己,我便能使各种智力组成的世界以及代表它的那个整体系统出现在你面前"。[③]"最伟大的诗歌调和了许多对立因素,其中也包括自然和艺术之间的各种对立,'既融合协调了自然的与人为的因素,又使艺术仍从属于自然'"[④]。柯尔律治反对华兹华斯在"自然"——各种意义上的自然与"艺术"之间做出的基本对立。他认为所谓伟大的诗篇是"自然的",是指它包含目的、部分与整体、手段与目的应相适配。柯尔律治以其天才的想象力和他对自然真理的坚守创作出看似无关自然的超自然诗作,间接地警示和批判人类的狂妄和贪婪,揭示人与自然平等和谐的重要性。

柯尔律治自然观继承并借鉴了古罗马时期新柏拉图主义哲学家普罗提诺(Plotinus)的"太一"学说,普罗提诺认为"神圣的事物具有三个本质:第一个本质是太一,第二个本质是心智,第三个本质则是灵魂……太一高于心

①　Coleridge, S. T. *Lectures on Literature*, Vol Ⅱ. R. A. Foakes. Ed. Princeton: Princeton University Press, 1987, p. 220.

②　Coleridge, S. T. *Biographia Literaria*, Vol Ⅰ. J. Shawcross. Ed. Oxford: Clarendon Press, 1907, p. 190.

③　Abrams, M. H. *The Mirror and the Lamp*: *Romantic Theory and the Critical Tradition*. New York: Oxford University Press, 1953, p. 140.

④　胡经之:《西方文艺理论名著教程》,北京:北京大学出版社 2003 年版,第96—97 页。

智,心智高于灵魂,灵魂生成万物"①。"太一"是最高一级的境界。普罗提诺进一步指出"因为万物的终极本源是至高无上的太一,所以只有统一协调的事物才是美的"②。信天翁与老水手一样具有自身的权利、目的和价值,圣河与良田不是人类任意宰割的客体,暂时的物质欲望满足带不来精神上的平静与和谐,人与自然不是主客二分的关系,而是共同存在于宇宙生态整体中的伙伴朋友关系。柯尔律治把自己质疑、否定和批判人类中心主义的思想融进了超自然诗歌的艺术形式中,对西方文化源头之一《圣经》经典教义中人与自然关系做了全新的诠释,对近代以来科技理性带来的人性异化、人类欲望膨胀、恣意掠夺自然等进行了反思与拷问。

诚然,自然资源的有限与人类欲望的无限使得人与自然永远是一对矛盾体,但并非绝对对立的关系。在浪漫主义宇宙观里,人本身就是自然的一部分,人与自然在构建生态平衡、在推动人类文明可持续发展方面,是平等的、相互依存的,是共同存在于一个大宇宙、大家庭的伙伴关系。柯尔律治生活在 18 世纪末 19 世纪初的工业化英国,现代工业文明发展导致自然生态的破坏和人文生态的恶化与危机是诗人自然观形成的社会背景,诗人有意创设那些荒诞、支离破碎的故事来回应现实世界的荒诞和支离破碎,这一价值取向与现代西方生态美学思想是一致的,具有深刻的反思性、启发性和强烈的批判性。华兹华斯和柯尔律治虽然诗歌形式相异、素材对象不同,但拥有共同的诗歌主题:树立人与自然和谐共存的观念,把人与其生存环境紧密结合在一起,强调渗透于宇宙机械运动之中的生命与渗透于人体之中的生命同属一体,这种自然观超越并替代了 19 世纪初笛卡儿(Decartes)和霍布斯物质主义和机械主义的宇宙观。无论从艺术角度还是哲学角度,柯尔律治的三首"超自然诗歌"实现了诗人"一切为一""和谐整一"生态思想与其天才想象力的完美结合。(本节基于 2013 年第 2 期《外国文学研究》论文《论柯尔律治的三首超自然诗歌》)

---

① 胡经之:《西方文艺理论名著教程》,北京:北京大学出版社 2003 年版,第 96—97 页。

② Abrams, M. H. *The Mirror and the Lamp: Romantic Theory and the Critical Tradition*. New York: Oxford University Press,1953, p. 64.

# 4.3 东西方诗歌中自然观念的统一与分歧

以华兹华斯、柯尔律治为代表的湖畔诗人创作了大量以歌颂自然为主题的作品,《夜莺》就是其中的代表作之一,而山水田园诗更是中国传统诗歌中的一大流派。东西方诗人对于自然的热爱可以说是殊途同归,那么他们在同样的主题下创作的作品,是否会因为自然本体观的不同出现分歧呢?中国传统哲学及古典诗不仅强调人的主观能动性,也重视自然万物的主体性,而柯尔律治诗歌中的人与自然关系比较明显地表现了一种基于基督教神学思想的相对消极的浪漫主义诗学气质,两者之间有统一也有分歧。

柯尔律治早期诗歌虽然在立意上与中国传统诗歌十分相似,但却有着完全相左的情感色彩。虽然柯尔律治晚年对自己的"大自然是神的创造物"这一观点进行过全面的批判和反思,但无可否认的是,《古舟子咏》《夜莺》和《忽必烈汗》这三首代表诗作以其理性与感性并存,热爱和恐惧同在的悲剧性气质,成为柯尔律治诗歌创作中美丽动人而又无法忽视的代表作。其中所蕴含的生态自然思想,在当时具有十分重要的时代意义。以下将以柯尔律治《古舟子咏》《夜莺》和《忽必烈汗》三首代表诗为例,从诗歌中的自然本体观、诗歌中对自然万物的态度和自然与欲望的矛盾等三个方面讨论柯尔律治诗歌中的自然观与中国传统诗歌中自然观的统一与分歧。

首先,从"一切都由他创造"与"因其固然"看中外诗歌中的自然本体观表现。对比和思考中外诗歌中自然观的不同表现,首先要考虑的必须是对自然本体观的不同认识,自然为何物、从哪里来、如何存在及其本身的意义和价值所在等问题值得深思和考察。中国传统生态自然观一贯坚持"因故其然",自然作为大地万物的物象自然存在,并以自己的规律演变和存在,有其固有的、不受人类主宰的主体意义与价值。而以《圣经》基督教教义为源头的西方哲学自然观带有强烈的宗教色彩,一切均由上帝创造是其基本宗旨,由此从源头上的自然本体论方面与中国自然观就发生了差别。阿普拉达在《柯尔律治的文学哲学》中谈到柯尔律治自然观时引用了爱尔兰著名哲学家兼大主教柏克莱在《人类知识的原则》中的话语:"我们应当注意吸取那些蕴藏于其中的高尚的思想观点,如以大自然向我们展示的美、秩序、宽广度和多样性为参照物,来重新建构我们的思维,提升我们的境界。这样,如果参照得当,这样的阅读能够丰富我们对于造物主的荣耀、智慧和慈悲的内涵的理解。"①

在上帝创造万物的神学基础上,柏克莱把大自然以及其中的一切看作是与上帝进行交流的媒介,他的这个思路深深影响了柯尔律治的自然本体观。柯尔律治曾经在摘抄给友人骚塞的诗篇中附上"请注意,我是一个柏克莱主义者"的注释。从柯尔律治众多诗篇中我们可以感受到他带有强烈宗教色彩的神学自然观。柯尔律治和华兹华斯都具有与基督教神学相关的消极浪漫主义倾向,华兹华斯倾向于将"自然"内化为"心灵"的启迪者,认为自然能够引领诗人走上一条理想人性的道路,而对于柯尔律治来说,"自然"更多地象征着"神的慈爱",是上帝的代言者。虽然他们在认识和表现方式上有所区别,但是二者自然观都彰显着一定程度的泛神论色彩,即自然的上帝属性。柯尔律治在 1796 年所做的诗篇《国运》表现明确:

　　为了适应肉身的意识所需要的一切,

---

① Appleyard, J. A. *Coleridge's Philosophy of Literature*. Cambridge, Massachusetts: Harvard University Press, 1965, p. 20.

> 以象征的形式出现的，一种全能的圣言，
>
> 为渴求引领的心灵而诞生。① （作者自译）

诗中柯尔律治把自然当作是上帝意志和圣言的象征，是上帝为了引领人类的心灵之路所创造出的一种交流媒介，自然中的一切都饱含着神的深意。这种观点在柯尔律治第一首关于人和自然之间关系的超自然诗歌《古舟子咏》中，得到了进一步的完善和阐述。诗歌以叙事长诗的形式讲述了一个神秘恐怖的浪漫故事：老水手无故杀害了承载上帝旨意的信天翁，犯了天罪因此得到天罚。

《古舟子咏》似乎只是一个具有宗教说教意义的神话故事，告诫人们要敬畏上帝，诚心遵从上帝的引导。但通过阅读诗篇中的章句就能发现，诗中所体现的，是柯尔律治深受西方基督教文化影响的自然本体观，其理论的基石自然来自《圣经》，认为自然和人同为上帝所创造，从某种程度上，自然代表和体现着造物主的神性。《古舟子咏》中，柯尔律治借老水手之口说出了同样的观点："因为上帝爱一切生灵——一切都由他创造。"（614—615）

在柯尔律治看来，自然是由上帝创造的产物，具有造物主的神性，上帝会经由自然来授予人类一些启示。信天翁乃上帝所造，既是"基督的使徒"，又是自然善意灵性的具象化身，它拯救了老水手和他的同伴们，带着他们突破了冰山的包围。信天翁的被杀，代表着人类违背了上帝的旨意，必然遭到来自上帝的惩罚。在神秘力量的主导下，老水手遭遇身体上的极端痛苦和灵魂深处的鞭打拷问。柯尔律治想表达的是，这是人类在破坏了生态平衡，伤害了自然这一上帝的代言者之后，所必然会遭受到的惩罚。人类只有充分认识到自己的错误并真心忏悔，才会得到上帝的原谅，迎来他通过自然（也就是那条突然出现的水蛇）带给人类的救赎。

柯尔律治的自然观是从宗教出发，把自然视为神性和灵性的结合体，

---

① Russell Noyes. *English Romantic Poetry and Prose*. New York: Oxford University Press, 1956, p. 386.

虽然从积极意义上肯定了自然和人类的平等地位,但同时,也具有浓厚的西方传统"罪与罚"的宗教伦理观色彩,人类不恰当的欲望和行为是"罪"的根源,"罚"则是神的启示。这与中国传统自然本体观既有相通的地方,也有很大的不同。在中国传统哲学思想中,自然是作为一种天生的客观事实而存在的,不存在某个具体的造物主或者神明来创造它。即便有某个创造了自然万物的"圣人"或神明,也不会以创造者自居。用老子的话说:"是以圣人处无为之事,行不言之教。万物作焉而不辞,生而不有,为而不恃,功成而弗居,夫唯弗居,是以不去。"①

圣人或造物主也不会因为自己创造了万物就把它们视作自己的所有物,更不会依仗造物的功劳去塑造巩固自己的神圣地位,干涉万物的运行。正是因为圣人的这种"无为"和不居功,自然万物才会以自有的规律客观可持续地运转,从而得以长长久久存在下去。

在谈及人类与自然的关系时,老子更是直接点明:

"天地不仁,以万物为刍狗。"②

天地作为万物运行的客观规律的代称,在对待世间的万事万物时都保持着其客观性,并不会特殊地对待其中的某一部分。而人类作为自然中的一部分,待遇和自然中的其他物种没有什么差别。

庄子沿袭了老子的思想,同样认为自然具有客观性,并依照其本身的固有规律在运转,而人类不过是自然的一部分而已。在庄子看来,"野马也,尘埃也,生物之以息相吹也"③,不管是扶摇直上九万里的大鹏鸟,还是树上的寒蝉,飞奔的骏马,空气中的尘埃,都是这自然的一部分,是不能脱离自然客观运行而存在的。

中国传统哲学的这种自然本体观着重强调了自然和自然运行规律的客观性,这深深影响了中国传统诗歌中山水田园诗的创作,例如唐代著名诗人岑参的《山房春事》就突出体现了这种观点:

---

①　文若愚:《道德经全解》,中国华侨出版社 2012 年版,第 12 页。

②　文若愚:《道德经全解》,中国华侨出版社 2012 年版,第 37 页。

③　陆永品:《庄子通释》,中国社会科学出版社 2006 年版,第 3 页。

> 梁园日暮乱飞鸦，极目萧条三两家。
> 庭树不知人去尽，春来还发旧时花。①

　　梁园是前朝皇帝留下的行宫，在饱经战乱和时光的摧残后已经变得萧条寥落了。作为生长在行宫中的一棵树木，庭树不会因为园林主人的命运和外部的人文环境而改变自己的生命轨迹。尽管园林已经不复曾经的繁华热闹，春天到来的时候，树上开出的花朵还是和当年一样美丽。诗人通过对这种"变"与"不变"的对比描写，表达了物是人非的怅惘之情，也反映了中国古代诗人对自然客观性的充分认知。在中国诗人的眼中，自然是客观存在的，并且拥有自己的灵性和自主意识，人类行为对它的影响微乎其微，而人类作为自然的一部分，可以尝试着去顺应、探索和把握这种客观性。

　　其次从"悠然偃卧"与"相看两不厌"看中外诗人对自然万物的态度。

　　《夜莺》是柯尔律治改编自《致夜莺》的一首 26 行诗歌。这首诗是新婚燕尔的诗人三年前写给新娘的，也是唯一一首在题目里明确注明谈话诗类型的诗歌，因此也是柯尔律治八首谈话诗歌的代表之作。这首诗歌的最大意义是颠覆了以约翰·弥尔顿为代表的西方传统文学作品里的夜莺形象，对以夜莺为代表的自然形象本身的价值与意义和人与自然的正确关系进行了思考和阐释。《夜莺》的开篇，就为我们描绘了一幅夕阳西下，恬静幽寂的景象，

> 没有了云霞，没有西边惹眼的
> 回光落照，没有了缕缕残晖，
> 没有了深浓而明灭不定的色彩。
> 来吧，在这座苍苔古桥上歇着！
>
> 看得见桥下河水的微光，却又

---

① 许渊冲：《汉英对照唐诗三百首》，高等教育出版社 2000 年版，第 304 页。

听不到声息：水呵，轻悄地流过

平软青翠的河床。全都安静了，

好一个温馨的夜晚。（1—8）


诗人身处在这一片柔和、娴静的气氛下，即使是"星斗无光的时刻也别有幽欢"。在这样柔和温润而朦胧弥漫的夜晚氛围中，响起了夜莺的歌声。柯尔律治先引用了弥尔顿对夜莺"最为悦耳，最为忧郁"的咏赞，继而提出了自己的反驳："自然界的生灵不知忧郁为何物"（15）。

柯尔律治认为那些"夜游者"把自己的痛苦、病痛和失望推及于夜莺，任何甘美的曲调，听起来都是他们的冤苦。令他痛惜的是，由于没有真正体验自然，没有感受自然带来的愉悦，又受传统成见的影响，年轻人把青春虚度在舞厅和剧院，对于夜莺的啼叫总是"深表哀怜，唏嘘叹息"（39）。柯尔律治认为自然本身是快乐的、是陶冶净化人类灵魂的，是工业和城市的发展使人们越来越远离大自然的欢乐。

在柯尔律治眼里，夜莺就是自然的象征，它是自然赐予人类的礼物，灵性的鸟儿，它的歌声总是"盈溢着爱和欢悦"（43）。若是曲解了夜莺，则曲解了自然的"曼妙的嗓音"（42）。夜莺——自然的精灵，用它欢愉的歌声带给人们心灵的慰藉。自然界万物在诗人眼里已不再是一般意义上的外在自然之物，而是我们人类的同伴。

《夜莺》的结尾不仅是诗人与朋友的交谈，更是与自然的交流。临别时，夜莺的呢喃声再次响起，诗人依依不舍地离开了，从自然的幽寂柔和的景致中回到了他孩子安恬的笑声中。诗人的爱子还在牙牙学语的时候，就已经与自然成为游伴。诗人通过描写爱子与自然的交流，从自然中得到慰藉，继而孩子与夜莺的啼啭"厮伴"成长，带着欢乐入睡，与自然融为一体，说明人类与自然是能够和谐共存的，而且人类在自然中能得到许多教益、灵感和慰藉。

柯尔律治选择"夜莺"这一欧洲文学中传统自然形象，以及谈话无韵诗的诗歌形式有其深意，夜莺的象征意义非凡。其最重要的价值是柯尔律治通过夜莺塑造了一个全新的自然形象。《夜莺》采用无韵谈话诗的形式将描述内容戏剧化,让夜莺作为自然形象的象征深入人心,并对自然本质和人与自然关系进行冥思和描述。柯尔律治对夜莺形象的重新定位体现了诗人早期的自然意识和诗人对工业化时代人类应该怎样正确认识自然的价值并摆正自己与自然关系的思考。

柯尔律治认为诗人不应该仅仅为写诗而潜心研究诗歌,那样写出的诗只能是机械的、死板无生气的,更是没有精神和灵魂的。诗人更应该全心走进自然、融入自然、聆听自然之声,才能创作出魅力永久的诗篇。柯尔律治明确表明现代文明给年轻一代带来了诱惑和腐蚀,这些诱惑和腐蚀消磨掉了诗人们对自然应有的感悟和理解。在柯尔律治自然观里,夜莺乃大自然的象征,它自身"盈溢着爱和欢悦",无论人类情感如何,自然始终自在和谐地存在。而那些认为夜莺的歌声最为忧郁的观点,不过是一些不懂自然的人们曲解了自然本身的内涵,将自己的情绪加诸自然界的生灵之上,这凸显了他们对自然的无知和对自然意义认识的肤浅。

综观柯尔律治的一生,他的宗教观不断地在变化。年轻时他是一位狂热的上帝一位论教派的拥趸,后来他成为一名坦率的英国圣公会教徒,他的诸多诗作都暗含着重大的宗教观点。《夜莺》看起来没什么宗教内容,但是,柯尔律治在写有关自然的时候使用了宗教语言,这一点意义非凡。

柯尔律治在《夜莺》中延续了自己对柏克莱宗教自然观的理解和继承,以一种半宗教的方式对待自然,他在歌颂自然的同时,也把自然看作上帝的创造、灵感的源泉。这种宗教观和自然本体观在其他诗篇比如《午夜寒霜》和《这颗菩提树,我的牢房》中表现地更加明晰。

在这种宗教自然观念的影响下,柯尔律治诗歌中的人类与自然保持着微妙的疏离感。虽然《夜莺》的主题是赞颂自然之美,呼吁人们去感受自然,但细究其中的用语可以发现,在《夜莺》这首诗中,人类和自然,依旧是分离的主体与客体之间的关系。例如,在鼓励诗人们投入自然时,柯尔律治写道:

> 把他的灵性慧根,全然交付给

> 大自然的光景声色和风云变幻，
> 忘掉他的歌和他的名声！（28—30）

诗人只有把自身的灵性慧根投入自然世界中，才能感受到自然的美妙，而自然本身是否有灵性有慧根呢？作者并没有言明。接下来的句子，更说明了柯尔律治心中人类和自然分离并行的地位：

> 那么，
> 他的歌就会使自然更加可爱，
> 这歌声也会像自然一样动人！（32—34）

在这句话的语境中，诗人歌声的美源自其与自然的相似性，而类似这种美好的诗歌，是有能力影响改变自然的，可以"使自然更加可爱"。由此可见，诗人与自然，本质上是分离的，甚至可以说人类作为上帝根据自己创造的产物，在对待自然时有种自上而下的距离感。柯尔律治在诗歌中鼓励人们去感受自然、融入自然，把自然和自然界中的万物当作自己的同伴，然而这种和谐而美好关系的起始点和主动权，在他的潜意识中实际上始终都归属于人类自己。柯尔律治自然本体观把自然视作上帝意志和圣言的象征，是上帝为了引领人类的心灵之路所创造出的一种交流媒介，这个观点更是从功能论的角度出发，把人类和自然割裂开来。

这种自上而下的距离感在柯尔律治谈论起夜莺的歌声时更为凸显，柯尔律治驳斥弥尔顿式西方传统审美中"最为悦耳，最为忧郁"的形容是对夜莺美妙歌声的曲解，是诗人自我负面情绪的投射，那么他自己称赞夜莺的声音"总是盈溢着爱和欢悦"，又如何保证这不是出于他自己一厢情愿的判断呢？因此我们可以看到，柯尔律治虽然非常热爱自然，歌颂自然，在《夜莺》中，他真诚地呼唤诗人去投入自然、融入自然：

> 他与其如此，远不如悠然偃卧在
> 树林苍翠、苔藓如茵的谷地里，

> 傍着溪流，沐着日光或月光，
> 把他的灵性慧根，全然交付给
> 大自然的光景声色和风云变幻，
> 忘掉他的歌和他的名声！（25—30）

但我们能够清醒地认识到，这种呼唤所隐藏的前提条件是，人类本身并不属于自然。

因此，我们可以在《夜莺》中读到柯尔律治对夜莺、对自然、对自然界中万物最真诚的赞颂和最美好的想象，然而可惜的是，这些赞美和判断都是来自诗人单方面的热忱，我们看不到自然中具有灵性的个体和诗人的交流。即便是《古舟子咏》中似乎意有所指的信天翁和水蛇，也只是作为上帝意志的化身来带给老水手以启示。

《庄子·秋水》中有云"子非鱼，安知鱼之乐"，你不是鱼儿，又怎么会知道鱼的喜乐？柯尔律治对待夜莺的态度和中国传统哲学有着本质上的区别，中国传统哲学把人类看作是自然的一部分，自然是自有其客观运行规律的存在，人类与自然界万物甚至一块顽石、一粒沙子都不会有什么不同。因此，在中国传统诗歌中，诗人和自然万物更多的是平等相伴的关系，是主体和主体之间的相处与交流，这一点在中国的山水田园诗中多有体现。例如中国唐代著名诗人李白的《独坐敬亭山》：

> 众鸟高飞尽，孤云独去闲。
> 相看两不厌，独坐敬亭山。[①]

表面上诗人孤身一人，无人相伴，似乎落寞孤单。但是，我们又从诗歌中读到了一种悠然、闲适和超然。"众鸟"去高飞去生活，"孤云"在享受着自己的空闲，诗人一样，"独坐敬亭山"，在与这些自然景物彼此欣赏的同时，享受着自己的悠闲和空间。我们读到的是相互独立的、平等存在的

---

① 许渊冲：《汉英对照唐诗三百首》，高等教育出版社 2000 年版，第 180 页。

个体,自然景物有其独立的主体性,并非为人类所存在。又如著名山水诗
人王维的《竹里馆》:

> 独坐幽篁里,弹琴复长啸。
> 深林人不知,明月来相照。①

　　一个幽静的夜晚,诗人独自坐在竹林中弹琴唱歌,由于林木茂密没有
人来欣赏,只有明月用自己的清晖应和着他。在这短短的四句诗中,诗人
和明月可以说是唯二出现的"人物",一个独坐深林知音难觅,一个听到了
诗人的心声,故而降下柔光以抚慰人心,他们在夜色和琴声中达到了交流
与和谐。诗人和明月之间的关系,是平等且可以互相沟通的同伴关系,这
是真正心灵相交的同伴,是主体与主体间的交流。

　　再如唐代诗人张若虚的著名诗作《春江花月夜》,其中有几句写道:

> 江畔何人初见月? 江月何年初照人?
> 人生代代无穷已,江月年年望相似。
> 不知江月待何人,但见长江送流水。②

　　江边有哪位行人是第一次看到月亮? 而月亮又是在哪年第一次照见
行人? 人一代代传承延绵下去,而江上的月亮却永远都是那个样子。不
知道它还在等待着谁,只看到长江之水在不停流逝。在这几句诗中,虽然
没有出现具体的人物与自然的对话,但人、月亮、长江完全是平等并行的
关系,三者都按照自己的轨迹在前进着,共同构成了这个春天江畔的美丽
夜晚。

　　有了这种平等相视的观念,中国山水诗在论及自然时往往不是融入
自然,而是回归自然。因为人本身就是自然的一部分,只是在茫茫红尘俗

---

　　①　许渊冲:《汉英对照唐诗三百首》,高等教育出版社 2000 年版,第 104 页。
　　②　许渊冲:《汉英对照唐诗三百首》,高等教育出版社 2000 年版,第 48 页。

世中生活得久了,丢失了自己最初的自然本真。把这种观点最完整明晰表现出来的,是中国最优秀的山水田园诗人陶渊明的诗作《归园田居》:

> 少无适俗韵,性本爱丘山。误落尘网中,一去三十年。
> 羁鸟恋旧林,池鱼思故渊。开荒南野际,守拙归园田。
> 方宅十余亩,草屋八九间。榆柳荫后檐,桃李罗堂前。
> 暧暧远人村,依依墟里烟。狗吠深巷中,鸡鸣桑树颠。
> 户庭无尘杂,虚室有余闲。久在樊笼里,复得返自然。①

在这首诗中,陶渊明认为自己的本性就是热爱自然、属于自然的,他把之前三十年的俗世生活称作是"去",把如今定居于田园的生活称作是"归",就像鸟儿依恋长居的树林,游鱼思念出没的水域一样。在诗的结尾,他更是说自己以前的生活就像是在牢笼里,而如今终于重归自然,达到了身体和心灵上的宁静与幸福。

柯尔律治《夜莺》和中国古代山水田园诗中对待自然和自然万物态度的微妙区别,可以用一个古老的佛学故事来比喻。相传五祖弘忍曾让座下弟子每人作一偈子,弘忍的大弟子神秀首先写道:"身是菩提树,心如明镜台。时时勤拂拭,莫使有尘埃。"六祖慧能看到之后,也写了一首:"菩提本无树,明镜亦非台。本来无一物,何处惹尘埃。"

自然之于中国传统山水田园诗歌,即如菩提树、明镜台之于六祖慧能一样,本来就身处其中,是其宏然浩大的一部分,我即自然,自然即我,又何来拥抱、热爱、融入一说呢?

最后,从"留神! 留神!"与"灭六国者六国也,非秦也"可以看出中外诗人对于自然与人类欲望之间矛盾的认识与态度。柯尔律治在《夜莺》中,虽然一直赞美自然形象,批评年轻一代沉溺于城市的灯红酒绿,呼吁诗人只有深入自然才能创作出真正的好诗,等等,我们也确实感受到了柯尔律治强调自然的重要性特别是其对诗人的影响,但是很显然,柯尔律治

---

① 陶渊明:《陶渊明全集》,上海古籍出版社 2015 年版,第 26—27 页。

把自然放在了一个独立于人类世界之外的客体世界。柯尔律治呼吁人们去拥抱自然，强调自然对人的启迪和通灵作用，但忽略了自然景物本身的主体属性，自然与人不是利用和被利用的关系，自然景物的存在有其独立的意义和价值，并非专为人类使用和服务。那么在其超自然诗歌中又是怎么表现的呢？《古舟子咏》中罪与罚的故事比较明确地表达了柯尔律治当年大致的生态自然观点：自然和人类都是为上帝所创造，都是上帝意志的体现，人类只能按照上帝的意愿来管理自然，如若人类未能领会造物主的真意，肆意破坏自然，与自然为敌，必将遭受上帝的惩罚和自然的报复。其进步之处在于与中国传统生态自然观一样认为人与自然两者是并行关系，但是，柯尔律治更强调自然是上帝的代言者的属性，他把提醒人类保护自然的意识交给了外在的上帝，依靠外力的惩罚来告诫人们自然的重要性。这一观念和传统西方人与自然的主体与客体这种二元对立的关系相比，明显是一大进步，但是，仍然存在着深受基督教神学思想影响的局限性。

　　由于深受西方文学中"罪与罚"的宗教意识影响，在柯尔律治当时的理念中，人与自然的关系也构成了"人类破坏自然——自然/上帝降下惩罚——人类改正错误"这样一种单向的逻辑。这种逻辑就像一个串联的线路，如果其中某一环出现意外，就会如同电线短路一样无法融洽。工业革命的愈演愈烈使得人类对自然的蔑视之情高涨，破坏行为也变本加厉，可是如果没有天降的惩罚来提醒人类自身行为的错误呢？就算有惩罚或灾祸出现，如果人类在利益的驱使下，还是意识不到或者故意无视了自己行为的失当呢？虽然柯尔律治没有在他的作品中探讨过类似的问题，但这种逻辑上的死胡同却让他的内心充满了隐忧和焦虑。这一点在其另外一首超自然诗《忽必烈汗》中得到了充分的展示。这首未完成的片段诗是1797 年的夏天，柯尔律治在睡梦中所得，清晰地反映了他心底最隐秘的担忧。忽必烈不顾良田绿树，以自己享乐为上，下令建造极尽奢侈豪华的帝王宫殿，结果不时听到了女子的哭泣、大地的喘气乃至战争的预告。

　　柯尔律治把忽必烈汗的艳阳宫苑和冰凌洞府、鬼魅女子和战争等画面并置一起，其用意何在？是有意制造一种鲜明对比来隐喻诗人对人类欲望的批判还是诗人内心担忧人类欲望极度膨胀从而感到焦虑和忧患呢？总之，我们从这一节里读到的是开始时的威力、强权和享乐到后来的悲戚、愤懑和恐慌。也许诗人睡梦之前读到的《珀切斯游记》中的情景激发了诗人的内心真实。柯尔律治明显地看到，随着科学和工业的不断发展，人类战胜自然、利用自然的能力日益增强，他敏锐地感到自然作为上帝的创造物在现代人追求物质财富的过程中已经失去了往日的荣耀和光环，神性不复存在，或者说人类开始无视它的神性。柯尔律治梦境中留下《忽必烈汗》这首怪异诗作，其中各种冲突对立和虚无缥缈的物像与结构，隐晦地表达了诗人内心深处的焦灼和忧虑。

在人类膨胀欲望的支配下，忽必烈汗的宫殿被轰轰烈烈地营造起来，自然的愤怒也因此而高涨，盛世风景艳阳宫阙下到处都充斥着危机的暗示。而诗歌的第二部分，作为事实上主角的诗人却又描写了另一个截然相反的画面。美丽少女手抚琴弦，歌颂赞美自然。诗人陶醉于琴声，但是在其心神迷醉之时，依然能听到"留神！留神！"的提醒，提醒他要"低眉闭目，畏敬而虔诚"。这些分裂而彼此冲突却又并存的物像与场景，无一不暗示着作者柯尔律治对于人类不受控的欲望的恐惧，和对现实中自然环境被肆意破坏却无能为力的焦虑。本该降下的提醒或天罚并没有出现，人类的肆意妄为依然继续。柯尔律治的自然观和逻辑让他找不到一个可以促使人与自然关系改善的契机，悲观的情绪依托于梦境，由此向读者展开。柯尔律治焦虑的本质，是他把人与自然关系的处理权交付给了上帝和上帝主导下的天降惩罚，当外界的力量并没有如愿改变人类对自然的态度时，无能为力的感觉随之而至。

这种焦虑在中国的文学作品中很少出现，因为中国传统哲学语境下的生态自然观把人类看作是自然万物中的一种，是自然的一部分，一旦人类在处理与自然关系的问题上出现问题，那么从人类自身找原因是首要的选项。唐代诗人杜牧的《阿房宫赋》在立意上与《忽必烈汗》非常相似，阿房宫是中国历史上第一任皇帝秦始皇所建造的一处豪华宫殿，却在之后的楚汉之争中被项羽烧毁。《阿房宫赋》开篇先用积极的语气描写了阿房宫的出现：

六王毕，四海一。蜀山兀，阿房出。覆压三百余里，隔离
天日。①

秦始皇灭六国一统天下，把蜀山的树木全都砍伐殆尽，才建起了阿房
宫，它覆盖了三百多里的土地，高耸的建筑能遮蔽太阳。

然后又用极尽夸张的词汇描述了阿房宫内的奢华景象：

燕赵之收藏，韩魏之经营，齐楚之精英，几世几年，剽掠其
人，倚叠如山。一旦不能有，输来其间。鼎铛玉石，金块珠砾，弃
掷逦迤，秦人视之，亦不甚惜。②

燕国赵国的收藏，韩国魏国的经营，齐国楚国的精华，都是在多少世
代多少年中，从他们的人民那里掠夺来的，堆叠在那里像山一样。如今这
些国家没有能力保住这些珍宝，它们就都被运送到阿房宫来。宝鼎被当
作铁锅，美玉被当作顽石，黄金被当作土块，珍珠被当作沙砾，丢弃得到处
都是，秦人看起来，也并不觉得可惜。

阿房宫的结局更是干脆而悲壮：

独夫之心，日益骄固。戍卒叫，函谷举，楚人一炬，可怜
焦土！③

尽失人心的秦始皇，却一天比一天骄傲顽固。于是，戍边的兵士们奋

---

① 上海教育学院编：《中国古代文学读本》，教育科学出版社 1982 年版，第 371
页。

② 上海教育学院编：《中国古代文学读本》，教育科学出版社 1982 年版，第 371
页。

③ 上海教育学院编：《中国古代文学读本》，教育科学出版社 1982 年版，第 372
页。

而反抗,函谷关被人攻占,楚国旧贵族项羽放了一把火,华丽的阿房宫最终化为一片焦土。

对于华丽的阿房宫和强大的秦王朝的迅速覆灭,杜牧并没有把它归结于天罚,而是认为:

> 呜呼!灭六国者六国也,非秦也;族秦者秦也,非天下也。嗟乎!使六国各爱其人,则足以拒秦;使秦复爱六国之人,则递三世可至万世而为君,谁得而族灭也?秦人不暇自哀,而后人哀之;后人哀之而不鉴之,亦使后人而复哀后人也。①

唉!灭亡六国的是六国自己,而不是秦国。族灭秦朝的也是秦朝自己,不是天下人。可叹呀!假如六国各自爱护其人民,就完全可以抵御秦国。假如秦王朝爱护六国的人民,那皇位就可以顺次传到三世乃至万世,谁又能够族灭它呢?秦朝灭亡得如此迅速,秦人没机会哀悼自己,于是后人来哀悼他们;后人如果只是哀悼却不引以为鉴,也只会使更后来的人又来哀悼这些后人而已。

虽然与《忽必烈汗》中面临的人与自然关系失衡的问题不同,秦王朝面对的是政治平衡的打破与覆灭,但其本质是一样的,都是对人类自身欲望的实现与控制问题的探讨。柯尔律治认为这种失控会引起天降的警示与惩罚,而在杜牧看来,放纵欲望的后果只会是自身的灭亡,这是人类一手造成的,并且是可控的。他警告后人在哀叹悼念前人的繁华时,更要吸取前人的教训并改正自己的行为,否则若干年后,又会有新的后人来哀叹悼念自己。所以,我们在这篇《阿房宫赋》中读到了历史的沧桑变迁,却没有读到恐惧和焦虑这样的负面情绪,因为未来的钥匙还握在人类自己的手中,比起寄希望于虚无缥缈的天罚,用更高的标准来约束人类自己的行为才是更加踏实的做法,是人类可以做到,又能够切实改善自身处境的

---

① 上海教育学院编:《中国古代文学读本》,教育科学出版社1982年版,第372页。

通途。

　　不可否认的是，中国古代诗人并没有遭遇与柯尔律治所遭遇的一样的工业化进程碰撞自然生态的恶劣形势，我们无法武断地判定他们在面临同样的生态危机时会创作出什么样的作品。但从柯尔律治的三首诗歌中，还是可以看出其与中国传统哲学影响下的中国古代诗歌的一些差别。

　　中国传统哲学及诗歌一方面注重和观照自然景物本身的主体性，另一方面也更加强调人的自我拯救、自我修复的主观能动性。而以基督教神学思想为基础的生态自然观造就了柯尔律治诗歌作品中的消极浪漫主义气质，使得柯尔律治诗歌虽然在立意上与中国传统诗歌十分相似，但却有着完全相左的情感色彩。

　　虽然柯尔律治晚年对自己的"大自然是神的创造物"这一观点进行过全面的批判和反思，但无可否认的是，《古舟子咏》《夜莺》和《忽必烈汗》这三首代表诗作以其理性与感性并存，热爱和恐惧同在的悲剧性气质，成为柯尔律治诗歌创作中美丽动人而又无法忽视的代表作品，其中所蕴含的生态自然思想，在当时甚至现代都具有十分重要的时代意义，值得我们深思和反省。

第 5 章　浪漫主义诗学反思

CHAPTER FIVE

# 5.1　社会危机的重新认识

英国浪漫主义文学的产生与发展最恰当地印证了这一观点：一种思潮或是一种文学形式的产生和发展，都离不开一定的社会语境。社会语境或社会因素往往对某种思想观点的产生起着非常重要有时甚至是决定性的作用，抑或是促进其产生，抑或是抑制其产生。思想观点的萌生一方面受制于其所萌生的环境土壤，另一方面则在于其自身的特性与表现。1789 年的法国大革命以"自由、平等、博爱"为旗帜，极大地激发和影响了人类改变世界、改变社会现状的激情和理想，给人类的未来发展带来了希望。法国革命是资本主义发展到一定阶段后阶级和社会矛盾冲突的反映和必然结果，不仅颠覆了欧洲大陆长期受制于君权神授的思想文化根基，同时也对英国人重新认识世界和社会带来希望和鼓舞。英国浪漫主义文学正是在这样一种社会巨大变革的背景下产生、发展并不断繁荣的，同时，它又反过来影响并推动着文学和社会制度的变革与发展。

1688 年的"光荣革命"使英国确立了君主立宪政体，并且作为世界上第一个工业化国家，率先完成工业革命，国力迅速增强，从 18 世纪至 20 世纪初期，大英帝国领土跨越全球七大洲，是当时世界上最强大的国家，号称"日不落帝国"。然而，表面上的强大并不能说明内在的和谐与稳定。工业革命的爆发使得英国物质上极为富有，但同时也催生和加剧了不同阶层之间的矛盾，财富分配的不平均导致阶级分化日益严重，环境问题和社会矛盾以及专制政府的不作为使得群众运动不断发生，宪章运动和议会改革便是人民反抗斗争的结果。1649 年，英国率先发生了资产阶级革命,开创了英国资本主义的道路,加速了英国社会的工业化。18 世纪 60 年代工业革命带来的技术革命以及随之而来的全新生产方式,促使英国社会在政治、经济、生产技术以及科学研究发展等领域的变革和变化,它不仅推动了英国社会结构和生产关系的重大改变和生产力的急速提高,同时也在一定程度上催生了法国大革命的爆发。这场颠覆社会结构的变革性运动在整个世界文明史上意义重大,影响深远。工业革命改变了生产方式,生产方式的变化促使着社会结构发生变革,社会结构的变革必然带来思想文化等方面的变化。

工业革命促使经济的繁荣和物质财富的极大丰富,同时也刺激着人类暗藏内心的贪欲,环境问题、道德问题等必然引起文学达人们的思考与拷问。柯尔律治等浪漫主义诗人和作家正是在这样的大的社会背景下应运而生。英国浪漫主义诗歌的产生与工业革命及其工业革命的发展密切相关,从布莱克到济慈,从华兹华斯到柯尔律治,浪漫主义诗人们感悟着社会的变迁,忧虑着人类的异化,期许着根源上的拯救,他们以诗人特有的敏锐和责任,以诗歌的形式去宣传、去内化。在世界革命如火如荼的新时代背景下,重新审视当下世界,重新思考人与人、人与自然和人与上帝之间的关系,重新认识"自我"、审视"自我",从而进一步追求"自我"价值的实现,试图颠覆欧洲文学中理性统治长达百年之久的文学根基,掀起了一场重新认识世界、重新认识上帝和人自身的浪漫主义文学思潮。

法国革命的影响和英国国内矛盾的激化引起了各种社会思潮的冲突,各种思潮纷纷涌现,各种爱国的和民主的社团也层出不穷,发出争取"自由""平等"和"博爱"的呼声,同情和声援进步的法国革命。英国的浪漫主义思想体系使英国文学摆脱了 18 世纪以来长期固守规则和理性的束缚,重视想象力的发挥,强调自我情感的抒发,崇尚自然,迷恋异国情调,以"自我"为中心来构建自我的浪漫世界,摆脱了传统的描摹自然和机械刻板的理性。这一文学思潮的最大标志是华兹华斯与柯尔律治共同完成的《抒情歌谣集》序言,对诗人责任、诗人应该具备的诗才特别是诗歌主题、诗歌语言等关键性问题做了一个颠覆性的宣言,这一诗学主张极大地丰富和发展了英国文学乃至世界文学。

当时英国统治者的代言人和政治家埃德蒙·柏克(Edmund Burke，1729—1797)站在贵族阶级的立场上，竭力反对法国革命和启蒙运动，宣扬唯心主义和神秘主义哲学，歌颂宗教主义，美化中世纪封建秩序。1791年，英籍美国政治家托马斯·潘恩(Thomas Paine，1737—1809)在伦敦发表了《人权》(*Rights of Man*)，对柏克的《法国革命反思》(*Reflections on the Revolution in France*，1790)做了猛烈回击。潘恩的人权宣言发出了反抗压迫人类的旧制度的呐喊，它实际上宣告了封建王权灭亡和资产阶级政治制度的诞生。与此同时，法国的圣西门和傅立叶以及英国的欧文(Robert Owen，1771—1858)等为代表的空想社会主义者也积极抨击阶级压迫，主张消灭阶级差别，幻想通过建立理性和正义的王国来实现人类的大同。

其实，法国大革命的情况和英国光荣革命的情况截然不同。柏克的《法国革命反思》在出版时具有很强的争议性，书中使用的激烈语调和许多夸大的描述还使许多人认为柏克已经失去判断能力。然而，这本书逐渐成为柏克最知名而又最具影响力的著作，在英语世界，柏克经常被视为是现代保守主义的奠基者，他的思想对弗里德里克·哈耶克和卡尔·波普尔等古典自由主义者也有极为深刻的影响。柏克的"自由保守主义"坚持反对政府依据抽象的理念进行统治或是实行"全盘的"政治变动，与信奉独裁保守主义的欧陆哲学家如约瑟夫·德·迈斯特(Joseph de Maistre)形成强烈对比。在某种意义上我们可以这么说，人类历史上的发展进步一般都是通过两条基本途径来实现的，也就是我们经常说的革命(以暴力的方式)和改良(以和平的方式)。随着社会的发展，法国革命性质的变化，柏克的政治思想深深影响着柯尔律治。柯尔律治前期对法国革命的热情和支持是源自革命的积极主张。他认为自由、平等和博爱是那个时期每个人所期盼的社会理想。可是随着革命的性质发生了根本性的变化，他又能够沉着冷静地对眼前的情况进行思考和分析。柯尔律治在研究和分析怎样才能够真正改变社会、改善人类境况？如果我们对比柯尔律治之前的言论和观点，我们不难发现柯尔律治在《论国家和宗教建设》(*On the Constitution of the Church and State*，1830)中的观点可以说是变得更加理性和成熟。因为这个时期的柯尔律治也非常反对通过暴力的、残酷的革命方式来解决现有问题。他认为对于以前古老的或者可以说是旧制度下的积极文化因子,特别是随着社会的进步,历史的发展所沉淀下来的厚重的文化财富,应该有选择性地接纳和吸收,而不是全盘否定和推翻。在这个问题上柯尔律治的某些想法和观点在一定程度上吻合了柏克的思想。在思考国家和宗教如何发展的过程中,柯尔律治一向主张大同和谐,主张体现具有同一性的不同事物融于统一和谐的大宇宙哲学,希望将哲学、宗教和科学的新发展结合在一个统一的体系中。柯尔律治预见和担忧的是,随着科学技术的快速发展,物质财富的极速增长,自然环境特别是传统高尚的价值会遭到忽视和破坏。作为诗人和思想家,他更加关注人的精神世界,强调形而上学和神学的社会意义。柯尔律治认同基督教《圣经》的精神价值和意义,但拒不接受对所谓道成肉身耶稣的顶礼膜拜,认为人类灵魂的拯救应该依靠自身灵魂深处的冥思和领悟,而非靠简单的布道和忏悔。柯尔律治这种自由的宗教思想同样也有柏克《法国革命反思》中的宗教倾向影子,柯尔律治在其诗作中也随时表现出他的这种新的自由主义的宗教观点。

面对如此混乱和错综复杂的社会环境,特别是英国的工业革命与法国大革命所造就的新的社会生存状态和模式,以柯尔律治为代表的英国浪漫主义诗人下意识地感受到了人类精神世界大厦将倾。以前原本淳朴自然而富有灵动性的精神弱水现在也变得干涸,失去了往日的繁盛。在这样的情况下,柯尔律治等英国浪漫主义诗人和作家认为这个时候非常有必要为整个人类世界的生存寻找新的方向和价值基础。柯尔律治等浪漫主义诗人曾经试图在北美森林建立一个理想的乌托邦式的大同世界,虽然最终因各种条件的局限而失败,但诗人们追求自由、平等和博爱的思想脚步不曾停止。柯尔律治早期自然诗歌里的灵视与冥思和其后期超自然诗歌里的想象与神秘得以印证和体现。在法国大革命后期,随着革命性质的变化,柯尔律治冷静地发现,社会变革难以避免消极的破坏性,难以拯救人类灵魂,难以改变社会的根本问题。科技理性时代的牛顿哲学只会带来一个冰冷的、僵死的世界,人类的理性思维、饱满感情和丰富的想象力等才是解决问题的关键，通过自然复归人性本真、减缓工业革命带来的人性异化，进而推动人类社会的和谐发展。英国浪漫主义诗学的核心价值之一就是特别强调诗人的道德和责任，他们认为，诗人应该是超越了政治家、经济学家乃至历史学家的道德引领者和捍卫者，好的诗歌必须兼具自然的诗歌语言、丰富的诗学想象和理性的诗学思想等整体因素。法国大革命对柯尔律治的影响和他对法国大革命的前后态度在其诗论和诗歌中可窥见一斑。

# 5.2 自然危机的深层忧虑

    资本主义的工业革命不仅仅带来了经济飞速增长所衍生的一系列社会危机，同时还带来了严重的自然危机。面对环境污染，自然破坏等诸多自然危机，柯尔律治等英国浪漫主义诗人和作家的创作激情也被催发。但是，在工业革命的进一步发展并且促进社会发展的同时，诗人们昔日高涨的激情也日趋冷静下来，柯尔律治等浪漫主义诗人和作家开始冷静地思考究竟什么才能够有效地拯救人类，也正是在此时，柯尔律治开始更加关注自然的力量、自然与人的关系等问题。

    自然危机的到来与工业革命以来的大规模生产、急剧城市化等因素密不可分。工业革命最早开始于英国，也因此使得英国成为世界上第一个实现资本主义工业化的国家。这场革命首先以纺织行业的技术革新为发端，以蒸汽机的改良和应用为标志，使得传统上的手工作坊模式迅速地转向大机器工业生产，长期以来的自然经济模式转向了强劲的商品经济力量，极大地提高了社会生产力，社会财富急剧增长，也由此不断刺激着人类的物质追求和享受，进而无视一切，无视人类赖以生存的根本——自然资源。任何事物的发展变化都会带来多重的影响。英国的工业革命同样在给英国经济带来飞速发展的同时，也带来了很多现实问题。伴随工业革命而来的另一大问题就是城市化进程的加速发展，能源、资源、人口、环境以及人们的生活方式、价值取向、道德观念和宗教信仰等社会问题日趋严重。因为近代西方工业化所带来的城市化进程并没有可以借鉴的经验，它所有的发展都是自己在摸索和创造的。它完全不同于历史上的其他城市文化，而属于一种开放型、扩张性文化，它的发展规模和发展速度是前所未有的，当然它的建设性和破坏性也是前所未有的。除此之外，英国工业革命使得英国国力极速强大，进而导致它的向外扩张，战争、殖民、全球战略以及人类所共同面临的生存和环境等问题迫在眉睫。这所有的问题不断地发展和恶化使得自然危机越来越明显和严重。

工业和科技的发展在不断刺激人类的物欲膨胀，但在增加物质财富的同时，往往会以干扰自然进程，违背自然规律，破坏自然美和生态平衡，透支甚至耗尽自然资源等作为惨痛代价。这种机械的、近乎残酷的掠夺式开发缺失了审美观念，其后果是难以想象的，工业大机器就好像一匹脱缰的野马在人类的自然环境和精神家园上肆意践踏。工业革命使人广泛使用机器制造产品，提高了产量和工作效益，这是不可否认的事实和成就。但同时大量的废气排放到大气中，废水排放到河流中，机器生产消耗大量的自然资源。土地的破坏和开发，致使大批农民失去赖以生存的乡村家园，大量涌入城市，城市人口急剧增长，城市范围不断扩大，环境严重恶化。工业革命打破了人与自然的关系，使人觉得人可以战胜自然而不是自然界的一部分。这种观念影响了其后几代人的思想和生活，无可厚非地也影响着柯尔律治等浪漫主义诗人和作家的思想及其作品的创作。

工业革命以后，由于城市化进程的加快，工业废弃的污水、排放的有害气体及各种各样的生产生活垃圾的丢弃，人类赖以生存的自然环境受到了巨大的破坏。特别是工业发展中心伦敦，没有蓝天白云，没有清水河流，只有烟尘、浓雾，"雾都"因此得名。自工业革命开展以来，蒸汽机被当作主要动力被广泛应用于生产领域。蒸汽机的运转需要煤炭的开采和供应，而煤炭的开采和供应又推动了蒸汽机的进步与发展。"所有前工业化时代的经济所需的能源几乎都依赖于动、植物资源，其表现的方式很多，有的是为人类提供食物，有的是为牲畜提供饲料，有的表现为燃料的形式用于人们在日常生活中的取暖、烤制面包、烧砖、熬制染料、酿制啤酒、冶金、熬盐等等，正是从这个意义上讲，所有前工业化时代的经济是有机物经济。所有这样的社会都必须在一定的能源框架内运转……"①煤炭虽然可以取代有机物能源被广泛应用于大规模的制造业和运输业，用于家庭取暖和做饭，但是煤炭是有限资源，不可再生，至少短期内不可再生，更不能循环利用。由此，工业的发展不断需求煤炭，而煤炭的燃烧又不断产生烟尘雾霾，同时必将造成资源枯竭。然而资本主义工业生产从一开始就具有无限扩张性。随着生产规模的不断扩大，生产领域的不断拓展，有限的能源储备终将无法摆脱枯竭的命运。人们为了获取物质上的最大利益，无视自然资源有限性的事实，疯狂开发掠夺自然资源，不仅打破了工业化之前的自然生态平衡，也打破了人与自然之间的和谐共生，损害了代内和代际公平，残忍地剥夺了他人及后代公平利用资源、能源的权利。此外，除了国内的工业开发和滥用资源，英国为了保证本国工业生产一定的规模和速度，还进行全球殖民扩张战略，不遗余力，甚至不择手段地同竞争对手争夺殖民地能源、资源的开发和开采，仅仅为了自身的发展，超前消耗了原本属于殖民地人民自己的能源储备。

城市化进程极速前进，大量人口涌向城市更加加重了对自然的破坏。城市人口的增长得益于社会的进步、财富的增加，但反过来虽然人口的增长也拉动了社会医疗设施和工农业的发展，从而带动了社会的全面进步，关键的是要消耗更多的资源。伦敦虽然开通了世界上第一条地铁，但是19 世纪的伦敦已经是满目疮痍，垃圾遍地、污水横流。"但随着工业化的发展，英国不可避免地出现城市化的趋势，即乡村变成工业城镇，城镇变成大的工业城市。英国城市化既是工业化的结果，又是工业化发展的需要。"②城市化作为社会发展一种必然趋势，既是工业社会发展的基本条件，又是工业化道路的必然结果，同时也带来了一系列的社会问题，使人类的生存和发展受到前所未有的考验。"工业化和与之俱来的城市化如

---

① E. A. 里格利：《探问工业革命》，俞金尧译，《世界历史》2006 年第 2 期，第70 页。

② 黄光耀、刘金源：《成功的代价——论英国工业化的历史教训》，《求是学刊》2003 年第 4 期，第 119 页。

此迅速,大大超出了人们的想象。它带来的福祉和祸患同样使人们感到措手不及。于是,由工业化和城市化所引发的一系列'城市病'便发作起来。"①和水体污染并列的大气污染是城市生存环境的又一症结。煤炭作为英国工业革命时期主要的能量来源,它不仅给生产生活带来了巨大利润和便利,而且带来了人类历史上前所未有的大气污染。以伦敦为例,伦敦在工业革命后被称为"雾都",可见大气污染在伦敦的严重程度。由于市内工厂多,加之居民家庭烧煤取暖,煤烟排放量急剧增加。在无风季节,烟尘与大雾搅和在一起,在城市上空笼罩,多得散都散不开,形成了乌黑的、浑黄的、绛紫的,甚至辛辣的、呛人的"伦敦雾"。这不仅影响到城市交通和居民生活,而且还直接致命。

　　从英国工业革命及其后来人类历史事实来看,单纯地依靠科学技术和理性思维来促进社会发展和人类进步,寻求一种镜花水月般的抽象自由,并不能真正给人类带来幸福。恰恰相反,科学和理性本身所固有的缺陷反而很有可能把人类引向罪恶深渊和绝望境地。大量的农民失去自己的土地,城市失业人数的增加所带来的沉重生存压力又加深了穷苦百姓的苦难和不自由,与此同时也在不断地摧毁着他们原来纯美的精神家园。工业革命的发生发展促使人类对物质生活过度追求,科学技术和科学思维方式不断排斥着神学原有的价值根基,整个社会生活的"世俗化"深刻冲击着教会,动摇着人类的信仰和信念。但是"世俗主义并不意味着宗教狂热的衰落,它仅仅意味着宗教的虔诚已从一种对象转向另一种对象——从超验的对象转向完全尘世的对象。"②柯尔律治等浪漫主义诗人和作家并不是真的彻底转向无神论,丢弃了对神的信仰,而是他们所信仰的神是渗透到自然当中,又为自然所反映的自然的神。特别是以斯宾诺莎观点来看,这时候的神已经泛化为自然万物,大自然本身就是上帝,实体就是神。上帝所有纯良、朴素的美德全部散播到自然界中,滴淌到大自

---

① 黄光耀、刘金源:《成功的代价——论英国工业化的历史教训》,《求是学刊》2003 年第 4 期,第 120 页。

② 大卫·雷·格里芬:《导言:后现代精神和社会》,载大卫·雷·格里芬主编:《后现代精神》,王成兵译,中央编译出版社 1998 年版,第 7 页。

然万物生灵之中,使大千世界中任何一种客观存在都有机统一地体现着
这种美德,并深深地感染着人,净化着人的灵魂。

# 5.3　精神危机的神圣超越

　　社会危机、自然危机等日益严重将不可避免地带来人性的精神危机，英国浪漫主义诗歌其实就是这些危机的反映和表现，浪漫主义诗学主张重新认识自然、上帝和人自身是一种神圣伟大的超越。柯尔律治以深邃的诗学思想和奇异超凡的诗歌作品实践着引领人类道德、拯救人类灵魂的神圣职责。

　　快速发展的资本主义工业文明是建立在对自然界的肆意攫取和对落后地区以及劳动人民的剥削掠夺的基础上的，给人类带来了物质文明的快速发展，较大程度上满足了人们的物欲，同时，也给人类和地球带来了战争、杀戮、危机、分化、冷漠、隔阂、道德沦丧、资源枯竭、环境破坏，甚至于有把人类和地球带入自我毁灭的灾难性危害的趋势。18 世纪中后期以来，整个欧洲宗教信仰被科学和理性给破坏了，但是新的价值体系和灵魂信仰又没有及时确立起来，因此就出现了前所未有的人性危机。人们过分的物质追求致使他们所创造的资产阶级工业文明充满着盘剥的、算计的、冷冰冰的机械论世界。这也就加重了人类的精神负担，没有了精神家园来安放自己漂泊无依的心，他们也就没有了在现实世界生存的安全感。资本主义发展、物欲膨胀和任性异化等问题的到来，是资本主义工业革命发展的必然结果。人性不可以放纵，放纵必然引发社会混乱。随着人性危机的蔓延，人性的扭曲日益凸显。工业污染对自然的破坏和对人性的摧残令人瞠目结舌。华兹华斯曾在《伦敦，一八〇二》（*London, 1802*）中把伦敦描述为"一潭死水"。这个古老传统的城市已经完全丧失了"祖传的内心欢畅"和昔日的生机勃勃。资本主义工业革命以后社会分工明显,每个工人都各司其职。对于每一个工人来说,只要熟练把握自己所负责的这一个环节的生产,实际上不需要掌握整个产品的全部生产过程,大部分的工作就是千万次的无休止重复同一个动作。但是正是这种生产方式的出现抹杀了人的主体性,这也预示着人作为完整的人的特质的逐步丧失。在这样一个大的社会工作背景下,工人们认识到自己不过是整个工程过程中的一个微小的组成部分。考虑到整个工业流程的复杂性和完整性,单独靠一个工人不可能完全独立完成一种产品从原料到制成品的所有生产程序。通过合理的分工,工业流程被分解成若干部分,每部分都有相关的人员负责。他们所关心的无非是能否按时保质保量完成自己手中那部分重复性的工作,希望得到资本家按时足额发放的工资,得以养家糊口。马克思认为,劳动最能体现人的价值或人的创造性,而劳动产品又体现着劳动的价值。但是在工业化机器大生产和社会分工明确情况下,工人们所能做的事情,仅仅是按照事先安排好的程序,机械重复地完成某一个环节罢了。并且在整个劳动过程中,基本上不让劳动者作为个体充分发挥他们工作的主观能动性,他们只不过是作为产品制造主力的机器设备的助手而已。这种所谓的工人劳动,实际上严重压抑了作为至灵至性的人的创造性,剥夺了人作为人,展现自身劳动价值以及从生产过程中感受创造财富的权利。因此,在某种情况下可以这么说,工业革命条件下的社会分工和机器大工业生产是压抑人性的或者说是反人性的。柯尔律治等浪漫主义诗人和作家也从中看到了反人性的一面,所以在他自己的观点里面,也体现了对当时那个社会的控诉。

科学技术的推广和应用不断使得劳动者丧失了作为创造主体的地位,人类的创造力的作用退居次要地位,人类开始成为科学技术的附庸。科学技术的进步和巨大威力滋生了科技崇拜和信仰危机,甚至是人性危机。"按照当前的本土理解,现代科学被认为始于 1543 年,即哥白尼和维萨利出版他们巨著的那一年。……明显的西方科学传统始于 17 世纪晚期,是伴随着大规模将阿拉伯和希腊科学著作译成拉丁文的运动而兴起的。"[①]18 世纪末到 19 世纪中叶的英国工业革命首次真正将科学技术应用于工业生产,几倍、几十倍甚至上百倍地提高劳动生产率,大大促进了生产力的发展,在短短几十年内创造出比以往几百年更丰富的物质财富。至此,科学技术以无可争辩的事实证明了自身的强大威力和巨大潜能。而作为普通劳动者的生产工人和城市平民,都对这种巨大的变化和改变表示震惊。就是在这样的一个工业化机器大生产的背景下,人类在生产劳动和推动历史进程中的作用中反而显得没有那么重要了。科学技术在一定程度上改写着社会的价值评判标准,并且还影响着一定时期新的社会道德标准和系统的创立。那么这个时候科技进步所引发的科技崇拜自然也在情理之中,因为科学论证推翻了自然经济条件下的传统权威。越来越多的人转而相信科学技术,崇拜科学技术,利用科学技术。富有怀疑精神的科学思考方式使人们开始怀疑一切,包括上帝和神明的存在。然而对科学技术的"这种新的稳定仪式本身充满了空幻,而旧的信念又不复存在了"[②]。因此,便产生了"人性危机"。

伴随着工业革命和商品经济而来的是货币流通速度的加快和金钱地位的凸显,拜金主义盛行。金钱作为一种便捷的流通工具和社会财富的象征,在社会生活中,尤其是资本主义上升阶段,发挥着不可替代的作用。但以金钱为导向的价值观念一旦确立,人则不可避免地变成金钱的奴隶、拜金主义的俘虏。这样一来,人失去的将是更多的自由和贴近自然的本性。华兹华斯在《写于伦敦,一八○二年九月》中提道:他无处去寻找心灵的安适,因为人们不再赞赏"自然之美",失去了古老的美德,没有了"高洁的思想",并"断送了伦常准则,纯真信仰",因为人类的拜金主义已发展到

---

① Lynn White, Jr. *The Historical Roots of Our Ecologic Crisis. The Ecocriticism Reader: Landmarks in Literary Ecology.* Cheryll Glotfelty & Harold Fromm. Ed. Athens: the University of Georgia Press, 1996, p. 7.

② 赵一凡,《〈资本主义文化矛盾〉中译本绪言:贝尔学术思想评介》,载丹尼尔·贝尔:《资本主义文化矛盾》,赵一凡、蒲隆、任晓晋译,生活·读书·新知三联书店 1989 年版,第 15 页。

极致,"最大的财主"成了"最大的圣贤";劫掠、贪婪、浪费成为人们"崇奉的偶像"。随着自然经济向商品经济的转变,商品生产和贸易往来日益活跃。金钱在普通人的生产、生活中所发挥的作用越来越突出,而金钱的导向性也越来越明显。因此,自然经济条件下传统的自给自足的财富观念和价值体系受到了严重冲击,取而代之的则是资本主义金钱价值观,即极端的拜金主义。

"工业和科技的发展并不都表现为正确认识自然、合理利用自然、在自然能够承载的范围内适度地增加人类的物质财富;在很多情况下,却表现为干扰自然进程、违背自然规律、破坏自然美和生态平衡、透支甚至耗尽自然资源。"①纯粹依靠科学和理性来推动社会发展和人类进步,寻求一种不切实际的抽象自由,并不能真正给人类带来福祉。相反,科学和理性本身所固有的缺陷严重威胁着人类的精神世界和生命健康,恶化了人类的生存条件。大批农民失去土地,城市居民失业所带来的沉重生存压力又加深了平民百姓的苦难和不自由。

英国浪漫主义诗人强调情感、个体和想象,但并非要全盘否定科学和理性,并非从一个极端迅速滑向另一个极端,而是对压倒一切的理性主义进行了批判的吸收和再塑造,诗人们批判理性主义机械、冰冷、抹杀个性和情感等弊端,更加注重人性、价值、理想、审美和情感。有人说"在英国的经济和社会革命中,中产阶级改革者似乎把人性的婴孩连同过时的社会和政治的洗澡水一起倒掉了"②。这正是对启蒙时代理性霸权的生动写照。以柯尔律治为代表的英国浪漫主义诗人就是要消除这种理性霸权,打破它在人类思想领域一统天下的局面,将传统信仰与现代的审美、个人理想与时代精神融合一起。"不是仅仅反对或推翻启蒙时代的新古典主义的理性,而是力求扩大它的视野,并凭借返回一种更为宽广的传统——既是民族的、大众的、中古的和原始的传统,也是现代的、文明的和理性的传统,来弥补它的缺陷。就其整体而言,浪漫主义既珍视理性,珍

---

① 王诺:《欧美生态文学》,北京大学出版社 2003 年版,第 177 页。
② 科伦:《英国浪漫主义》,外语教育出版社 2001 年版,第 67 页。

视［古］希腊、［古］罗马的遗产，也珍视中世纪的遗产；既珍视宗教，也珍视科学；既珍视形式的严谨，也珍视内容的要求；既珍视现实，也珍视理想；既珍视个人，也珍视集体；既珍视秩序，也珍视自由；既珍视人，也珍视自然。"①柯尔律治等浪漫主义诗人和作家对启蒙理性的扬弃和拓展充分展示了人类精神世界的丰富性和多样性。浪漫主义情怀不仅开拓了理性主义视而不见的广阔视野，重新复归了压抑的人性和被忽略的终极审美，而且充分显示了自身宽广的包容性和旺盛的生命力。

　　不可否认，自然神论对柯尔律治自然观的形成也起着至关重要的作用。自然神论是由 17 世纪英国"自然神论之父"爱德华·赫尔伯特勋爵（Herbert，Lord Edward of Cherbury，1583—1648）首先提出的，认为人类对上帝的信仰是合乎理性的，不需要一定来自圣经中神的启示。洛克试图提倡一种经得起理性考验的合理化的基督信仰，托兰德强调启示的合理性，但是否定了启示的神秘性，他于 1969 年特意撰写并公开出版了《基督教并不神秘》，认为理性可以完全理解宗教的奥秘。另一位自然神论主张者廷德尔在"自然神论的圣经"——《基督教与创世同样古老》一书中指出："早在基督教产生之前，人们就已经通过自然宗教认识到上帝的永恒不变的真理。福音书……只是重申了早在创世之初就已经被上帝赋予到人的理性之中的真理，这真理就是普遍的自然规律和道德规律。因此，基督教的全部合理性仅仅在于它与自然宗教的契合，基督教的启示真理必须符合自然宗教的普遍规律。"②廷德尔在洛克和托兰德的基础上把自然神论思想推向了更深层次，认为所谓神其实没有什么神秘和艰难，人可以通过自身的理性去理解和感悟神的启示和真理。他们认为所谓启示就是让神来掌控宗教、掌控人的思想行为；而理性是让人来解释宗教和自然，进而掌控人类自身的命运，其最终目的是希望借此来构建一个包容与和谐的理想社会。

---

　　①　雅克·巴尔松，《柏辽兹与浪漫世纪》第 1 卷，1950 年版，第 379 页，转引自高伟光：《英国浪漫主义的乌托邦情结》，北京师范大学 2004 年博士论文，第 17 页。

　　②　转引自赵林：《英国自然神论初探》，《世界哲学》2004 年第 5 期，第 93 页。

斯宾诺莎自然神论为英国浪漫主义诗学中自然主题的书写提供了理论上支撑,并将浪漫主义诗歌提升到哲学的高度加以释义。第一个正式提出自然神论的人是赫尔伯特,但在自然神论上取得突破性进展的人则是对《圣经》进行了历史性批判的斯宾诺莎(Benedictus Spinoza)。在之前的自然神论者心里,上帝在完成创世壮举之后已经隐退,但毕竟依然作为傀儡而存在。但是,斯宾诺莎并不认同这种观点。他认为上帝已经被整个自然界所取代,或者说自然体现了神或自然本身就是神,神已经泛化为自然万物,这也就斯宾诺莎的自然神论,也叫泛神论。斯宾诺莎认为引领世间万物的创造者是大自然而不是人格化的上帝,即自然是创造一切的神,是最真实的上帝,认为《圣经》中描绘的上帝是虚构的、不存在的。斯宾诺莎自然神论认为上帝不是一切,大自然本身就是上帝,是实体的神。所有独立的实体都是具有鲜活生命的个体,每一个有形的事物都拥有自身的灵魂。其实这一点已经直接或间接地影响到柯尔律治的同一性自然观。自然法则是所有事物的内在原因,自然以不同的外在形式存在,但支配世界运行的真正上帝是自然内在的同一性规律。每个个体都是整体的一部分,都是自然的一部分,它们都是通过有机的组合,然后统一于一个整体,既相对独立又属于整体。自然之所以伟大的原因就在于存在于自然界的万物能够按照自然的法则和谐共生,而自然的法则正是自然神性的体现。自然神论所倡导的理念,如理性取代天启、人格神的隐退、自然万物具有灵性、自然与道德的关系、存在与价值的融合以及自然宗教追求人类福祉与人对自然的责任等都不同程度地渗透到英国浪漫主义诗学当中。从柯尔律治的早期诗学论述和他的诗歌作品我们不难发现,他都在表达这样的思想:个体与自然是同一的、统一的,其基础就是自然之神性,期待通过自然之神性回归人性之本真。欧洲文学在经历了自然神性、物化和异化甚至破坏和消亡危险历程之后,英国浪漫主义诗人终于认识到了自然的无限价值与意义,诗人应该通过不同的方式帮助人类争取和实现人与自身的精神安宁,人与自然的同一共存、人与社会的整一和谐。

文学与历史之间相互关联、相互渗透,历史影响着文学,文学又必然反映着历史。一种新的文学形态的出现必然伴随着历史的演进与发展。一度轰轰烈烈的法国大革命和工业革命掀起的技术理性建立起来了新的社会秩序和发展模式,但是却并不像一些启蒙思想家们所预言和期盼的那样理想和美好。革命的暴力形式不能彻底解决阶级矛盾和对立,科学至上不断刺激和鼓励人类内心对物质的贪欲,人性在理性光辉的照耀下不仅没有得到释放,反而在物质面前变得更加的压抑和扭曲。浪漫主义诗人认为,启蒙时代的理性所推崇和宣扬的科学秩序扼杀人的激情、活力和创造力,是对人性的最大束缚,他们看重情感和想象,崇尚有机主义,希望通过反观人的内心体验从而灵视和凝聚整个世界的精神。与传统神学不同的是,浪漫主义诗人泛神论思想不是依靠上帝来进行救赎人类,而是通过人自身的心智特别是想象力来进行内省并成就自我,实现"救赎"。因而,这种试图通过主观想象和哲学灵视去追求自由情感、强调自由天性、回归人性本真的浪漫主义诗学理念应时而生乃是必然和自然的。

# 结束语

柯尔律治自然观的形成与发展发生于 18 世纪末 19 世纪初英国的工业化背景,"和谐""整一"是其哲学基础和核心价值,是基于英国工业革命后果的反应性反思、反省与忧虑。20 世纪后期以来,随着后工业化时代生态危机、精神危机以及其他各种社会危机的日益严重,自然的价值与意义、自然与人的关系以及人在自然界里的位置与责任等问题重新引起具有社会责任担当的一大批作家、学者们的关注和深思,也由此掀起了西方思想文化等领域关于现代生态思想的理性觉醒和热烈讨论。回观人类文明发展历史,走进文学经典,我们欣喜地发现存在于英国浪漫主义诗歌特别是柯尔律治与华兹华斯两位重要代表诗人诗学思想里的重要生态智慧。虽然英国浪漫主义诗人因为注重情感、主观、想象和奇异同时又因为长期隐居湖区、抒写自然主题诗歌等因素长期被学界忽视和忽略,他们在复杂历史背景下所表达的对人性异化、自然生态和社会生态等很多问题的焦虑和深思常常被人们认为是毫无历史观念和社会担当,但是,人们并没有走得太远。学者们突然发现,浪漫主义诗学主张特别是柯尔律治通观全局、一切为一、对立矛盾和谐共存的有机统一哲学自然观与现代生态批评核心价值走向了融合和一致。

柯尔律治虽然诗歌作品数量有限,而且得到关注较多的也只是他的三首超自然诗歌,但是,他的诗学论著几乎涉及各个学科,关于柯尔律治的研究也在不断地走向广泛和深入。柯尔律治在中外文学界一直被认为是英国浪漫主义诗人当中最具哲学深度与浪漫诗学思想的文学理论家之一,他的《文学传记》《书信集》《笔记》等对诗歌创作和包括莎士比亚、弥尔顿等在内的许多英国的、世界的著名诗人和作家的评论受到广泛重视。柯尔律治与其他英国浪漫主义诗人一样强调人的自由情感,主张想象力的任意挥洒,但是,他更加强调想象力所赋予人类特别是诗人那种寻求和谐与整体的能力。

柯尔律治的著作几乎涉及文学、哲学、神学、政治乃至科学等各个方面,其文学论著宽泛、宏大,往往哲理深刻。除了已经正式出版的大量著作外,柯尔律治还有很多散落在外的、一百多年来未曾公开出版发表的关于文学、宗教等方方面面的论说、讲稿、旁注以及别人的记录或摘录。2008年剑桥大学教授约翰·贝尔主编系列丛书《柯尔律治的反应:关于文学批评、圣经与自然作品选》应该说是比较全面地展示了柯尔律治的诗学核心,虽然为资料收集形式,但是所选取的具体内容及其内容安排的方式乃为非常详细而又珍贵的史料和记录,为读者客观、深层了解柯尔律治创作思想轨迹以及其文学理论核心提供了忠实依托。丛书之一《柯尔律治论作家与创作》以翔实的文献展示了柯尔律治诗学思想的核心与本质,诗人具体的演讲、重要论述、写给具体文人的具体书信以及书写的具体时间等真实可考。编者帕里采用注释的方式,以独到的编排顺序对柯尔律治关于创作与作家的言论进行了考证性研究,第一部分以时间顺序编排了柯尔律治比较全面的关于创作的论述,《笔记》中的摘录,讲稿中比较宽泛的讨论和节略,《朋友》、《文学传记》、《桌边杂谈》里关于诗歌与想象的描述等。这些资料展示了柯尔律治的创作思想轨迹以及其本质内核:从他一开始对诗歌和诗人的论述,对十四行诗本质的观点,对阅读与读者的理解,对戏剧与其他文学形式创作的解释,对机械幻想与有机想象的阐释以及最后又回到诗歌诗人本质论上,我们看到了一个在文学理论方面老到成熟的文学理论家,而他几乎所有阐述的中心词总是强调"整体",虽然他用不同的英文词汇"union""unity""oneness""wholeness""totality"等,他强调"有机的想象"(organic imagination),他特别强调"想象"的综合力量。在柯尔律治心目中,是想象力赋予人类能将多元化为整一的天资,是一种能推动人类自身寻求整一的精神本能。我们看到,柯尔律治创作思想不是一蹴而就的,更不是空穴来风,它有一个坚实的基础内核和一个渐进完善的过程。第二部分以作家为词条,以字母顺序编排了柯尔律治对具体作家以及其作品彰显的风格、品格、文化意义等的看法与评价,把柯尔律治散见于其广泛的文学论著中的对世界作家的评论和认识集中起来,不仅让我们在研究柯氏的过程中省却了很多查找资料的时间,更让我们很好地看到了柯尔律治的创作视野,他知识面的广度与深度。柯尔律治 1795 年的演讲,即对马克·阿肯塞得(Mark Akenside)的评论表现了柯尔律治对"整体"和"想象"的强调,从他对亚里士多德、培根的评述中,我们看到了柯尔律治对哲学与科学以及文学批评的认识;从他对薄伽丘(Boccacio)及其《十日谈》(*Decameron*)等的论述中,我们又看到了柯尔律治对整个欧洲文学的关注;从他对丹尼尔· 笛福及其《鲁宾孙漂流记》(*Robinson Crusoe*)的评论中,我们又看到了一个极具人文思想的柯尔律治。帕里把柯尔律治对众多世界作家的评论收集到一起(目前还没有看到柯尔律治专门论作家的书籍),其中包括了很多知名的和不知名的,同时代和不同时代的,国内的和世界的,这些归纳性材料如实反映了柯氏本人的研究深度和创作主张。同时,柯尔律治能汲取所有对其思想有益的智慧,以他自己的天才进行有机的综合与想象,创造出最优美和谐的整一。"万物整一"是柯尔律治诗学思想的精髓,也是他作为诗人和文学评论家不懈追求和努力辩护的目标,这一目标在他那三首争论最多又最不被人看好的长诗《古舟子咏》《忽必烈汗》和《克丽斯德贝尔》中得到最佳的实现。

柯尔律治自然观的哲学基础是"和谐"与"整体"(harmony and unity)。无论是关于诗歌与诗人,还是关于幻想与想象的区别,中心词汇离不开"和谐"与"整体",用柯尔律治的话来说文学创作就好像是一种植物的"有机生长"(organic growing)。诗歌应是独具特色而又不失自然协调——自然而不张扬、精致而不做作、高贵庄重而不夸大自负、激情而不癫狂、意象丰富而又不累赘——总之,诗歌就是和谐与美好思想的融合,是简洁与清晰的结合。思想是其肉体,激情是其灵魂,想象是其外衣。由此可见柯尔律治关于诗歌本质的思想,也看到了诗人对于想象力在诗歌创作过程中不可或缺的重要作用。柯尔律治创作的《古舟子咏》《忽必烈汗》和《克丽斯德贝尔》等三首长诗从内容到形式也的确体现了柯尔律治融众多不协调因素于"和谐""整体"的诗学思想,因此也总被看成是柯尔律治为数不多诗作中的最伟大诗篇。柯尔律治诗歌思想的灵魂首先是赞同华兹华斯的创作主张,即情感的自然流露,反对 18 世纪新古典主义的那种机械主义理论;但是,柯尔律治发展并提升了浪漫主义的诗歌创作理论,认为诗歌创作应该是一个有机体的自然生长过程,自然与艺术不是对立的关系,而是可以融为一体的,诗人的能力和职责就是要融合所有对立不一的因素,融所有有机元素而最终形成一个和谐的整体。《柯尔律治论作家与创作》从创作论到作家论始终把这一中心放在首要位置,柯尔律治在谈到短短的十四行诗歌时也同样强调"整体性":"我认为思想的整体性是十四行诗所必不可少的""十四行诗对我来说是最美的,他们在理智的世界和物质的世界之间创造了一种永久的融合"。①

在研究柯尔律治过程中,如果只看到他那三首超自然诗歌中凸显的荒诞和奇异,很容易武断地得出片面结论,即柯氏诗歌没有什么价值,有的只是离奇荒诞的想象。从这些重要的文献资料中,我们不难看出柯尔律治诗学思想里最重要的宇宙自然观,他对自然特别是人与自然关系理解的深度对于今天的人类意义重大和深远。万物归于"太一"即"整一",单个生命构成普遍生命,生命是一种流动过程,往返于两极之间,联通着个体与普遍,实现着和谐共生。人如果要想享受身体与精神的和谐与平静,首先就应该视万物为一体,人与自然你中有我,我中有你。实际上,柯尔律治有时也仿照德国哲学家康德在《目的论的判断》中的著名论述来描述其关于有机体的关系,他认为生命整体的各个部分都是相互依存的,每一个部分都既是手段也是目的。把对立物综合成更高的第三体,它的各个组成部分既相异又相同,柯尔律治把这种功能归于美学领域中的想象,善于综合神奇的力量,在使相反的、不协调的性质平衡或和谐中显示出自

---

① Perry, Seamus. *Coleridge on Writing and Writers*. London: Continuum, 2008, p. 46.

己来。

学界关于柯尔律治只强调创作中想象力的发挥而忽略人与自然关系的批评至少是不够深刻客观的。柯尔律治强调想象的整体性不是把"没有生成力的微粒"机械地并置起来,也不是新古典主义的部分的得体性,而是一个有机整体:它是一个自生系统,由各部分相互依赖的生命所组成;如果离开了整体,部分就不能生存。柯尔律治从更高的哲学角度思考和强调人与自然共为宇宙因子和相互依存之间的关系。贝尔的系列丛书《柯尔律治的反应:关于文学批评、圣经与自然作品选》所编纂的柯尔律治这些大量未曾公开的同时又是最能表达其思想实质的资料为我们更好地体会柯氏诗学思想的本质内核、更好地感悟到作为一代诗人的柯尔律治的创作视野,提供了极大帮助。

不可否认,柯尔律治自然观限于时代和西方宗教背景等多方因素,有其自身的不足和局限。柯尔律治提醒人类观察认识自然、热爱融入自然并告诫人类对抗自然之后的罪与罚,这无疑是西方传统宗教观念遭遇科学理性挑战后的巨大进步。但是,从根本上看,柯尔律治的这种对现代文明带来的人与自然关系的焦虑与思考仍然没有完全摆脱传统西方二元对立的生态哲学观,即人与自然是分裂的、居高临下的,这与中国传统生态哲学观是有差别的。中国传统生态哲学观强调人与自然万物的平等关系,强调作为自然一部分的人与万物自然均具有不可置疑的根本性的主体属性,人类要取得和谐长久地生存和发展,必须首先认识自然规律,顺应自然规律,进而才能更好地驾驭自然规律。人类作为自然界中的一个物种"诗意地栖居"在富有灵性的自然界中,必须清醒地认识到自己在新的现代文明语境下所处的位置、应该具备的姿态和必须承担的责任,做到尊重、敬畏和爱护自然,维护自然界的和谐与整一。每一个体既独立存在又相互关联、相互依存,人与自然互为一体的理念是人类长远生存和发展的根本和基础。柯尔律治自然观的深刻性、局限性及其成因的复杂性仍然需要更多学界前辈和同仁继续关注和研究。以生态批评为视角对经典文学里关注生态的思想和智慧展开研究,反观、反思与比较人类文明进程中不断变化着的价值准则,积极探索、寻求一种适应现代人生活的生态哲学理念、崇高的精神价值和良好的生活方式，不仅是人类文明走向成熟的标志，也是 21 世纪文学研究的一大进步。

（本部分基于 2010 年第 2 期《外国文学研究》论文《和谐与整体：柯尔律治文学理论的有机内核》）

柯尔律治重要诗歌附录

APPENDIX

# Selected Poems of Coleridge

## Part One
### Conversation Poems

### 1. THE EOLIAN HARR

**COMPOSED AT CEVEDON, SOMERSETSHIRE**

My pensive Sara! ① thy soft cheek reclined

Thus on mine arm, most soothing sweet it is

To sit beside our cot, our cot o'ergrown

With white-flower'd Jasmin, and the broad-leav'd Myrtle,

(Meet emblems they of Innocence and Love!)

And watch the clouds, that late were rich with light,

Slow saddening round, and mark the star of eve

Serenely brilliant (such should Wisdom be)

Shine opposite! How exquisite the scents

Snatch'd from yon bean-field! and the world so hush'd!　　10

The stilly murmur of the distant Sea

---

① Sara Fricker, whom Coleridge married soon after this poem was written.

Tells us of silence.

**And that simplest Lute,**

Placed length-ways in the clasping casement,
hark!
How by the desultory breeze caress'd,
Like some coy maid half yielding to her lover,
It pours such sweet upbraiding, as must needs
Tempt to repeat the wrong! And now, its strings
Boldlier sweept, the long sequacious notes
Over delicious surges sink and rise,
Such a soft floating witchery of sound　20
As twilight Elfins make, when they at eve
Voyage on gentle gales from Fairy-Land,
Where Melodies round honey-dropping flowers,
Footless and wild, like birds of Paradise,
Nor pause, nor perch, hovering on untam'd wing!
O! the one Life within us and abroad,
Which meets all motion and becomes its soul,
A light in sound, a sound-like power in light,
Rhythm in all thought, and joyance every where—
Methinks, it should have been impossible　30
Not to love all things in a world so fill'd;
Where the breeze warbles, and the mute still air
Is Music slumbering on her instrument.

And thus, my Love! as on the midway slope
Of yonder hill I stretch my limbs at noon,
Whilst through my half-clos'd eye-lids I behold
The sunbeams dance, like diamonds, on the main,

And tranquil muse upon tranquillity;

Full many a thought uncall'd and undetain'd,

And many idle flitting phantasies, 40

Traverse my indolent and passive brain,

As wild and various as the random gales

That swell and flutter on this subject Lute!

And what if all of animated nature

Be but organic Harps diversely fram'd,

That tremble into thought, as o'er them sweeps

Plastic and vast, one intellectual breeze,

At once the Soul of each, and God of all?

But thy more serious eye a mild reproof

Darts, O belovéd Woman! nor such thoughts 50

Dim and unhallow'd dost thou not reject,

And biddest me walk humbly with my God.

Meek Daughter in the family of Christ!

Well hast thou said and holily disprais'd

These shapings of the unregenerate mind;

Bubbles that glitter as they rise and break

On vain Philosophy's aye-babbling spring.

For never guiltless may I speak of him,

The Incomprehensible! save when with awe

I praise him, and with Faith that inly *feels*; 60

Who with his saving mercies healéd me,

A sinful and most miserable man,

Wilder'd and dark, and gave me to possess

Peace, and this Cot, and thee, heart-honour'd

Maid!

20 August,1793    1795

## 2. REFLECTIONS ON HAVING LEFT A PLACE OF RETIREMENT ①

Low was our pretty Cot : our tallest Rose

Peep'd at the chamber-window. We could hear

At silent noon, and eve, and early morn,

The Sea's faint murmur. In the open air

Our Myrtles blossom'd; and across the porch

Thick Jasmins twined : the little landscape round

Was green and woody, and refresh'd the eye.

It was a spot which you might aptly call

The Valley of Seclusion! Once I saw

(Hallowing his Sabbath-day by quiteness)    10

A wealthy son of Commerce saunter by,

Bristowa's citizen: methought, it calm'd

His thirst of idle gold, and made him muse

With wiser feelings: for he paus'd, and look'd

With a pleas'd sadness, and gaz'd all around,

Then eyed our Cottage, and gaz'd round again,

And sigh'd, and said, it was a Blesséd Place.

And we were bless'd. Oft with patient ear

Long-listening to the viewless sky-lark's note

(Viewless, or haply for a moment seen    20

Gleaming on sunny wings) in whisper'd tones

I said to my Belovéd, 'Such, sweet Girl!

The inobtrusive song of Happiness,

---

① A cottage at Clevedon, near Bristol, where Coleridge and his bride spent three happy months following their marriage.

Unearthly minstrelsy! then only heard
When the Soul seeks to hear; when all is hush'd,
And the Heart listens!'

But the time, when first
From that low Dell, steep up the stony Mount
I climb'd with perilous toil and reach'd the top,
Oh! what a goodly scene! Here the bleak mount,
The bare bleak mountain speckled thin with sheep;     30
Grey clouds, that shadowing spot the sunny fields;
And river, now with bushy rocks o'er-brow'd,
Now winding bright and full, with naked banks;
And seats, and lawns, the Abbey and the wood,
And cots, and hamlets, and faint city-spire;
The Channel there, the Islands and white sails,
Dim coasts, and cloud-like hills, and shoreless Ocean—
It seem'd like Omnipresence! God, methought,
Had build him there a Temple : the whole World
Seem'd *imag'd* in its vast circumference:     40
No wish profan'd my overwhelméd heart.
Blest hour! It was a luxury,—to be!

Ah! quiet Dell! dear Cot, and Mount sublime!
I was constrain'd to quit you. Was it right,
While my unnumber'd brethren toil'd and bled,
That I should dream away the entrusted hours
On rose-leaf beds, pampering the coward heart
With feelings all too delicate for use ?

Sweet is the tear that from some Howard's① eye

Drops on the cheek of one he lifts from earth: 50

And he that works me good with unmov'd face,

Does it but half: he chills me while he aids,

My benefactor, not my brother man!

Yet even this, this cold beneficience

Praise, praise it, O my Soul! oft as thou scann'st

The sluggard Pity's vision-weaving tribe!

Who sigh for Wretchedness, yet shun the Wretched,

Nursing in some delicious solitude

Their slothful loves and dainty sympathies!

I therefore go, and join head, heart, and hand, 60

Active and firm, to fight the bloodless fight

Of Science, Freedom, and the Truth in Christ.


Yet oft when after honourable toil

Rests the tir'd mind, and waking loves to dream,

My spirit shall revisit thee, dear Cot!

Thy Jasmin and thy window-peeping Rose,

And Myrtles fearless of the mild sea-air.

And I shall sigh fond wishes—sweet Abode!

Ah! —had none greater! And that all had such!

It might be so—but the time is not yet.

Speed it, O Father! Let thy Kingdom come!

1795  1796

---

① John Howard, 1726-90, was a famous philanthropist and prison reformer.

# 3. ODE TO THE DEPARTING YEAR

[Cassandra: Woe for me, woe! Again the agnoy—
Dread pain that sees the future all too well
With ghastly preludes whirls and racks my soul.


Nay, then, believe me not: what skills belief
Or disbelief? Fate works its will—and thou
Wilt see and say in ruth, *Her tale was true*.
MORSHEAD]

**ARGUMENT**

The Ode commences with an address to the Divine Providence that
regulates into one vast harmony all the events of time, however
calamitous some of them may appear to mortals. The second Strophe
calls on men to suspend their private joys and sorrows, and devote them
for a while to the cause of human nature in general. The first Epode
speaks of the Empress of Russia, who died of an apoplexy on the 17th of
November 1796; having just concluded a subsidiary treaty with the
Kings combined against France. The first and second Antistrophes
describe the Image of the Departing Year, etc., as in a vision. The
second Epode prophesies, in anguish of spirit, the downfall of this
country.

**I**

SPIRIT who sweepest the wild harp of Time!
It is most hard, with an untroubled ear
Thy dark inwoven harmonies to hear!
Yet, mine eye fix'd on Heaven's unchanging clime,
Long had I listened, free from mortal fear,

With inward stillness, and a bowed mind;

When lo! its folds far waving on the wind,

I saw the train of the departing Year!

Starting from my silent sadness

Then with no unholy madness,　10

Ere yet the enter'd cloud foreclos'd my sight,

I rais'd the impetuous song, and solemnis'd his flight.

## II

Hither, from the recent tomb,

From the prison's direr gloom,

From distemper's midnight anguish;

And thence, where poverty doth waste and languish;

Or where, his two bright torches blending,

Love illuminates Manhood's maze;

Or where o'er cradled infants bending

Hope has fix'd her wishful gaze;　20

Hither, in perplexed dance,

Ye Woes! ye young-eyed Joys! advance!

By Time's wild harp, and by the hand

Whose indefatigable sweep

Raises its fateful strings from sleep,

I bid you haste, a mixed tumultuous band!

From every private bower,

And each domestic hearth,

Haste for one solemn hour;

And with a loud and yet a louder voice,　30

O'er Nature struggling in portentous birth

Weep and rejoice!

Still echoes the dread name that o'er the earth[①]

Let slip the storm, and woke the brood of Hell:

And now advance in saintly jubilee

Justice and Truth! They too have heard thy spell,

They too obey thy name, divinest Liberty!

### III

I mark'd Ambition in his war-array!

I heard the mailed Monarch's troublous cry—

'Ah! wherefore does the Northern Conqueress stay![②]　　40

Groans not her chariot on its onward way?'

Fly, mailed monarch, fly!

Stunn'd by Death's twice mortal mace,

No more on murder's lurid face

The insatiate hag shall gloat with drunken eye!

Manes of the unnumbered slain!

---

① The Name of Liberty, which at the commencement of the French Revolution was both the occasion and the pretext of unnumbered crimes and horrors. — (Coleridge.)

② A subsidiary Treaty had been just concluded: and Russia was to have furnished more effectual aid than that of pious manifestoes to the Power combined against France. I rejoice—not over the decreased Woman (I never dared figure the Russia Sovereign to my imagination under the dear and venerable Character of Woman—Woman, that complex term for Mother, Sister, Wife!) I rejoice, as at the disenshrining of a Daemon! I rejoice, as at the extinction of the evil Principle impersonated! This very day, six years ago, the Massacre of Ismail was perpetrated. Thirty Thousand Human Beings, Men, Women. And Children, murdered in cold blood, for no other crime than that their garrison had defended the place with perseverance and bravery. Why should I recall the poisoning of her husband, her iniquities in Poland, or her late unmotived attack on Persia, the desolating ambition of her public life, or the libidinous excesses of her private hours! I have no wish to qualify myself for the office of Historiographer to the King of Hell—! —(Coleridge.)

Ye that gasp'd on Warsaw's plain!

Ye that erst at Ismail's tower,

When human ruin choked the streams,

Fell in conquest's glutted hour, 50

Mid women's shrieks and infant's screams!

Spirits of the uncoffin'd slain,

Sudden blasts of triumph swelling,

Oft, at night, in misty train,

Rush around her narrow dwelling!

The exterminating fiend is fled! —

(Foul her life and dark her doom)

Mighty armies of the dead

Dance, like death-fires, round her tomb!

Then with prophetic song relate, 60

Each some tyrant-murderer's fate!

Ⅳ

Departing Year! 'twas on no earthly shore

My soul beheld thy vision!① Where alone,

Voiceless and stern, before the cloudy throne,

Aye Memory sits: thy robe inscrib'd with gore,

With many an unimaginable groan

Thou storied'st thy sad hours! Silence ensued,

Deep silence o'er the ethereal multitude,

Whose locks with wreaths, whose wreaths with glories shone.

Then his eye wild ardors glancing, 70

From the choired gods advancing,

The Spirit of the Earth made reverence meet,

---

① Thy Image in a Vision. —(Coleridge.)

And stood up, beautiful, before the cloudy seat.

V

Throughout the blissful throng,

Hush'd were harp and song:

Till wheeling round the throne the Lampads seven

(The mystic Words of Heaven)

Permissive signal make:

The fervent Spirit bow'd, then spread its wings ad spake!

'Thou in stormy blackness throning    80

Love and uncreated Light,

By the Earth's unsolaced groaning,

Seize thy terrors, Arm of might!

By peace with proffered insult scared,

Masked hate and envying scorn!

By years of havoc yet unborn!

And hunger's bosom to the frost-winds bared!

But chief by Afric's wrongs,

Strange, horrible, and foul!

By what deep guilt belongs    90

To the deaf Synod, 'full of gifts and lies!'[①]

By wealth's insensate laugh! by Torture's howl!

Avenger, rise!

Forever shall the thankless Island scowl,

Her quiver full, and with unbroken bow?

Speak! from thy storm-black Heaven, O speak aloud!

And on the darkling foe

Open thine eye of fire from some uncertain cloud!

---

①　Gifts used in Scripture for corruption. —(Coleridge)

O dart the flash! O rise and deal the blow!

The Past to thee, to thee the Future cries!    100

Hark, how wide Nature joins her groans below!

Rise, God of Nature! rise. '

## Ⅵ

The voice had ceas'd, the vision fled;

Yet still I gasp'd and reeled with dread.

And ever, when the dream of night

Renews the phantom to my sight,

Cold sweat-drops gather on my limbs;

My ears throb hot; my eye-balls start;

My brain with horrid tumult swims,

Wild is the tempest of my heart;    110

And my thick and struggling breath

Imitates the toil of death!

No stranger agony confounds

The soldier on the war-field spread,

When all foredone with toil and wounds,

Death-like he dozes among heaps of dead!

(The strife is o'er, the daylight fled,

And the night-wind clamors hoarse!

See! the starting wretch's head

Lies pillowed on a brother's corse!)    120

## Ⅶ

Not yet enslaved, not wholly vile,

O Albion! O my mother Isle!

Thy valleys, fair as Eden's bowers,

Glitter green with sunny showers;

Thy grassy uplands'gentle swells

Echo to the bleat of flocks

(Those grassy hills, those glittering dells

Proudly ramparted with rocks);

And Ocean mid his uproar wild

Speaks safety to his Island-child.    130

Hence for many a fearless age

Has social Quiet loved thy shore;

Nor ever proud invaders rage

Or sack'd thy towers, or stain'd thy fields with gore.

## Ⅷ

Abandon'd of Heaven![①] mad avarice thy guide,

---

① The poet from having considered the peculiar advantages, which this country has enjoyed, passes in rapid transition to the uses, which we have made of these advantages. We have been preserved by our insular situation, from suffering the actual horrors of war ourselves, and we have shown our gratitude to Providence for this immunity by our eagerness to spread those horrors over nations less happily situated. In the midst of plenty and safety we have raised or joined the yell for the famine and blood of the one hundred and seven last years, fifty have been years of war. Such wickedness cannot pass unpunished. We have been proud and confident in our alliance and our fleets—but God has prepared the cankerworm, and will smite the grounds of our pride. ' Art thou better than populous No, that was situate among the rivers, that had the waters round about it, whose rampart was the Sea? Ethiopia and Egypt were her strength and it was infinite: Put and Lubim were her helpers. Yet she was carried away, she went into capacity: and they cast lots for her honourable men, and all her great men were bound in chains. Thou also shalt be drunken: all thy strongholds shall be like fig trees with the first ripe figs: if they be shaken, they shall even fall into the mouth of the eater. Thou has multiplied thy merchants above the stars of heaven. Thy crowned are as the locusts; and thy captains as the great grass-sun ariseth they flee away, and their place is not known where they are. There is no healing of my bruise; thy wound is grievous: all, that hear the report of thee, shall clap hands over thee: for upon whom hath not thy wickedness passed continually?' Nahum,chap. iii. —(Coleridge. )

At cowardly distance, yet kindling with pride—

Mid thy herds and thy corn-fields secure thou hast stood,

And joined the wild yelling of famine and blood!

The nations curse thee. They with eager wondering

Shall hear Destruction, like a vulture, scream!    140

Strange-eyed Destruction! who with many a dream

Of central fires through neither seas up-thundering

Soothes her fierce solitude; yet as she lies

By livid fount, or red volcanic stream,

If ever to her lidless dragon-eyes,

O Albion! thy predestined ruins rise,

The fiend-hag on her perilous couch doth leap,

Muttering distempered triumph in her charmed sleep.

## IX

Away, my soul, away!

In vain, in vain the birds of warning sing—    150

And hark! I hear the famished bird of prey,

Flap their lank pennons on the groaning wind!

Away, my soul, away!

I, unpartaking of the evil thing,

With daily prayer and daily toil

Soliciting for food my scanty soil,

Have wailed my country with a loud Lament.

Now I recentre my immortal mind

In the deep sabbath of meek self-content;

Cleansed from the vaporous passions that bedim    160

God's Image, sister of the Seraphim①.

1796   1796

# 4. THIS LIME-TREE BOWER MY PRISON

**ADDRESSED TO CHARLES LAMB, OF THE INDIA HOUSE, LONDON**

In the June of 1797 some long—expected friends paid a visit to the author's cottage; and on the morning of their arrival, he met with an accident, which disabled him from walking during the whole time of their stay. One evening, when they had left him for a few hours, he composed the following lines in the garden-bower. —(Coleridge. )

WELL, they are gone, and here must I remain,

This lime-tree bower my prison! I have lost

Beauties and feelings, such as would have been

Most sweet to my remembrance even when age

Had dimm'd mine eyes to blindness! They, meanwhile,

Friends,② whom I never more may meet again,

On springy heath, along the hill-top edge,

Wander in gladness, and wind down, perchance,

To that still roaring dell, of which I told;

The roaring dell, o'erwooded, narrow, deep,   10

And only speckled by the mid-day sun;

Where its slim trunk the ash from rock to rock

---

① Let it not be forgotten during the perusal of this Ode that it was written many years before the abolition of the Slave Trade by the British Legislature, likewise before the invasion of Switzerland by the French Republic, which occasioned the Ode that follows [France: an Ode. ]—(Coleridge. )

② Charles Lamb, and Dorothy and William Wordsworth.

Flings arching like a bridge;—that branchless ash,

Unsunn'd and damp, whose few poor yellow leaves

Ne'er tremble in the gale, yet tremble still,

Fann'd by the water-fall! and there my friends

Behold the dark green file of long lank weeds,

That all at once (a most fantastic sight!)

Still nod and drip beneath the dripping edge

Of the blue clay-stone.


Now, my friends emerge   20

Beneath the wide wide Heaven—and view again

The many-steepled tract magnificent

Of hilly fields and meadows, and the sea,

With some fair bark, perhaps, whose sails light up

The slip of smooth clear blue betwixt two Isles

Of purple shadow! Yes! they wander on

In gladness all; but thou, methinks, most glad,

My gentle-hearted Charles! for thou hast pined

And hunger'd after Nature, many a year,

In the great City pent, winning thy way   30

With sad yet patient soul, through evil and pain

And strange calamity! Ah! slowly sink

Behind the western ridge, thou glorious Sun!

Shine in the slant beams of the sinking orb,

Ye purple heath-flowers! richlier burn, ye clouds!

Live in the yellow light, ye distant groves!

And kindle, thou blue Ocean! So my friend

Struck with deep joy may stand, as I have stood,

Silent with swimming sense; yea, gazing round

On the wide landscape, gaze till all doth seem    40

Less gross than bodily; and of such hues

As veil the Almighty Spirit, when yet he makes

Spirits perceive his presence.

**A delight**

Comes sudden on my heart, and I am glad

As I myself were there! Nor in this bower,

This little lime-tree bower, have I not mark'd

Much that has sooth'd me. Pale beneath the blaze

Hung the transparent foliage; and I watch'd

Some broad and sunny leaf, and lov'd to see

The shadow of the leaf and stem above    50

Dappling its sunshine! And that walnut-tree

Was richly ting'd, and a deep radiance lay

Full on the ancient ivy, which usurps

Those fronting elms, and now, with blackest mass

Makes their dark branches gleam a lighter hue

Through the late twilight; and though now the bat

Wheels silent by, and not a swallow twitters,

Yet still the solitary humble-bee

Sings in the bean-flower! Henceforth I shall know

That Nature ne'er deserts the wise and pure;    60

No plot so narrow, be but Nature there,

No waste so vacant, but may well employ

Each faculty of sense, and keep the heart

Awake to Love and Beauty! and sometimes

'Tis well to be bereft of promis'd good,

That we may lift the soul, and contemplate

With lively joy the joys we cannot share.

My gentle-hearted Charles! when the last rook

Beat its straight path along the dusky air

Homewards, I blest it! deeming its black wing    70

(Now a dim speck, now vanishing in light)

Had cross'd the mighty Orb's dilated glory,

While thou stood'st gazing; or, when all was still,

Flew creeking o'er thy head, and had a charm

For thee, my gentle-hearted Charles, to whom

No sound is dissonant which tells of Life.

1797   1800

# 5. FROST AT MIDNIGHT

THE Frost performs its secret ministry,

Unhelped by any wind. The owlet's cry

Came loud—and hark, again! loud as before.

The inmates of my cottage, all at rest,

Have left me to that solitude, which suits

Abstruser musings: save that at my side

My cradled infant① slumbers peacefully.

'Tis calm indeed! so calm, that it disturbs

And vexes meditation with its strange

And extreme silentness. Sea, hill, and wood,    10

This populous village! Sea, and hill, and wood,

With all the numberless goings-on of life,

Inaudible as dreams! the thin blue flame

Lies on my low-burnt fire, and quivers not;

---

① his son Hartley.

Only that film, which fluttered on the grate,<sup>①</sup>

Still flutters there, the sole unquiet thing.

Methinks, its motion in this hush of nature

Gives it dim sympathies with me who live,

Making it a companionable form,

Whose puny flaps and freaks the idling Spirit　20

By its own moods interprets, every where

Echo or mirror seeking of itself,

And makes a toy of Thought.


But O! how oft,

How oft, at school, with most believing mind,

Presageful, have I gazed upon the bars,

To watch that fluttering stranger! and as oft

With unclosed lids, already had I dreamt

Of my sweet birth-place, and the old church-tower,

Whose bells, the poor man's only music, rang

From morn to evening, all the hot Fair-day,　30

So sweetly, that they stirred and haunted me

With a wild pleasure, falling on mine ear

Most like articulate sounds of things to come!

So gazed I, till the soothing things, I dreamt,

Lulled me to sleep, and sleep prolonged my dreams!

And so I brooded all the following morn,

Awed by the stern preceptor's face, mine eye

Fixed with mock study on my swimming book:

---

① In all parts of the kingdom these films are called strangers and supposed to portend the arrival of some absent friend. —(Coleridge.)

Save if the door half opened, and I snatched

A hasty glance, and still my heart leaped up,　　40

For still I hoped to see the stranger's face,

Townsman, or aunt, or sister more beloved,

My play-mate when we both were clothed alike!


Dear Babe, that sleepest cradled by my side,

Whose gentle breathings, heard in this deep calm,

Fill up the interspersèd vacancies

And momentary pauses of the thought!

My babe so beautiful! it thrills my heart

With tender gladness, thus to look at thee,

And think that thou shalt learn far other lore,　　50

And in far other scenes! For I was reared

In the great city, pent 'mid cloisters dim,

And saw nought lovely but the sky and stars.

But *thou*, my babe! shalt wander like a breeze

By lakes and sandy shores, beneath the crags

Of ancient mountain, and beneath the clouds,

Which image in their bulk both lakes and shores

And mountain crags: so shalt thou see and hear

The lovely shapes and sounds intelligible

Of that eternal language, which thy God　　60

Utters, who from eternity doth teach

Himself in all, and all things in himself.

Great universal Teacher! he shall mould

Thy spirit, and by giving make it ask.


Therefore all seasons shall be sweet to thee,

Whether the summer clothe the general earth

With greenness, or the redbreast sit and sing

Betwixt the tufts of snow on the bare branch

Of mossy apple-tree, while the nigh thatch

Smokes in the sun-thaw; whether the eave-drops fall    70

Heard only in the trances of the blast,

Or if the secret ministry of frost

Shall hang them up in silent icicles,

Quietly shining to the quiet Moon.

1798      1798

## 6. FRANCE: AN ODE

**ARGUMENT**

*First Stanza*. An invocation to those objects in Nature the contemplation of which had inspired the Poet with a devotional love of Liberty. *Second Stanza*. The exultation of the Poet at the commencement of the French Revolution, and his unqualified abhorrence of the Alliance against the Republic. *Third Stanza*. The blasphemies and horrors during the domination of the Terrorists regarded by the Poet as a transient storm ... *Fourth Stanza*, Switzerland, and the Poet's recantation. *Fifth Stanza*. An address to Liberty, in which the Poet expresses his conviction that those feelings and that grand ideal of Freedom ... belong to the individual man, so far as he is pure, and inflamed with the love and adoration of God in Nature—(Coleridge.)

### I

Ye clouds! that far above me float and pause,

Whose pathless march no mortal may control!

Ye Ocean-Waves! that, whereso'er ye roll,

Yield homage only to eternal laws!

Ye Woods! that listen to the night-birds singing,

Midway the smooth and perilous slope reclined,

Save when your own imperious branches swinging,

Have made a solemn music of the wind!

Where, like a man beloved of God,

Through glooms, which never woodmand trod,    10

How oft, pursuing fancies holy,

My moonlight way o'er flowering weeds I wound,

Inspired, beyond the guess of folly,

By each rude shape and wild unconquerable sound!

O ye loud Waves! and O ye Forests high!

And O ye Clouds that far above me soared!

Thou rising Sun! thou blue rejoicing Sky!

Yea! every thing that is and will be free!

Bear witness for me, whereso'er ye be,

With what deep worship I have still adored    20

The spirit of divinest Liberty.

## II

When France in wrath her giant-limbs upreared,

And with that oath, which smote air, earth, and sea,

Stamped her strong foot and said she would be free,

Bear witness for me, how I hoped and feared!

With what a joy my lofty gratulation

Unawed I sang, amid a slavish band:

And when to whelm the disenchanted nation,

Like fiends embattled by a wizard's wand,

The Monarchs ①marched in evil day， 30

And Britain joined the dire array；

Though dear her shores and circling ocean，

Though many friendships， many youthful loves

Had swoln the patriot emotion

And flung a magic light o'er all the hills and groves；

Yet still my voice， unaltered， sang defeat

To all that braved the tyrant-quelling lance，

And shame too long delayed and vain retreat！

For ne'er， O Liberty！ with parial aim

I dimmed thy light or damped thy holy flame； 40

But blessed the paeans of delivered France，

And hung my head and wept at Britain's name.

### Ⅲ

'And what，' I said， 'though Blasphemy's loud scream

With that sweet music of deliverance strove！

Though all the fierce and drunken passions wove

A dance more wild than e'er was maniac's dream！

Ye storms， that round the dawning East assembled，

The Sun was rising， though ye hid his light！'

And when， to soothe my soul， that hoped and trembled，

The dissonance ceased， and all that seemed calm and bright； 50

When France her front deep-scarr'd and gory

Concealed with clustering wreaths of glory；

When， unsupportably advancing，

Her arm made mockery of the warrior's ramp；

---

① Of Austria and Prussia against whom France declared war in 1792. England joined the alliance against France in 1793.

While timid looks of fury glancing,

Domestic treason, crushed beneath her fatal stamp,

Writhed like a wounded dragon in his gore;

Then I reproached my fears that would not flee;

'And soon,' I said, 'shall Wisdom teach her lore

In the low huts of them that toil and groan!     60

And, conquering by her happiness alone,

Shall France compel the nations to be free,

Till love and Joy look round, and call the Earth their own.'

### IV

Forgive me, Freedom! O forgive those dreams!

I hear thy voice, I hear thy loud lament,

From bleak Helvetia's icy caverns sent-

I hear thy groans upon her blood-stained streams!

Heroes, that for your peaceful country perished,

And ye that, fleeing, spot your mountain-snows

With bleeding wounds; forgive me, that I cherished     70

One thought that ever blessed your cruel foes!

To scatter rage, and traitorous guilt,

Where Peace her jealous home had built;

A patriot-race to disinherit

Of all that made their stormy wilds so dear;

And with inexpiable spirit

To taint the bloodless freedom of the mountaineer-

O France, that mockest Heaven, adulterous, blind,

And patriot only in pernicious toils!

Are these thy boasts, Champion of human kind?     80

To mix with Kings in the low lust of sway,

Yell in the hunt, and share the murderous prey;

To insult the shrine of Liberty with spoils

From freemen torn; to tempt and to betray?

## V

The Sensual and the Dark rebel in vain,

Slaves by their own compulsion! In mad game

They burst their manacles and wear the name

Of Freedom, graven on a heavier chain!

O Liberty! with profitless endeavour

Have I pursued thee, many a weary hour;　90

But thou nor swell'st the victor's strain, nor ever

Didst breathe thy soul in forms of human power.

Alike from all, howe'er they praise thee,

(Nor prayer, nor boastful name delays thee)

Alike from Priestcraft's harpy minions,

And factious Blasphemy's obscener slaves,

Thou speedest on thy subtle pinions,

The guide of homeless winds, and playmate of the waves!

And there I felt thee! -on that sea-cliff's verge,

Whose pines, scarce travelled by the breeze above,　100

Had made one murmur with the distant surge!

Yes, while I stood and gazed, my temples bare,

And shot my being through earth, sea, and air,

Possessing all things with intensest love,

O Liberty! my spirit felt thee there.

1798　1798

# 7. FEARS IN SOLITUDE

**WRITTEN IN APRIL 1798, DURING THE ALARM OF AN INVASION** ①

A GREEN and silent spot, amid the hills,

A small and silent dell! O'er stiller place

No singing skylark ever poised himself.

The hills are heathy, save that swelling slope,

Which hath a gay and gorgeous covering on,

All golden with the never-bloomless furze,

Which now blooms most profusely: but the dell,

Bathed by the mist, is fresh and delicate

As vernal cornfield, or the unripe flax,

When, through its half-transparent stalks, at eve,   10

The level sunshine glimmers with green light.

Oh! 'tis a quiet spirit-healing nook!

Which all, methinks, would love; but chiefly he,

The humble man, who, in his youthful years,

Knew just so much of folly as had made

His early manhood more securely wise!

Here he might lie on fern or withered heath,

While from the singing lark (that sings unseen

The minstrelsy that solitude loves best),

And from the sun, and from the breezy air,   20

Sweet influences trembled o'er his frame;

And he, with many feelings, many thoughts,

---

① There were rumors of a projected invasion of England in 1798, which may or may not have been spread by the French to divert attention from Napoleon's attack on Egypt.

Made up a meditative joy, and found

Religious meanings in the forms of Nature!

And so, his senses gradually wrapped

In a half sleep, he dreams of better worlds,

And dreaming hears thee still, O singing lark,

That singest like an angel in the clouds!


My God! it is a melancholy thing

For such a man, who would full fain preserve　30

His soul in calmness, yet perforce must feel

For all his human brethren-O my God!

It weighs upon the heart, that he must think

What uproar and what strife may now be stirring

This way or that way o'er these silent hills -

Invasion, and the thunder and the shout,

And all the crash of onset; fear and rage,

And undetermined conflict-even now,

Even now, perchance, and in his native isle:

Carnage and groans beneath this blessed sun!　　40

We have offended, Oh! my countrymen!

We have offended very grievously,

And been most tyrannous. From east to west

A groan of accusation pierces Heaven!

The wretched plead against us; multitudes

Countless and vehement, the sons of God,

Our brethren! Like a cloud that travels on,

Steamed up from Cairo's swamps of pestilence,

Even so, my countrymen! have we gone forth

And borne to distant tribes slavery and pangs,　　50

And, deadlier far, our vices, whose deep taint

With slow perdition murders the whole man,

His body and his soul! Meanwhile, at home,

All individual dignity and power

Engulfed in Courts, Committees, Institutions,

Associations and Societies,

A vain, speech-mouthing, speech-reporting Guild,

One Benefit-Club for mutual flattery,

We have drunk up, demure as at a grace,

Pollutions from the brimming cup of wealth;    60

Contemptuous of all honourable rule,

Yet bartering freedom and the poor man's life

For gold, as at a market! The sweet words

Of Christian promise, words that even yet

Might stem destruction, were they wisely preached,

Are muttered o'er by men, whose tones proclaim

How flat and wearisome they feel their trade:

Rank scoffers some, but most too indolent

To deem them falsehoods or to know their truth.

Oh! blasphemous! the Book of Life is made    70

A superstitious instrument, on which

We gabble o'er the oaths we mean to break;

For all must swear -all and in every place,

College and wharf, council and justice-court;

All, all must swear, the briber and the bribed,

Merchant and lawyer, senator and priest,

The rich, the poor, the old man and the young;

All, all make up one scheme of perjury,

That faith doth reel; the very name of God

Sounds like a juggler's charm; and, bold with joy,    80

Forth from his dark and lonely hiding-place

(Portentous sight!) the owlet Atheism,

Sailing on obscene wings athwart the noon,

Drops his blue-fringed lids, and holds them close,

And hooting at the glorious sun in Heaven,

Cries out, "Where is it?"


Thankless too for peace,

(Peace long preserved by fleets and perilous seas)

Secure from actual warfare, we have loved

To swell the war-whoop, passionate for war!

Alas! for ages ignorant of all   90

Its ghastlier workings, (famine or blue plague,

Battle, or siege, or flight through wintry snows,)

We, this whole people, have been clamorous

For war and bloodshed; animating sports,

The which we pay for as a thing to talk of,

Spectators and not combatants! No guess

Anticipative of a wrong unfelt,

No speculation on contingency,

However dim and vague, too vague and dim

To yield a justifying cause; and forth,    100

(Stuffed out with big preamble, holy names,

And adjurations of the God in Heaven,)

We send our mandates for the certain death

Of thousands and ten thousands! Boys and girls,

And women, that would groan to see a child

Pull off an insect's leg, all read of war,

The best amusement for our morning meal!

The poor wretch, who has learnt his only prayers

From curses, who knows scarcely words enough

To ask a blessing from his Heavenly Father,　110

Becomes a fluent phraseman, absolute

And technical in victories and defeats,

And all our dainty terms for fratricide;

Terms which we trundle smoothly o'er our tongues

Like mere abstractions, empty sounds to which

We join no feeling and attach no form!

As if the soldier died without a wound;

As if the fibres of this godlike frame

Were gored without a pang; as if the wretch,

Who fell in battle, doing bloody deeds,　120

Passed off to Heaven, translated and not killed;

As though he had no wife to pine for him,

No God to judge him! Therefore, evil days

Are coming on us, O my countrymen!

And what if all-avenging Providence,

Strong and retributive, should make us know

The meaning of our words, force us to feel

The desolation and the agony

Of our fierce doings?


Spare us yet awhile,

Father and God! O, spare us yet awhile!　130

Oh! let not English women drag their flight

Fainting beneath the burthen of their babes,

Of the sweet infants, that but yesterday

Laughed at the breast! Sons, brothers, husbands, all

Who ever gazed with fondness on the forms

Which grew up with you round the same fireside,

And all who ever heard the Sabbath-bells

Without the Infidel's scorn, make yourselves pure!

Stand forth! be men! repel an impious foe,

Impious and false, a light yet cruel race,     140

Who laugh away all virtue, mingling mirth

With deeds of murder; and still promising

Freedom, themselves too sensual to be free,

Poison life's amities, and cheat the heart

Of faith and quiet hope, and all that soothes,

And all that lifts the spirit! Stand we forth;

Render them back upon the insulted ocean,

And let them toss as idly on its waves

As the vile seaweed, which some mountain-blast

Swept from our shores! And oh! may we return     150

Not with a drunken triumph, but with fear,

Repenting of the wrongs with which we stung

So fierce a foe to frenzy!


I have told,

O Britons! O my brethren! I have told

Most bitter truth, but without bitterness.

Nor deem my zeal or fractious or mistimed;

For never can true courage dwell with them

Who, playing tricks with conscience, dare not look

At their own vices. We have been too long

Dupes of a deep delusion! Some, belike,     160

Groaning with restless enmity, expect

All change from change of constituted power;

As if a Government had been a robe

On which our vice and wretchedness were tagged

Like fancy-points and fringes, with the robe

Pulled off at pleasure. Fondly these attach

A radical causation to a few

Poor drudges of chastising Providence,

Who borrow all their hues and qualities

From our own folly and rank wickedness,    170

Which gave them birth and nursed them. Others, meanwhile,

Dote with a mad idolatry; and all

Who will not fall before their images,

And yield them worship, they are enemies

Even of their country!


Such have I been deemed. —

But, O dear Britain! O my Mother Isle!

Needs must thou prove a name most dear and holy

To me, a son, a brother, and a friend,

A husband, and a father! who revere

All bonds of natural love, and find them all    180

Within the limits of thy rocky shores.

O native Britain! O my Mother Isle!

How shouldst thou prove aught else but dear and holy

To me, who from thy lakes and mountain-hills,

Thy clouds, thy quiet dales, thy rocks and seas,

Have drunk in all my intellectual life,

All sweet sensations, all ennobling thoughts,

All adoration of the God in nature,

All lovely and all honourable things,

Whatever makes this mortal spirit feel   190

The joy and greatness of its future being?

There lives nor form nor feeling in my soul

Unborrowed from my country! O divine

And beauteous Island! thou hast been my sole

And most magnificent temple, in the which

I walk with awe, and sing my stately songs,

Loving the God that made me! -


May my fears,

My filial fears, be vain! and may the vaunts

And menace of the vengeful enemy

Pass like the gust, that roared and died away   200

In the distant tree: which heard, and only heard

In this low dell, bowed not the delicate grass.


But now the gentle dew-fall sends abroad

The fruit-like perfume of the golden furze:

The light has left the summit of the hill,

Though still a sunny gleam lies beautiful,

Aslant the ivied beacon. Now farewell,

Farewell, awhile, O soft and silent spot!

On the green sheep-track, up the heathy hill,

Homeward I wind my way; and lo! recalled   210

From bodings that have well-nigh wearied me,

I find myself upon the brow, and pause

Startled! And after lonely sojourning

In such a quiet and surrounded nook,

This burst of prospect, here the shadowy main,

Dim-tinted, there the mighty majesty

Of that huge amphitheatre of rich

And elmy fields, seems like society-

Conversing with the mind, and giving it

A livelier impulse and a dance of thought!　　220

And now, beloved Stowey! I behold

Thy church-tower, and, methinks, the four huge elms

Clustering, which mark the mansion of my friend;

And close behind them, hidden from my view,

Is my own lowly cottage, where my babe

And my babe's mother dwell in peace! With light

And quickened footsteps thitherward I tend,

Remembering thee, O green and silent dell!

And grateful, that by nature's quietness

And solitary musings, all my heart　　230

Is softened, and made worthy to indulge

Love, and the thoughts that yearn for human kind.


*Nether Stowey*, 20 *April* 1798　　1798


# 8. THE NIGHTINGALE

No cloud, no relique of the sunken day

Distinguishes the West, no long thin slip

Of sullen light, no obscure trembling hues.

Come, we will rest on this old mossy bridge!

You see the glimmer of the stream beneath,

But hear no murmuring: it flows silently.

O'er its soft bed of verdure. All is still.

A balmy night! and though the stars be dim,

Yet let us think upon the vernal showers

That gladden the green earth, and we shall find   10

A pleasure in the dimness of the stars.

And hark! the Nightingale begins its song,

'Most musical, most melancholy'[①]bird!

A melancholy bird? Oh! idle thought!

In Nature there is nothing melancholy.

But some night-wandering man whose heart was pierced

With the remembrance of a grievous wrong,

Or slow distemper, or neglected love,

(And so, poor wretch! filled all things with himself,

And made all gentle sounds tell back the tale   20

Of his own sorrow) he, and such as he,

First named these notes a melancholy strain.

And many a poet echoes the conceit;

Poet who hath been building up the rhyme

When he had better far have stretched his limbs

Beside a brook in mossy forest-dell,

By sun or moon-light, to the influxes

Of shapes and sounds and shifting elements

Surrendering his whole spirit, of his song

And of his fame forgetful! so his fame   30

Should share in Nature's immortality,

A venerable thing! and so his song

Should make all Nature lovelier, and itself

---

①  *Il Penseroso*,62.

Be loved like Nature! But'twill not be so;

And youths and maidens most poetical,

Who lose the deepening twilights of the spring

In ball-rooms and hot theatres, they still

Full of meek sympathy must heave their sighs

O'er Philomela's pity-pleading strains.


My Friend, and thou, our Sister!① we have learnt　40

A different lore: we may not thus profane

Nature's sweet voices, always full of love

And joyance! 'Tis the merry Nightingale

That crowds and hurries, and precipitates

With fast thick warble his delicious notes,

As he were fearful that an April night

Would be too short for him to utter forth

His love-chant, and disburthen his full soul

Of all its music!


And I know a grove

Of large extent, hard by a castle huge,　50

Which the great lord inhabits not; and so

This grove is wild with tangling underwood,

And the trim walks are broken up, and grass,

Thin grass and king-cups grow within the paths.

But never elsewhere in one place I knew

So many nightingales; and far and near,

In wood and thicket, over the wide grove,

---

① William and Dorothy Wordsworth.

They answer and provoke each other's song,

With skirmish and capricious passagings,

And murmurs musical and swift jug jug,   60

And one low piping sound more sweet than all—

Stirring the air with such a harmony,

That should you close your eyes, you might almost

Forget it was not day! On moonlight bushes,

Whose dewy leaflets are but half-disclosed,

You may perchance behold them on the twigs,

Their bright, bright eyes, their eyes both bright and full,

Glistening, while many a glow-worm in the shade

Lights up her love-torch.


A most gentle Maid,

Who dwelleth in her hospitable home   70

Hard by the castle, and at latest eve

(Even like a Lady vowed and dedicate

To something more than Nature in the grove)

Glides through the pathways; she knows all their notes,

That gentle Maid! and oft, a moment's space,

What time the moon was lost behind a cloud,

Hath heard a pause of silence; till the moon

Emerging, a hath awakened earth and sky

With one sensation, and those wakeful birds

Have all burst forth in choral minstrelsy,   80

As if some sudden gale had swept at once

A hundred airy harps! And she hath watched

Many a nightingale perch giddily

On blossomy twig still swinging from the breeze,

And to that motion tune his wanton song

Like tipsy Joy that reels with tossing head.


Farewell! O Warbler! till tomorrow eve,

And you, my friends! farewell, a short farewell!

We have been loitering long and pleasantly,

And now for our dear homes. That strain again!　　90

Full fain it would delay me! My dear babe,

Who, capable of no articulate sound,

Mars all things with his imitative lisp,

How he would place his hand beside his ear,

His little hand, the small forefinger up,

And bid us listen! And I deem it wise

To make him Nature's play-mate. He knows well

The evening-star; and once, when he awoke

In most distressful mood (some inward pain

Had made up that strange thing, an infant's dream—)　　100

I hurried with him to our orchard-plot,

And he beheld the moon, and, hushed at once,

Suspends his sobs, and laughs most silently,

While his fair eyes, that swam with undropped tears,

Did glitter in the yellow moon-beam! Well! —

It is a father's tale: But if that Heaven

Should give me life, his childhood shall grow up

Familiar with these songs, that with the night

He may associate joy. Once more, farewell,

Sweet Nightingale! once more, my friends! farewell.　　110


1798　1798

# Part Two
# Supernatural Poems

## 1. KUBLA KHAN: OR, A VISION IN A DREAM

### A FRAGMENT

In the summer of the 1797[①] the Author, then in ill-health, had retired to a lonely farm-house between Porlock and Linton, on the Exmoor confines of Somerset and Devonshire. In consequence of a slight indisposition, an anodyne had been prescribed, from the effect of which he fell asleep in his chair at the moment he was reading the following sentence, or words of the same substance, in Purchas's *Pilgrimage*: 'Here the Khan Kubla commanded a palace to be built, and a stately garden thereunto: and thus ten miles of fertile ground were inclosed with a wall.' The Author continued for about three hours in a profound sleep, at least of the external senses, during which time he has the most vivid confidence, that he could not have composed less than from two to three hundred lines; if that indeed can be called composition in which all the images rose up before him as things, with a parallel production of the correspondent expression, without any sensation or consciousness of effort. On awaking he appeared to himself to have a distinct recollection of the whole, and taking his pen, ink, and paper, instantly and eagerly wrote down the lines that are here preserved. At this moment he was unfortunately called out by a person on business from Porlock, and

---

① Coleridge's dating has been thought to a mistake for 1798, but see E. K. Chambers'persuasive argument for confirming 1797 as the year of composition. (*Coleridge*, pp. 100-1-3)

detained by him above an hour, and on his return to his room, found, to his no small surprise and mortification, that though he still retained some vague and dim recollection of the general purport of the vision, yet, with the exception of some eight or ten scattered lines and images, all the rest had passed away like the images on the surface of a stream into which a stone had been cast, but, alas! without the after restoration of the latter:

**Then all the charm**

Is broken—all that phantom-world so fair,

Vanishes, and a thousand circles spread,

And each mis-shape the other. Stay awhile,

Poor youth! who scarcely dar'st lift up thine eyes—

The stream will soon renew its smoothness, soon

The visions will return! And lo! he stays,

And soon the fragments dim of lovely forms

Come trembling back, unite, and now once more

The pool becomes a mirror. ①

Yet from the still surviving recollections in his mind, the Author has frequently purposed to finish for himself what had been originally, as it were, given to him 'Tomorrow to sing a sweeter song' but the tomorrow is yet to come.

IN Xanadu did Kubla Khan②

A stately pleasure-dome decree:

---

① from Coleridge's The Picture, 91-100.

② Mongol emperor of the thirteenth century and grandson of Ghengis Khan, who founded that Mongol dynasty in China.

Where Alph, the sacred river, ran

Through caverns measureless to man

Down to a sunless sea.

So twice five miles of fertile ground

With walls and towers were girdled round:

And there were gardens bright with sinuous rills,

Where blossomed many an incense-bearing tree;

And here were forests ancient as the hills,   10

Enfolding sunny spots of greenery.


But oh! that deep romantic chasm which slanted

Down the green hill athwart a cedarn cover!

A savage place! as holy and enchanted

As e'er beneath a waning moon was haunted

By woman wailing for her demon-lover!

And from this chasm, with ceaseless turmoil seething,

As if this earth in fast thick pants were breathing,

A mighty fountain momently was forced:

Amid whose swift half-intermitted burst   20

Huge fragments vaulted like rebounding hail,

Or chaffy grain beneath the thresher's flail:

And 'mid these dancing rocks at once and ever

It flung up momently the sacred river.

Five miles meandering with a mazy motion

Through wood and dale the sacred river ran,

Then reached the caverns measureless to man,

And sank in tumult to a lifeless ocean:

And 'mid this tumult Kubla heard from far

Ancestral voices prophesying war!   30

The shadow of the dome of pleasure

Floated midway on the waves;

Where was heard the mingled measure

From the fountain and the caves.

It was a miracle of rare device,

A sunny pleasure-dome with caves of ice!


A damsel with a dulcimer

In a vision once I saw:

It was an Abyssinian maid,

And on her dulcimer she played,　40

Singing of Mount Abora.

Could I revive within me

Her symphony and song,

To such a deep delight 'twould win me

That with music loud and long

I would build that dome in air,

That sunny dome! those caves of ice!

And all who heard should see them there,

And all should cry, Beware! Beware!

His flashing eyes, his floating hair!　50

Weave a circle round him thrice,

And close your eyes with holy dread,

For he on honey-dew hath fed

And drunk the milk of Paradise.


1797　1816

## 2. THE RIME OF THE ANCIENT MARINER

[For the origin of this poem see Coleridge's Biographia Literaaria, Chapter XIV, text, p. 424. and Wordsworth's note to We Are Seven, text, p. 251. An additional statement by Wordsworth was reported to H. N. Coleridge by the Reverend Alexander Dyce: ' The Ancient Mariner was founded on a strange dream, which a friend of Coleridge had, who fancied he saw a skeleton ship, with figures in it. We had both determined to write some poetry for a monthly magazine, the profits of which were to defray the expenses of a little excursion we were to make together. The Ancient Mariner was intended for this periodical, but was too long. I had very little share in the composition of it, for I soon found the style of Coleridge and myself would not assimilate. Besides the lines (in the fourth part):

"And thou art long, and lank, and brown,
As is the ribbed sea-sand"—

I wrote the stanza (in the first part)

"He holds him with his glittering eye—
The Weeding-Guest stood still,
And listens like a three-years'child:
The Mariner hath his will"—

and four or five lines more in different parts of the poem, which I could not now point out. The idea of " shooting and albatross" was mine; *for I had been reading Shelvocke's Voyages, which probably Coleridge never saw.* I also suggested the reanimation of the dead bodies, to work the ship. '

The final form of The Ancient Mariner differs in several notable respects from that which first appeared in 1798. In the revision Coleridge dropped many archaic words and spellings, modified some lines and stanzas, and added the Latin motto and the prose narrative in the margin.]

**IN SEVEN PARTS**

Facile credo, plures esse Naturas invisibles quam visibiles in rerum universitate. Sed horum omnium familiam quis nobis enarrabit? et gradus et cognationes et discrimina et singulorum munera? Quid agunt? Quae locahabitant? Harum rerum notitiam semper ambivit ingenium humanum, nunquam attigit. Juvat, interea, non diffiteor, quandoque in animo, tanquam in tabula, majoris et melioris mundi imaginem contemplari: ne mens assuefacta hodiernae vitae minutiis se contrhat nimis, et tota subsidat in pusillas cogitations. Sed veritati interea in vigilandum est, modusque servandus, ut certa ab incertis, diem a nocte, distinguamus—T. Burnet, *Archoeol. Phil.* P. 68.

[I readily believe that there are more invisible than visible beings in the universe. But who will tell us the family, the ranks, the relationship, the differences, the respective functions of all these beings? What do they do? Where do they dwell? The human mind has circled around this knowledge, but has never reached it. Still, it is pleasant, I have no doubt, to contemplate sometimes in one's mind, as in a picture, the image of a bigger and better world; lest the mind, accustomed to the details of daily life, be too narrowed and settle down entirely on trifling thoughts. Meanwhile, however, we must be on the lookout for truth and observe restraint, in order that we may distinguish the certain from the uncertain, day from night.]

**ARGUMENT:**

How a Ship having passed the Line was driven by storms to the cold Country towards the South Pole; and how from thence she made her course to the tropical Latitude of the Great Pacific Ocean; and of the strange things that befell; and in what manner the Ancyent Marinere came back to his own Country.

### Part I

It is an ancient Mariner,
And he stoppeth one of three.
'By thy long grey beard and glittering eye,
Now wherefore stopp'st thou me?

The bridegroom's doors are opened wide,
And I am next of kin;
The guests are met, the feast is set;
Mayst hear the merry din. '
He holds him with his skinny hand,
"There was a ship," quoth he.     10
'Hold off! unhand me, grey-beard loon!'
Eftsoons[①] his hand dropped he.

He holds him with his glittering eye—
The Wedding-Guest stood still,
And listens like a three years'child;
The Mariner hath his will.

The Wedding-Guest sat on a stone;
He cannot choose but hear;
And thus spake on that ancient man,

———————————

① immediately.

The bright-eyed Mariner.    20


'The ship was cheered, the harbour cleared,
Merrily did we drop
Below the kirk, below the hill,
Below the lighthouse top.


The sun came up upon the left,
Out of the sea came he!
And he shone bright, and on the right
Went down into the sea.


Higher and higher every day,
Till over the mast at noon—'    30
The Wedding-Guest here beat his breast,
For he heard the loud bassoon.


The bride hath paced into the hall,
Red as a rose is she;
Nodding their heads before her goes
The merry minstrelsy.


The Wedding-Guest he beat his breast,
Yet he cannot choose but hear;
And thus spake on that ancient man,
The bright-eyed Mariner.    40


'And now the STORM-BLAST came, and he
Was tyrannous and strong:

He struck with his o'ertaking wings,
And chased us south along.

With sloping masts and dipping prow,
As who pursued with yell and blow
Still treads the shadow of his foe,
And foward bends his head,
The ship drove fast, loud roared the blast,
And southward aye we fled.　50

And now there came both mist and snow,
And it grew wondrous cold:
And ice, mast-high, came floating by,
As green as emerald.

And through the drifts the snowy clifts
Did send a dismal sheen:
Nor shapes of men nor beasts we ken—
The ice was all between.

The ice was here, the ice was there,
The ice was all around:　60
It cracked and growled, and roared and howled,
Like noises in a swound!①

At length did cross an Albatross,
Thorough the fog it came;

---

① swoon.

As it had been a Christian soul,
We hailed it in God's name.

It ate the food it ne'er had eat,
And round and round it flew.
The ice did split with a thunder-fit;
The helmsman steered us through!　　70

And a good south wind sprung up behind;
The Albatross did follow,
And every day, for food or play,
Came to the mariner's hollo!

In mist or cloud, on mast or shroud,①
It perched for vespers nine;
Whiles all the night, through fog-smoke white,
Glimmered the white moonshine. "

'God save thee, ancient Mariner!
From the fiends that plague thee thus! ―　80
Why look'st thou so?'―With my crossbow
I shot the ALBATROSS.

**Part Ⅱ**

The sun now rose upon the right:
Out of the sea came he,
Still hid in mist, and on the left
Went down into the sea.

_____

① rope supporting the masthead.

And the good south wind still blew behind,

But no sweet bird did follow,

Nor any day for food or play

Came to the mariners'hollo!　　90


And I had done a hellish thing,

And it would work'em woe：

For all averred, I had killed the bird

That made the breeze to blow.

Ah wretch! said they, the bird to slay,

That made the breeze to blow!


Nor dim nor red, like God's own head,

The glorious sun uprist：

Then all averred, I had killed the bird

That brought the fog and mist.　　100

'Twas right, said they, such birds to slay,

That bring the fog and mist.


The fair breeze blew, the white foam flew,

The furrow followed free；

We were the first that ever burst

Into that silent sea.


Down dropped the breeze, the sails dropped down,

'Twas sad as sad could be；

And we did speak only to break

The silence of the sea!　　110

All in a hot and copper sky,

The bloody sun, at noon,

Right up above the mast did stand,

No bigger than the moon.


Day after day, day after day,

We stuck, nor breath nor motion;

As idle as a painted ship

Upon a painted ocean.


Water, water, every where,

And all the boards did shrink;    120

Water, water, every where,

Nor any drop to drink.


The very deep did rot: O Christ!

That ever this should be!

Yea, slimy things did crawl with legs

Upon the slimy sea.


About, about, in reel and rout

The death-fires① danced at night;

The water, like a witch's oils,

Burnt green, and blue, and white.    130

---

①　phosphorescent gleams on the ship's riggings believed by sailors to foretell disaster.

And some in dreams assured were
Of the Spirit that plagued us so;
Nine fathom deep he had followed us
From the land of mist and snow.

And every tongue, through utter drought,
Was withered at the root;
We could not speak, no more than if
We had been choked with soot.

Ah! well-a-day! what evil looks
Had I from old and young!     140
Instead of the cross, the Albatross
About my neck was hung. "

**Part Ⅲ**

"There passed a weary time. Each throat
Was parched, and glazed each eye.
A weary time! a weary time!
How glazed each weary eye-
When looking westward, I beheld
A something in the sky.

At first it seemed a little speck,
And then it seemed a mist;     150
It moved and moved, and took at last
A certain shape, I wist. ①

---

① knew.

A speck, a mist, a shape, I wist!
And still it neared and neared:
As if it dodged a water-sprite,
It plunged and tacked and veered.

With throats unslaked, with black lips baked,
We could nor laugh nor wail;
Through utter drought all dumb we stood!
I bit my arm, I sucked the blood,    160
And cried, A sail! a sail!

With throats unslaked, with black lips baked,
Agape they heard me call:
Gramercy! they for joy did grin,    A flash of joy;
And all at once their breath drew in,
As they were drinking all.

See! see! (I cried) she tacks no more!
Hither to work us weal;
Without a breeze, without a tide,
She steadies with upright keel!    170

The western wave was all a-flame,
The day was well nigh done!
Almost upon the western wave
Rested the broad bright sun;
When that strange shape drove suddenly
Betwixt us and the sun.

And straight the sun was flecked with bars,

(Heaven's Mother send us grace!)

As if through a dungeon-grate he peered

With broad and burning face.　　180


Alas! (thought I, and my heart beat loud)

How fast she nears and nears!

Are those her sails that glance in the sun,

Like restless gossameres?


Are those her ribs through which the sun

Did peer, as through a grate?

And is that Woman all her crew?

Is that a DEATH? and are there two?

Is DEATH that Woman's mate?


*Her* lips were red, *her* looks were free,　　Like vessel, like crew!
190

Her locks were yellow as gold:

Her skin was as white as leprosy,

The Nightmare LIFE-IN-DEATH was she,

Who thicks man's blood with cold.


The naked hulk alongside came,

And the twain were casting dice;

'The game is done! I've won! I've won!'

Quoth she, and whistles thrice.


The sun's rim dips; the stars rush out:

At one stride comes the dark;    200

With far-heard whisper o'er the sea,

Off shot the spectre-bark.


We listened and looked sideways up! At the rising of the Moon,

Fear at my heart, as at a cup,

My life-blood seemed to sip!

The stars were dim, and thick the night,

The steersman's face by his lamp gleamed white;

From the sails the dew did drip-

Till clomb above the eastern bar

The horned moon, with one bright star    210

Within the nether tip.


One after one, by the star-dogged moon,<sup>①</sup> one after another,

Too quick for groan or sigh,

Each turned his face with a ghastly pang,

And cursed me with his eye.


Four times fifty living men, His shipmates drop down dead.

(And I heard nor sigh nor groan)

With heavy thump, a lifeless lump,

They dropped down one by one.


The souls did from their bodies fly,—    220

They fled to bliss or woe!

———————————

①   It is a common superstition among sailors that something evil is about to happen whenever a star dogs the moon. —(Coleridge. in a manuscript note. )

And every soul it passed me by,

Like the whizz of my crossbow!"

## Part Ⅳ

'I fear thee, ancient Mariner!

I fear thy skinny hand!

And thou art long, and lank, and brown,

As is the ribbed sea-sand. ①


I fear thee and thy glittering eye,

And thy skinny hand, so brown. '—

"Fear not, fear not, thou Wedding-Guest!      230

This body dropped not down.


Alone, alone, all, all alone,

Alone on a wide wide sea!

And never a saint took pity on

My soul in agony.


The many men, so beautiful!

And they all dead did lie;

And a thousand thousand slimy things

Lived on; and so did I.


I looked upon the rotting sea,    240

---

① For the last two lines of this stanza, I am indebted to Mr. Wordsworth. It was on a delightful walk from Nether Stowey to Dulverton, with him and his sister, in the Autumn of 1797, that this poem was planned, and in part composed. — (Coleridge. )

And drew my eyes away;
I looked upon the rotting deck,
And there the dead men lay.

I looked to heaven, and tried to pray;
But or ever a prayer had gusht,
A wicked whisper came and made
My heart as dry as dust.

I closed my lids, and kept them close,
And the balls like pulses beat;
For the sky and the sea, and the sea and the sky,　250
Lay like a load on my weary eye,
And the dead were at my feet.

The cold sweat melted from their limbs,
Nor rot nor reek did they:
The look with which they looked on me
Had never passed away.

An orphan's curse would drag to hell
A spirit from on high;
But oh! more horrible than that
Is the curse in a dead man's eye!　260
Seven days, seven nights, I saw that curse,
And yet I could not die.

The moving moon went up the sky,
And no where did abide;

Softly she was going up,

And a star or two beside-


Her beams bemocked the sultry main,

Like April hoar-frost spread;

But where the ship's huge shadow lay,

The charmed water burnt always    270

A still and awful red.


Beyond the shadow of the ship

I watched the water-snakes:

They moved in tracks of shining white,

And when they reared, the elfish light

Fell off in hoary flakes.


Within the shadow of the ship

I watched their rich attire:

Blue, glossy green, and velvet black,

They coiled and swam; and every track    280

Was a flash of golden fire.


O happy living things! no tongue

Their beauty might declare:

A spring of love gushed from my heart,

And I blessed them unaware:

Sure my kind saint took pity on me,

And I blessed them unaware.


The self-same moment I could pray;

And from my neck so free

The Albatross fell off, and sank    290

Like lead into the sea. ”

**Part Ⅴ**

"Oh sleep! it is a gentle thing,

Beloved from pole to pole!

To Mary Queen the praise be given!

She sent the gentle sleep from heaven,

That slid into my soul.


The silly① buckets on the deck,

That had so long remained,

I dreamt that they were filled with dew;

And when I awoke, it rained.    300


My lips were wet, my throat was cold,

My garments all were dank;

Sure I had drunken in my dreams,

And still my body drank.


I moved, and could not feel my limbs:

I was so light-almost

I thought that I had died in sleep,

And was a blessed ghost.


And soon I heard a roaring wind:

It did not come anear;    310

---

① Empty, useless.

But with its sound it shook the sails,
That were so thin and sere.

The upper air burst into life!
And a hundred fire-flags① sheen,②
To and fro they were hurried about!
And to and fro, and in and out,
The wan stars danced between.

And the coming wind did roar more loud,
And the sails did sigh like sedge;
And the rain poured down from one black cloud;
The moon was at its edge.

The thick black cloud was cleft, and still
The moon was at its side:
Like waters shot from some high crag,
The lightning fell with never a jag,
A river steep and wide.

The loud wind never reached the ship,
Yet now the ship moved on!
Beneath the lightning and the moon
The dead men gave a groan.    330

---

① perhaps the Polar Lights, known in the Northern Hemisphere as the Aurora Borealis.

② bright, beautiful.

They groaned, they stirred, they all uprose,
Nor spake, nor moved their eyes;
It had been strange, even in a dream,
To have seen those dead men rise.

The helmsman steered, the ship moved on;
Yet never a breeze up blew;
The mariners all 'gan work the ropes,
Where they were wont to do;
They raised their limbs like lifeless tools-
We were a ghastly crew.    340

The body of my brother's son
Stood by me, knee to knee:
The body and I pulled at one rope,
But he said nought to me. "

'I fear thee, ancient Mariner!'
"Be calm, thou Wedding-Guest!
'Twas not those souls that fled in pain,
Which to their corses came again,
But a troop of spirits blest:

For when it dawned-they dropped their arms,    350
And clustered round the mast;
Sweet sounds rose slowly through their mouths,
And from their bodies passed.

Around, around, flew each sweet sound,

Then darted to the sun;
Slowly the sounds came back again,
Now mixed, now one by one.

Sometimes a-dropping from the sky
I heard the skylark sing;
Sometimes all little birds that are,    360
How they seemed to fill the sea and air
With their sweet jargoning!

And now'twas like all instruments,
Now like a lonely flute;
And now it is an angel's song,
That makes the heavens be mute.

It ceased; yet still the sails made on
A pleasant noise till noon,
A noise like of a hidden brook
In the leafy month of June,    370
That to the sleeping woods all night
Singeth a quiet tune.

Till noon we quietly sailed on,
Yet never a breeze did breathe;
Slowly and smoothly went the ship,
Moved onward from beneath.

Under the keel nine fathom deep,
From the land of mist and snow,

The spirit slid; and it was he
That made the ship to go.    380
The sails at noon left off their tune,
And the ship stood still also.

The Sun, right up above the mast,
Had fixed her to the ocean:
But in a minute she 'gan stir,
With a short uneasy motion-
Backwards and forwards half her length
With a short uneasy motion.

Then like a pawing horse let go,
She made a sudden bound:    390
It flung the blood into my head,
And I fell down in a swound.

How long in that same fit I lay,
I have not to declare;
But ere my living life returned,
I heard and in my soul discerned
Two voices in the air.

'Is it he?' quoth one, 'Is this the man?
By him who died on cross,
With his cruel bow he laid full low    400
The harmless Albatross.

The spirit who bideth by himself

In the land of mist and snow,

He loved the bird that loved the man

Who shot him with his bow. '

The other was a softer voice,

As soft as honey-dew:

Quoth he, 'The man hath penance done,

And penance more will do. '

**Part Ⅶ**

**FIRST VOICE**

But tell me, tell me! speak again, 410

Thy soft response renewing-

What makes that ship drive on so fast?

What is the ocean doing?

**SECOND VOICE**

Still as a slave before his lord,

The ocean hath no blast;

His great bright eye most silently

Up to the moon is cast-

If he may know which way to go;

For she guides him smooth or grim.

See, brother, see! how graciously 420

She looketh down on him.

**FIRST VOICE**

'But why drives on that ship so fast,

Without or wave or wind?'

**SECOND VOICE**

The air is cut away before,

And closes from behind.


Fly, brother, fly! more high, more high!

Or we shall be belated:

For slow and slow that ship will go,

When the Mariner's trance is abated.


"I woke, and we were sailing on    430

As in a gentle weather:

'Twas night, calm night, the moon was high;

The dead men stood together.


All stood together on the deck,

For a charnel-dungeon fitter:

All fixed on me their stony eyes,

That in the moon did glitter.


The pang, the curse, with which they died,

Had never passed away:

I could not draw my eyes from theirs,    440

Nor turn them up to pray.


And now this spell was snapped: once more

I viewed the ocean green,

And looked far forth, yet little saw

Of what had else been seen-

Like one that on a lonesome road
Doth walk in fear and dread,
And having once turned round walks on,
And turns no more his head;
Because he knows a frightful fiend   450
Doth close behind him tread.

But soon there breathed a wind on me,
Nor sound nor motion made:
Its path was not upon the sea,
In ripple or in shade.

It raised my hair, it fanned my cheek
Like a meadow-gale of spring-
It mingled strangely with my fears,
Yet it felt like a welcoming.

Swiftly, swiftly flew the ship,   460
Yet she sailed softly too:
Sweetly, sweetly blew the breeze-
On me alone it blew.

Oh! dream of joy! is this indeed
The lighthouse top I see?
Is this the hill? is this the kirk?
Is this mine own country?

We drifted o'er the harbour-bar,
And I with sobs did pray-

O let me be awake, my God!    470
Or let me sleep alway.

The harbour-bay was clear as glass,
So smoothly it was strewn!
And on the bay the moonlight lay,
And the shadow of the moon.

The rock shone bright, the kirk no less,
That stands above the rock:
The moonlight steeped in silentness
The steady weathercock.

And the bay was white with silent light,    480
Till rising from the same,
Full many shapes, that shadows were,
In crimson colours came.

A little distance from the prow
Those crimson shadows were:
I turned my eyes upon the deck-
Oh, Christ! what saw I there!

Each corse lay flat, lifeless and flat,
And, by the holy rood!①
A man all light, a seraph-man,    490
On every corse there stood.

_____

① cross.

This seraph-band, each waved his hand：

It was a heavenly sight!

They stood as signals to the land，

Each one a lovely light；


This seraph-band, each waved his hand，

No voice did they impart-

No voice；but oh！the silence sank

Like music on my heart.


But soon I heard the dash of oars， 500

I heard the Pilot's cheer；

My head was turned perforce away，

And I saw a boat appear.


The Pilot and the Pilot's boy，

I heard them coming fast：

Dear Lord in heaven！it was a joy

The dead men could not blast.


I saw a third-I heard his voice：

It is the Hermit good!

He singeth loud his godly hymns 510

That he makes in the wood.

He'll shrieve my soul, he'll wash away

The Albatross's blood. ”

**Part Ⅶ**

"This Hermit good lives in that wood The Hernit of the wood.

Which slopes down to the sea.

How loudly his sweet voice he rears!

He loves to talk with marineers

That come from a far country.


He kneels at morn, and noon, and eve-

He hath a cushion plump:   520

It is the moss that wholly hides

The rotted old oak-stump.


The skiff-boat neared: I heard them talk,

'Why, this is strange, I trow!

Where are those lights so many and fair,

That signal made but now?'


'Strange, by my faith!' the Hermit said-

'And they answered not our cheer!

The planks looked warped! and see those sails,

How thin they are and sere!   530

I never saw aught like to them,

Unless perchance it were


Brown skeletons of leaves that lag

My forest-brook along;

When the ivy-tod ①is heavy with snow,

And the owlet whoops to the wolf below,

That eats the she-wolf's young. '

---

①   ivy-bush

'Dear Lord! it hath a fiendish look-

(The Pilot made reply)

I am afeared'-'Push on, push on!' 540

Said the Hermit cheerily.


The boat came closer to the ship,

But I nor spake nor stirred;

The boat came close beneath the ship,

And straight a sound was heard.


Under the water it rumbled on,

Still louder and more dread:

It reached the ship, it split the bay;

The ship went down like lead.


Stunned by that loud and dreadful sound, 550

Which sky and ocean smote,

Like one that hath been seven days drowned

My body lay afloat;

But swift as dreams, myself I found

Within the Pilot's boat.


Upon the whirl where sank the ship

The boat spun round and round;

And all was still, save that the hill

Was telling of the sound.


I moved my lips—the Pilot shrieked 560

And fell down in a fit;
The holy Hermit raised his eyes,
And prayed where he did sit.

I took the oars: the Pilot's boy,
Who now doth crazy go,
Laughed loud and long, and all the while
His eyes went to and fro.
'Ha! ha!' quoth he, 'full plain I see,
The Devil knows how to row.'

And now, all in my own country,    570
I stood on the firm land!
The Hermit stepped forth from the boat,
And scarcely he could stand.

'O shrieve me, shrieve me, holy man!'
The Hermit crossed his brow. ①
'Say quick,' quoth he 'I bid thee say-
What manner of man art thou?'

Forthwith this frame of mine was wrenched
With a woeful agony,
Which forced me to begin my tale;    580
And then it left me free.

Since then, at an uncertain hour,

---

① made the sign of the cross on his brow.

That agony returns;

And till my ghastly tale is told,

This heart within me burns.


I pass, like night, from land to land;

I have strange power of speech;

That moment that his face I see,

I know the man that must hear me;

To him my tale I teach.　　590


What loud uproar bursts from that door!

The wedding-guests are there;

But in the garden-bower the bride

And bride-maids singing are;

And hark the little vesper bell,

Which biddeth me to prayer!


O Wedding-Guest! this soul hath been

Alone on a wide wide sea;

So lonely 'twas, that God himself

Scarce seemed there to be.　　600


O sweeter than the marriage-feast,

'Tis sweeter far to me,

To walk together to the kirk

With a goodly company! -


To walk together to the kirk,

And all together pray,

While each to his great Father bends,
Old men, and babes, and loving friends,
And youths and maidens gay!

Farewell, farewell! but this I tell   610
To thee, thou Wedding-Guest!
He prayeth well, who loveth well
Both man and bird and beast.

He prayeth best, who loveth best
All things both great and small;
For the dear God who loveth us,
He made and loveth all. "

The Mariner, whose eye is bright,
Whose beard with age is hoar,
Is gone; and now the Wedding-Guest   620
Turned from the bridegroom's door.

He went like one that hath been stunned,
And is of sense forlorn:
A sadder and a wiser man
He rose the morrow morn.

1797-8   1798

# 3. CHRISTABEL

**PREFACE**

The first part of the following poem was written in the year 1797, at Stowey, in the country of Somerset. The second part, after my return from Germany, in the year 1800, at Keswick, Cumberland. It is probable that if the poem had been finished at either of the former periods, or if even the first and second part had been published in the year 1800, the impression of its originality would have been much greater than I dare at present expect. But for this I have only my own indolence to blame. The dates are mentioned for the exclusive purpose of precluding charges of plagiarism or servile imitation from myself. For there is amongst us a set of critics , who seem to hold, that every possible thought and image is traditional; who have no notion that there are such things as fountains in the world, small as well as great; and who would therefore charitably derive every rill they behold flowing, from a perforation made in some other man's tank. I am confident, however, that as far as the present poem is concerned, the celebrated poets whose writings I might be suspected of having imitated, either in particular passages, or in the tone and the spirit of the whole, would be among the first to vindicate me from the charge, and who, on any striking coincidence, would permit me to address them in this doggerel version of two monkish Latin hexameters.

Tis mine and it is likewise yours;

But an if this will not do;

Let it be mine, good friend! for I

Am the poorer of the two.

I have only to add that the metre of Christabel is not, properly speaking , irregular, though it may seem to from its being founded on a new principle; namely, that of counting in each line the accents, not the syllables. Though the latter nay wary from seven to twelve, yet in each line the accents will be found to be only four. Nevertheless, this occasional variation in number of syllables is not introduced wantonly, or for the mere ends of convenience, but in correspondence with some transition in the nature of the imagery or passion. —(Coleridge. )

[*Christabel* was originally intended for publication in Lyrical Ballads, 1800, but it was never completed. Coleridge had a plan for finishing the poem, but feared he 'could not carry on with equal success the execution of the idea, an extremely subtle and difficult one.' *Christabel* was first published with *Kubla Khan* and *The Pains of Sleep* in 1816. ]

**PART Ⅰ**

'TIS the middle of night by the castle clock

And the owls have awakened the crowing cock;

Tu-whit! —Tu-whoo!

And hark, again! the crowing cock,

How drowsily it crew.

Sir Leoline, the Baron rich,

Hath a toothless mastiff, which

From her kennel beneath the rock

Maketh answer to the clock,

Four for the quarters, and twelve for the hour;   10

Ever and aye, by shine and shower,

Sixteen short howls, not over loud;

Some say, she sees my lady's shroud.


Is the night chilly and dark?

The night is chilly, but not dark.

The thin gray cloud is spread on high,

It covers but not hides the sky.

The moon is behind, and at the full;

And yet she looks both small and dull.

The night is chill, the cloud is gray: 20

'T is a month before the month of May,

And the Spring comes slowly up this way.

The lovely lady, Christabel,

Whom her father loves so well,

What makes her in the wood so late,

A furlong from the castle gate?

She had dreams all yesternight

Of her own betrothed knight;

And she in the midnight wood will pray

For the weal of her lover that's far away.　30


She stole along, she nothing spoke,

The sighs she heaved were soft and low,

And naught was green upon the oak,

But moss and rarest mistletoe:

She kneels beneath the huge oak tree,

And in silence prayeth she.


The lady sprang up suddenly,

The lovely lady, Christabel!

It moaned as near, as near can be,

But what it is she cannot tell. — 40

On the other side it seems to be,

Of the huge, broad-breasted, old oak tree.

The night is chill; the forest bare;

Is it the wind that moaneth bleak?

There is not wind enough in the air

To move away the ringlet curl

From the lovely lady's cheek-
There is not wind enough to twirl
The one red leaf, the last of its clan,
That dances as often as dance it can,    50
Hanging so light, and hanging so high,
On the topmost twig that looks up at the sky.

Hush, beating heart of Christabel!
Jesu, Maria, shield her well!
She folded her arms beneath her cloak,
And stole to the other side of the oak.
What sees she there?

There she sees a damsel bright,
Dressed in a silken robe of white,
That shadowy in the moonlight shone;    60
The neck that made that white robe wan,
Her stately neck, and arms were bare;
Her blue-veined feet unsandaled were;
And wildly glittered here and there
The gems entangled in her hair.
I guess, 't was frightful there to see
A lady so richly clad as she-
Beautiful exceedingly!

'Mary mother, save me now!'
Said Christabel, 'and who art thou?'    70

The lady strange made answer meet,

And her voice was faint and sweet:-

'Have pity on my sore distress,

I scarce can speak for weariness:

Stretch forth thy hand, and have no fear!'

Said Christabel, 'How camest thou here?'

And the lady, whose voice was faint and sweet,

Did thus pursue her answer meet:-

'My sire is of a noble line,

And my name is Geraldine: 80

Five warriors seized me yestermorn,

Me, even me, a maid forlorn:

They choked my cries with force and fright,

And tied me on a palfrey white.

The palfrey was as fleet as wind,

And they rode furiously behind.

They spurred amain, their steeds were white:

And once we crossed the shade of night.

As sure as Heaven shall rescue me,

I have no thought what men they be; 90

Nor do I know how long it is

(For I have lain entranced, I wis)

Since one, the tallest of the five,

Took me from the palfrey's back,

A weary woman, scarce alive.

Some muttered words his comrades spoke:

He placed me underneath this oak;

He swore they would return with haste;

Whither they went I cannot tell-

I thought I heard, some minutes past, 100

Sounds as of a castle bell.
Stretch forth thy hand,' thus ended she,
'And help a wretched maid to flee.'

Then Christabel stretched forth her hand,
And comforted fair Geraldine:
'O well, bright dame, may you command
The service of Sir Leoline;
And gladly our stout chivalry
Will he send forth, and friends withal,
To guide and guard you safe and free    110
Home to your noble father's hall.'

She rose: and forth with steps they passed
That strove to be, and were not, fast.
Her gracious stars the lady blest,
And thus spake on sweet Christabel:
'All our household are at rest,
The hall is silent as the cell;
Sir Leoline is weak in health,
And may not well awakened be,
But we will move as if in stealth;    120
And I beseech your courtesy,
This night, to share your couch with me.'

They crossed the moat, and Christabel
Took the key that fitted well;
A little door she opened straight,
All in the middle of the gate;

The gate that was ironed within and without,

Where an army in battle array had marched out.

The lady sank, belike through pain,

And Christabel with might and main　130

Lifted her up, a weary weight,

Over the threshold of the gate:

Then the lady rose again,

And moved, as she were not in pain.


So, free from danger, free from fear,

They crossed the court: right glad they were.

And Christabel devoutly cried

To the Lady by her side:

'Praise we the Virgin all divine,

Who hath rescued thee from thy distress!　140

'Alas, alas!' said Geraldine,

'I cannot speak for weariness. '

So, free from danger, free from fear,

They crossed the court: right glad they were.


Outside her kennel the mastiff old

Lay fast asleep, in moonshine cold.

The mastiff old did not awake,

Yet she an angry moan did make.

And what can ail the mastiff bitch?

Never till now she uttered yell　150

Beneath the eye of Christabel.

Perhaps it is the owlet's scritch:

For what can aid the mastiff bitch?

They passed the hall, that echoes still,

Pass as lightly as you will.

The brands were flat, the brands were dying,

Amid their own white ashes lying;

But when the lady passed, there came

A tongue of light, a fit of flame;

And Christabel saw the lady's eye,　160

And nothing else saw she thereby,

Save the boss of the shield of Sir Leoline tall,

Which hung in a murky old niche in the wall.

'O softly tread,' said Christabel,

'My father seldom sleepeth well. '

Sweet Christabel her feet doth bare,

And, jealous of the listening air,

They steal their way from stair to stair,

Now in glimmer, and now in gloom,

And now they pass the Baron's room,　170

As still as death, with stifled breath!

And now have reached her chamber door;

And now doth Geraldine press down

The rushes of the chamber floor.


The moon shines dim in the open air,

And not a moonbeam enters here.

But they without its light can see

The chamber carved so curiously,

Carved with figures strange and sweet,

All made out of the carver's brain,　180

For a lady's chamber meet：
The lamp with twofold silver chain
Is fastened to an angel's feet.

The silver lamp burns dead and dim；
But Christabel the lamp will trim.
She trimmed the lamp, and made it bright，
And left it swinging to and fro，
While Geraldine, in wretched plight，
Sank down upon the floor below.

O weary lady, Geraldine，　190
I pray you, drink this cordial wine！
It is a wine of virtuous powers；
My mother made it of wild flowers.

And will your mother pity me，
Who am a maiden most forlorn？'
Christabel answered-'Woe is me!
She died the hour that I was born.
I have heard the gray-haired friar tell，
How on her death-bed she did say，
That she should hear the castle-bell　200
Strike twelve upon my wedding-day.
O mother dear! that thou wert here！'
'I would,' said Geraldine, 'she were!

But soon, with altered voice, said she-
'Off, wandering mother! Peak and pine!

I have power to bid thee flee. '

Alas! what ails poor Geraldine?

Why stares she with unsettled eye?

Can she the bodiless dead espy?

And why with hollow voice cries she,   210

'Off, woman, off! this hour is mine-

Though thou her guardian spirit be,

Off, woman. off! 't is given to me.'


Then Christabel knelt by the lady's side,

And raised to heaven her eyes so blue-

'Alas!' said she, 'this ghastly ride-

Dear lady! it hath wildered you!'

The lady wiped her moist cold brow,

And faintly said, 'T is over now!'


Again the wild-flower wine she drank:   220

Her fair large eyes 'gan glitter bright,

And from the floor, whereon she sank,

The lofty lady stood upright:

She was most beautiful to see,

Like a lady of a far countree.


And thus the lofty lady spake-

'All they, who live in the upper sky,

Do love you, holy Christabel!

And you love them, and for their sake,

And for the good which me befel,   230

Even I in my degree will try,

Fair maiden, to requite you well.
But now unrobe yourself; for I
Must pray, ere yet in bed I lie.'

Quoth Christabel, 'So let it be!'
And as the lady bade, did she.
Her gentle limbs did she undress
And lay down in her loveliness.

But through her brain, of weal and woe,
So many thoughts moved to and fro,     240
That vain it were her lids to close;
So half-way from the bed she rose,
And on her elbow did recline.
To look at the lady Geraldine.
Beneath the lamp the lady bowed,
And slowly rolled her eyes around;
Then drawing in her breath aloud,
Like one that shuddered, she unbound
The cincture from beneath her breast:
Her silken robe, and inner vest,     250
Dropped to her feet, and full in view,
Behold! her bosom and half her side-
A sight to dream of, not to tell!
O shield her! shield sweet Christabel!

Yet Geraldine nor speaks nor stirs:
Ah! what a stricken look was hers!
Deep from within she seems half-way

To lift some weight with sick assay,

And eyes the maid and seeks delay;

Then suddenly, as one defied,   260

Collects herself in scorn and pride,

And lay down by the maiden's side! -

And in her arms the maid she took,

Ah, wel-a-day!

And with low voice and doleful look

These words did say:

'In the touch of this bosom there worketh a spell,

Which is lord of thy utterance, Christabel!

Thou knowest to-night, and wilt know to-morrow,

This mark of my shame, this seal of my sorrow;   270

But vainly thou warrest,

For this is alone in

Thy power to declare,

That in the dim forest

Thou heard'st a low moaning,

And found'st a bright lady, surpassingly fair:

And didst bring her home with thee, in love and in charity,

To shield her and shelter her from the damp air.'

## THE CONCLUSION TO PART I

It was a lovely sight to see

The lady Christabel, when she   280

Was praying at the old oak tree.

Amid the jagged shadows

Of mossy leafless boughs,

Kneeling in the moonlight,

To make her gentle vows;

Her slender palms together prest,

Heaving sometimes on her breast;

Her face resigned to bliss or bale-

Her face, oh, call it fair not pale,

And both blue eyes more bright than clear.     290

Each about to have a tear.

With open eyes (ah, woe is me!)

Asleep, and dreaming fearfully,

Fearfully dreaming, yet, I wis,

Dreaming that alone, which is-

O sorrow and shame! Can this be she,

The lady, who knelt at the old oak tree?

And lo! the worker of these harms,

That holds the maiden in her arms,

Seems to slumber still and mild,     300

As a mother with her child.


A star hath set, a star hath risen,

O Geraldine! since arms of thine

Have been the lovely lady's prison.

O Geraldine! one hour was thine-

Thou'st had thy will! By tarn and rill,

The night-birds all that hour were still.

But now they are jubilant anew,

From cliff and tower, tu-whoo! tu-whoo!

Tu-whoo! tu-whoo! from wood and fell!     310


And see! the lady Christabel

Gathers herself from out her trance;

Her limbs relax, her countenance

Grows sad and soft; the smooth thin lids

Close o'er her eyes; and tears she sheds-

Large tears that leave the lashes bright!

And oft the while she seems to smile

As infants at a sudden light!


Yea, she doth smile, and she doth weep,

Like a youthful hermitess,    320

Beauteous in a wilderness,

Who, praying always, prays in sleep.

And, if she move unquietly,

Perchance, 't is but the blood so free

Comes back and tingles in her feet.

No doubt, she hath a vision sweet.

What if her guardian spirit'twere,

What if she knew her mother near?

But this she knows, in joys and woes,

That saints will aid if men will call;    330

For the blue sky bends over all.

## PART II

Each matin bell, the Baron saith,

Knells us back to a world of death.

These words Sir Leoline first said,

When he rose and found his lady dead;

These words Sir Leoline will say

Many a morn to his dying day!


And hence the custom and law began

That still at dawn the sacristan,

Who duly pulls the heavy bell,    340

Five and forty beads must tell

Between each stroke-a warning knell,

Which not a soul can choose but hear

From Bratha Head to Wyndermere.


Saith Bracy the bard, 'So let it knell!

And let the drowsy sacristan

Still count as slowly as he can!'

There is no lack of such, I ween,

As well fill up the space between.

In Langdale Pike and Witch's Lair,①    350


And Dungeon-ghyll so foully rent,

With ropes of rock and bells of air

Three sinful sextons'ghosts are pent,

Who all give back, one after t'other,

The death-note to their living brother;

And oft too, by the knell offended,

Just as their one! two! three! is ended,

The devil mocks the doleful tale

With a merry peal from Borrowdale.


The air is still! through mist and cloud    360

———————————

① The places referred to in this and the following lines of the poem are located in the Lake country, though of course the true setting of Christabel is in the world of enchantment.

That merry peal comes ringing loud；

And Geraldine shakes off her dread，

And rises lightly from the bed；

Puts on her silken vestments white，

And tricks her hair in lovely plight，

And nothing doubting of her spell

Awakens the lady Christabel.

'Sleep you, sweet lady Christabel?

I trust that you have rested well.'


And Christabel awoke and spied　370

The same who lay down by her side-

O rather say, the same whom she

Raised up beneath the old oak tree!

Nay, fairer yet! and yet more fair!

For she belike hath drunken deep

Of all the blessedness of sleep!

And while she spake, her looks, her air，

Such gentle thankfulness declare，

That (so it seemed) her girded vests

Grew tight beneath her heaving breasts.　380

'Sure I have sinned!' said Christabel，

'Now heaven be praised if all be well!'

And in low faltering tones, yet sweet，

Did she the lofty lady greet

With such perplexity of mind

As dreams too lively leave behind.


So quickly she rose, and quickly arrayed

Her maiden limbs, and having prayed

That He, who on the cross did groan,

Might wash away her sins unknown,　390

She forthwith led fair Geraldine

To meet her sire, Sir Leoline.


The lovely maid and the lady tall

Are pacing both into the hall,

And pacing on through page and groom,

Enter the Baron's presence-room.


The Baron rose, and while he prest

His gentle daughter to his breast,

With cheerful wonder in his eyes

The lady Geraldine espies,　400

And gave such welcome to the same,

As might beseem so bright a dame!


But when he heard the lady's tale,

And when she told her father's name,

Why waxed Sir Leoline so pale,

Murmuring o'er the name again,

Lord Roland de Vaux of Tryermaine?


Alas! they had been friends in youth;

But whispering tongues can poison truth;

And constancy lives in realms above;　410

And life is thorny; and youth is vain;

And to be wroth with one we love

Doth work like madness in the brain.

And thus it chanced, as I divine,

With Roland and Sir Leoline.

Each spake words of high disdain

And insult to his heart's best brother:

They parted-ne'er to meet again!

But never either found another

To free the hollow heart from paining—   420

They stood aloof, the scars remaining,

Like cliffs which had been rent asunder;

A dreary sea now flows between.

But neither heat, nor frost, nor thunder,

Shall wholly do away, I ween,

The marks of that which once hath been.


Sir Leoline, a moment's space,

Stood gazing on the damsel's face:

And the youthful Lord of Tryermaine

Came back upon his heart again.   430


O then the Baron forgot his age,

His noble heart swelled high with rage;

He swore by the wounds in Jesu's side

He would proclaim it far and wide,

With trump and solemn heraldry,

That they, who thus had wronged the dame

Were base as spotted infamy!

'And if they dare deny the same,

My herald shall appoint a week,

And let the recreant traitors seek　440

My tourney court-that there and then

I may dislodge their reptile souls

From the bodies and forms of men!'

He spake: his eye in lightning rolls!

For the lady was ruthlessly seized; and he kenned

In the beautiful lady the child of his friend!

And now the tears were on his face,

And fondly in his arms he took

Fair Geraldine who met the embrace,

Prolonging it with joyous look.　450

Which when she viewed, a vision fell

Upon the soul of Christabel,

The vision of fear, the touch and pain!

She shrunk and shuddered, and saw again-

(Ah, woe is me! Was it for thee,

Thou gentle maid! such sights to see?)

Again she saw that bosom old,

Again she felt that bosom cold,

And drew in her breath with a hissing sound:

Whereat the Knight turned wildly round,　460

And nothing saw, but his own sweet maid

With eyes upraised, as one that prayed.

The touch, the sight, had passed away,

And in its stead that vision blest,

Which comforted her after-rest,

While in the lady's arms she lay,

Had put a rapture in her breast,

And on her lips and o'er her eyes

Spread smiles like light!

With new surprise,

'What ails then my beloved child?'  470

The Baron said-His daughter mild

Made answer, 'All will yet be well!'

I ween, she had no power to tell

Aught else: so mighty was the spell.


Yet he who saw this Geraldine,

Had deemed her sure a thing divine.

Such sorrow with such grace she blended,

As if she feared she had offended

Sweet Christabel, that gentle maid!

And with such lowly tones she prayed  480

She might be sent without delay

Home to her father's mansion.

'Nay!

Nay, by my soul!' said Leoline.

'Ho! Bracy the bard, the charge be thine!

Go thou, with music sweet and loud,

And take two steeds with trappings proud,

And take the youth whom thou lov'st best

To bear thy harp, and learn thy song,

And clothe you both in solemn vest,

And over the mountains haste along,  490

Lest wandering folk, that are abroad,

Detain you on the valley road.

'And when he has crossed the Irthing flood,

My merry bard! he hastes, he hastes

Up Knorren Moor, through Halegarth Wood,

And reaches soon that castle good

Which stands and threatens Scotland's wastes.


'Bard Bracy! bard Bracy! your horses are fleet,

Ye must ride up the hall, your music so sweet,

More loud than your horses'echoing feet!     500

And loud and loud to Lord Roland call,

Thy daughter is safe in Langdale hall!

Thy beautiful daughter is safe and free-

Sir Leoline greets thee thus through me.

He bids thee come without delay

With all thy numerous array;

And take thy lovely daughter home:

And he will meet thee on the way

With all his numerous array

White with their panting palfreys'foam:     510

And, by mine honor! I will say,

That I repent me of the day

When I spake words of fierce disdain

To Roland de Vaux of Tryermaine! -

-For since that evil hour hath flown,

Many a summer's sun hath shone;

Yet ne'er found I a friend again

Like Roland de Vaux of Tryermaine. '

The lady fell, and clasped his knees,

Her face upraised, her eyes o'erflowing;    520

And Bracy replied, with faltering voice,

His gracious hail on all bestowing;

'Thy words, thou sire of Christabel,

Are sweeter than my harp can tell;

Yet might I gain a boon of thee,

This day my journey should not be,

So strange a dream hath come to me;

That I had vowed with music loud

To clear yon wood from thing unblest,

Warned by a vision in my rest!    530

For in my sleep I saw that dove,

That gentle bird, whom thou dost love,

And call'st by thy own daughter's name-

Sir Leoline! I saw the same,

Fluttering, and uttering fearful moan,

Among the green herbs in the forest alone.

Which when I saw and when I heard,

I wondered what might ail the bird;

For nothing near it could I see,

Save the grass and herbs underneath the old tree.    540


'And in my dream methought I went

To search out what might there be found;

And what the sweet bird's trouble meant,

That thus lay fluttering on the ground.

I went and peered, and could descry

No cause for her distressful cry;

But yet for her dear lady's sake
I stooped, methought, the dove to take,
When lo! I saw a bright green snake
Coiled around its wings and neck.　550
Green as the herbs on which it couched,
Close by the dove's its head it crouched;
And with the dove it heaves and stirs,
Swelling its neck as she swelled hers!
I woke; it was the midnight hour,
The clock was echoing in the tower;
But though my slumber was gone by,
This dream it would not pass away-
It seems to live upon my eye!
And thence I vowed this self-same day　560

With music strong and saintly song
To wander through the forest bare,
Lest aught unholy loiter there.'

Thus Bracy said; the Baron, the while,
Half-listening heard him with a smile;
Then turned to Lady Geraldine,
His eyes made up of wonder and love;
And said in courtly accents fine,
'Sweet maid, Lord Roland's beauteous dove,
With arms more strong than harp or song,　570
Thy sire and I will crush the snake!'
He kissed her forehead as he spake,
And Geraldine in maiden wise

Casting down her large bright eyes,

With blushing cheek and courtesy fine

She turned her from Sir Leoline;

Softly gathering up her train,

That o'er her right arm fell again;

And folded her arms across her chest,

And couched her head upon her breast,　580

And looked askance at Christabel—

Jesu, Maria, shield her well!

A snake's small eye blinks dull and shy,

And the lady's eyes they shrunk in her head,

Each shrunk up to a serpent's eye,

And with somewhat of malice, and more of dread,

At Christabel she looked askance! -

One moment-and the sight was fled!

But Christabel in dizzy trance

Stumbling on the unsteady ground　590

Shuddered aloud, with a hissing sound;

And Geraldine again turned round,

And like a thing that sought relief,

Full of wonder and full of grief,

She rolled her large bright eyes divine

Wildly on Sir Leoline.

The maid, alas! her thoughts are gone,

She nothing sees-no sight but one!

The maid, devoid of guile and sin,

I know not how, in fearful wise,　600

So deeply had she drunken in

That look, those shrunken serpent eyes,

That all her features were resigned

To this sole image in her mind:

And passively did imitate

That look of dull and treacherous hate!

And thus she stood, in dizzy trance,

Still picturing that look askance

With forced unconscious sympathy

Full before her father's view— 610

As far as such a look could be

In eyes so innocent and blue!


And when the trance was o'er, the maid

Paused awhile, and inly prayed:

Then falling at the Baron's feet,

'By my mother's soul do I entreat

That thou this woman send away!'

She said: and more she could not say;

For what she knew she could not tell,

O'er-mastered by the mighty spell. 620


Why is thy cheek so wan and wild,

Sir Leoline? Thy only child

Lies at thy feet, thy joy, thy pride.

So fair, so innocent, so mild;

The same, for whom thy lady died!

O by the pangs of her dear mother

Think thou no evil of thy child!

For her, and thee, and for no other,

She prayed the moment ere she died:

Prayed that the babe for whom she died,　630

Might prove her dear lord's joy and pride!

That prayer her deadly pangs beguiled,

Sir Leoline!

And wouldst thou wrong thy only child,

Her child and thine?


Within the Baron's heart and brain

If thoughts, like these, had any share,

They only swelled his rage and pain,

And did but work confusion there.

His heart was cleft with pain and rage,　640

His cheeks they quivered, his eyes were wild,

Dishonored thus in his old age;

Dishonored by his only child,

And all his hospitality

To the insulted daughter of his friend

By more than woman's jealousy

Brought thus to a disgraceful end-

He rolled his eye with stern regard

Upon the gentle ministrel bard,

And said in tones abrupt, austere-　650

'Why, Bracy! dost thou loiter here?

I bade thee hence!' The bard obeyed;

And turning from his own sweet maid,

The aged knight, Sir Leoline,

Led forth the lady Geraldine!

## THE CONCLUSION TO PART II ①

A little child, a limber elf,

Singing, dancing to itself,

A fairy thing with red round cheeks,

That always finds, and never seeks,

Makes such a vision to the sight    660

As fills a father's eyes with light;

And pleasures flow in so thick and fast

Upon his heart, that he at last

Must needs express his love's excess

With words of unmeant bitterness.

Perhaps'tis pretty to force together

Thoughts so all unlike each other;

To mutter and mock a broken charm,

To dally with wrong that does no harm.

Perhaps'tis tender too and pretty    670

At each wild word to feel within

A sweet recoil of love and pity.

And what, if in a world of sin

(O sorrow and shame should this be true!)

Such giddiness of heart and brain

Comes seldom save from rage and pain,

So talks as it's most used to do.

1797-1800    1816

---

①    The lines of the Conclusion to Part II have no apparent relation to the poem. They were originally enclosed in a letter to Southey expressing anxiety over the state of young Hartley Coleridge's health.

# 主要参考文献

## 英文文献

[1] ABRAMS, M H. Natural supernaturalism: tradition and revolution in romantic literature [M]. New York: Norton, 1971.

[2] ABRAMS, M H. English romantic poets: modern essays in criticism [M]. New York: Oxford University Press, 1973.

[3] ABRAMS, M H. The mirror and the lamp: romantic theory and the critical tradition [M]. New York: Oxford University Press, 1953.

[4] ANOOSHEH, S M. Coleridge and religion [J]. Journal of basic and applied scientific research, 2012,2(7):6115—6118.

[5] ASHTON, R. The life of Samuel Taylor Coleridge: a critical biography [M]. Oxford: Blackwell, 1997.

[6] BARRY, P. Coleridge the revisionary: surrogacy and structure in the conversation poems [M]. Oxford: Oxford University Press, 2000.

[7] BATE, J. Romantic ecology, Wordsworth and the environmental tradition [M]. New York: Routledge, 1991.

[8] BATE, J. The song of the earth [M]. Cambridge: Harvard University Press, 2000.

[9] BEER, J. Coleridge's variety: bicentenary studies [M]. London:

The Macmillan Press Ltd. , 1974.

[10] BEER, J. Wordsworth and the human heart [M]. London: The Macmillan Press Ltd. , 1978.

[11] BLACK, W. Romantic poetry, selected by Paul Driver [M]. London: The Penguin Books Ltd. , 1996.

[12] BLOOM, H. Bloom's modern critical views: Samuel Taylor Coleridge [M]. New York: Chelsea House Publishers, 1986.

[13] BROWN, M. The Cambridge history of literary criticism [M]. London: Cambridge University Press, 2000.

[14] BUTLER, M. Romantics, rebels and reactionaries: English literature and its background, 1760—1830 [M]. New York: Oxford University Press, 1981.

[15] BUTLER, M. Burke, Paine, Godwin, and the revolution controversy [M]. New York: Cambridge University Press, 1984.

[16] CALLEO, D P. Coleridge and the idea of the modern state [M]. New Haven and London: Yale University Press, 1966.

[17] CHARPENTIER J. Coleridge the sublime somnambulist [M]. London: Constabel & Company Ltd. , 1929.

[18] CHAUCER G. Canterbury tales [M]. Beijing: Foreign Language Teaching and Research Press, Oxford: Oxford University Press, 1995.

[19] CLASS M. Coleridge and Kantian ideas in England, 1796—1817 [M]. London: Continuum, 2013.

[20] COBURN K. The self conscious imagination: study of the Coleridge notebooks [ M ]. London: Oxford University Press, 1974.

[21] COLERIDGE S T. Aids to reflection [ M ]. BEER J, ed. Princeton: Princeton University Press, 1993.

[22] COLERIDGE S T. Biographia literaria, Vol. I & II [M].

SHAWCROSS, J, ed. London: Oxford University Press, 1907.

[23] COLERIDGE S T. Biographia literaria, collected works of Samuel Taylor Coleridge [M]. ENGELL J, BATE J W, ed. Princeton: Princeton University Press, 1983.

[24] COLERIDGE S T. Collected letters of Samuel Taylor Coleridge [M]. GRIGGS E L, ed. Oxford: Clarendon Press, 1956.

[25] COLERIDGE S T. Inquiring spirit: a new presentation of Coleridge from his published and unpublished prose writings [M]. COBURN K, ed. London: Routledge and Kegan Paul, 1950.

[26] COLERIDGE S T. Lay sermons [M]. WHITE R J, ed. London: Routledge & Kegan Paul, 1972.

[27] COLERIDGE S T. Lectures on literature [M]. FOAKES R A, ed. Princeton: Princeton University Press, 1987.

[28] Coleridge, S T. Letters [M]. Coleridge E H, ed. London: Heinemann, 1895.

[29] COLERIDGE S T. Table talk and omniana [M]. ASHE T, ed. Oxford: Oxford University Press, 1917.

[30] COLERIDGE S T. Table talk [M]. COLERIDGE H N, ed. Oxford: Oxford University Press, 1884.

[31] COLERIDGE S T. The complete poems [M]. KEACH W, ed. London: Penguin, 1997.

[32] COLERIDGE S T. The notebook of Samuel Taylor Coleridge [M]. COBURN K, ed. London: Routledge and Kegan Paul, 1957.

[33] COUPE L. The green studies reader: from romanticism to eco-criticism [M]. London & New York: Routledge, 2000.

[34] DAVIDSON G. Coleridge's career [M]. London: The Macmillan Press Ltd. , 1990.

[35] DEVALL Bill & George Sessions. Deep ecology: living as if

nature mattered [M]. Salt Lake City: Peregrine Smith Books, 1985.

[36] DOUGHTY O. Perturbed spirit [M]. Toronto: Associated University Presses, 1981.

[37] DUNCAN W. A companion to romanticism [M]. Massachusetts: Blackwell, 1999.

[38] ELIZABETH S E. Body and soul in Coleridge's notes, 1827—1834 [M]. New York: Palgrave Macmillan, 2010.

[39] EMERSON R W. Nature, the complete essays and other writings of Ralph Waldo Emerson [M]. New York: The Modern Library, 1950.

[40] EVANS M J. Sublime Coleridge [M]. New York: Palgrave Macmillan, 2012.

[41] FARNESS J. Strange contraries in familiar Coleridge[J]. Essays in literature, 1986, 13(2): 231—245.

[42] FULFORD T. Slavery and superstition in the supernatural poems, the Cambridge companion to Coleridge [M]. NEWLYN L, ed. Cambridge: Cambridge University Press, 2002.

[43] GILLMAN J. The life of Samuel Taylor Coleridge [M]. Fairford: Echo Library, 2007.

[44] GLOTFELTY C, et al. The eco-criticism reader: landmarks in literary ecology [M]. Athens & London: the University of Georgia Press, 1996.

[45] GODWIN W. An enquiry concerning political justice and its influence on morals and happiness [M]. London: G. G. & J. Robinson, 1977.

[46] GRAHAM D. Coleridge's career [M]. Basingstoke: Macmillan, 1990.

[47] GRAVIL R. Coleridge's imagination [M]. Cambridge University Press, 1985.

[48] HARVEY S. Coleridge on nature and vision [M]. London: Continuum, 2008.

[49] HEDLEY D. Coleridge philosophy and religion: aids to reflection and the mirror of the spirit [M]. Cambridge: Cambridge University Press, 2003.

[50] HILLES F, HAROLD B. Sensitivity to romanticism [M]. New York: Oxford University Press, 1965.

[51] HOLMES R. Coleridge: early visions, 1772—1804 [M]. New York: Pantheon, 1989.

[52] HOUSE H. On Kubla Khan, Coleridge: the Clark lectures [M]. London: Hart-Davis, 1962.

[53] JACKSON H J. The Oxford encyclopedia of British literature [M]. New York: Oxford University Press, 2006.

[54] JASPER D. Coleridge as poet and religious thinker [M]. Allison Park: Pickwick Publications, 1985.

[55] JOHN BARRELL. Samuel Taylor Coleridge on the constitution of the church and state [M]. London: J. M. Dent and Sons Ltd, 1972.

[56] LIU A. Wordsworth. The sense of history [M]. California: Stanford University Press, 1989.

[56] KROEBER K. Ecological literary criticism: romantic imagining and the biology of mind [M]. New York: Columbia University Press, 1994.

[57] LEADBETTER G. Coleridge and the daemonic imagination [M]. New York: Palgrave Macmillan, 2011.

[58] LOWES J L. The road to Xanadu: a study in the ways of the imagination [M]. London: Constable, 1930.

[59] LYNN W, Jr. The historical roots of our ecologic crisis // GLOTFELTY C, HAROLD F. The ecocriticism reader:

landmarks in literary ecology [M]. Athens: the University of Georgia Press, 1996.

[60] LEVERE T H. Poetry realized in nature [M]. London: Cambridge University Press, 1981.

[61] LOCKRIDGE S L. Coleridge the moralist [M]. New York: Cornell University Press, 1977.

[62] LOCKRIDGE L. The ethics of romanticism [M]. Cambridge: Cambridge University Press, 1989.

[63] MAX F S. The poetic voices of Coleridge: a study of his desire for spontaneity and passion for order [M]. Detroit: Wayne State University Press, 1963.

[64] MAYS J C C. The collected works of Samuel Taylor Coleridge: poetical works I [C]. Princeton: Princeton University Press, 2001.

[65] MCFARLAND T. Coleridge and the pantheist tradition [M]. Oxford: Oxford University Press, 1969.

[66] MCFARLAND T. Romanticism and the heritage of Rousseau [M]. Oxford: Clarendon Press, 1995.

[67] MCKUSICK J C. Coleridge and the economy of nature [J]. Studies in Romanticism, 1996, 35(3):375—392.

[68] MERCHANT W M. Wordsworth poetry and prose [M]. Cambridge, Massachusetts: Harvard University Press, 1963.

[69] MILLEY H J W. Some notes on Coleridge's *Eolian Harp* [M]. Chicago: The University of Chicago Press, 1939.

[70] MILTON J. The complete poetry of John Milton [M]. SHAWCROSS J, ed. New York: Anchor, 1971.

[71] MODIANO R. Coleridge and the concept of nature [M]. London: Palgrave Macmillian, 1985.

[72] NEVILLE G. Coleridge and liberal religious thought:

romanticism, philosophy and theological tradition [M]. New York: Palgrave Macmillan, 2010.

[73] NICHOLAS H, PAUL M, RAIMONDA M. Coleridge's poetry and prose [M]. New York: W. W. Norton, 2004.

[74] O'ROURKE J. Keats Odes and Contemporary Criticism [M]. Florida: Florida State University Press, 1998.

[75] PERRY S. Samuel Taylor Coleridge: *Kubla Khan*, *the ancient mariner* and *Christabel*, a companion to romanticism [M]. Massachusetts: Blackwell, 1999.

[76] PERRY S. Coleridge on writing and writers [M]. London: Continuum, 2008.

[77] REID N. Coleridge, form and symbol [M]. Hamshire: Ashgate Publishing Ltd. , 2006.

[78] RUSKIN J. Modern painter [M]//JONATHAN B. Romantic ecology: Wordsworth and the environmental tradition. London and New York: Routledge, 1991.

[79] RUSSELL N. English romantic poetry and prose [M]. New York: Oxford University Press, 1956.

[80] SCHEUERLE W H. A reexamination of Coleridge's *the eolian harp*[J]. Studies in English literature, 1975, 15(4):591—599.

[81] SCHILLER F. Wallenstein [M]. Cambridge: J. G. Gotta, 1838.

[82] SEED J. Thinking like a mountain [M]. Philadelphia: New Society Publishers, 1988.

[83] SELINCOURT E D,Rev, MOORMAN M. The letters of William and Dorothy Wordsworth: the middle years [M]. Oxford: Clarendon Press, 1969.

[84] SCHNEIDER H J. Nature, the Cambridge history of literary criticism [M]. Cambridge: Cambridge University Press, 2000.

[85] SCHULZ M F. Samuel Taylor Coleridge [M]// JORDAN F. The

English romantic poets: a review of research and criticism. New York: Modern Language Association, 1985.

[86] SCHWEITZER. Out of my Life and thought [M]. LEMKE, A B, trans. Henry Holt and Company Publishers, 1990.

[87] SKARDA P L. Teaching the fragment: *Christabel* and *Kubla Khan* [M]// MATLAK R E. Approaches to teaching Coleridge's poetry and prose. New York: Modern Language Association, 1991.

[88] SPENSER H J. A Coleridge companion [M]. London: Macmillan Press, 1983.

[89] TYSON W. The extended circle [M]. New York: Paragon House, 1989.

[90] VALLINS D. Coleridge, romanticism and the Orient [M]. London: Bloomsbury, 2013.

[91] WHEELER K M. *Kubla Khan* and the eighteen-century's aesthetic theories [M]// KITSON P J. Coleridge, Keats and Shelly. London: Macmillan Press Ltd, 1996.

[92] WILLIAMS R. Culture and society: Coleridge to Orwell [M]. London: Hogarth, 1987.

[93] WHITE R S. Keats as a reader of Shakespeare [M]. London: The Athlone Press, 1987.

[94] WORDSWORTH W. The prelude: 1799, 1805, 1850 [M]. WORDSWORTH J, ABRAMS M H, STEPHEN G, ed. New York, London: W. W. Norton &· Company, 1979.

[95] YARLOTT G. Coleridge and the Abyssinian maid [M]. London: Methuen, 1967.

## 中文文献

[1] 大卫·雷·格里芬. 后现代精神[M]. 王成兵,译. 北京:中央编译出版社,1998.

[2] 丹尼尔·贝尔.资本主义文化矛盾[M].赵一凡,蒲隆,任晓晋,译.北京:生活·读书·新知三联书店,1989.

[3] 丁宏伟.理念与悲曲——华兹华斯后革命之变[M].北京:北京大学出版社,2002.

[4] 董琦琦.启示与体验:柯尔律治艺术理论的神性维度[M].北京:光明日报出版社,2010.

[5] 高伟光.英国浪漫主义的乌托邦情结[D].北京:北京师范大学,2004.

[6] 郭峰.柯尔律治谈话诗"风弦琴"的"同一性"诗学观[J].北京第二外国语学院学报,2016(4).

[7] 郭峰,鲁春芳.论柯尔律治三首超自然诗歌[J].外国文学研究,2013(2).

[8] 华兹华斯,柯尔律治.华兹华斯、科尔律治诗选[M].杨德豫,译.北京:人民文学出版社,2001.

[9] 黄光耀,刘金源.成功的代价——论英国工业化的历史教训[J].求是学刊,2003(4).

[10] 霍尔姆斯·罗尔斯顿.环境伦理学[M].北京:中国社会科学出版社,2000.

[11] 霍尔姆斯·罗尔斯顿.哲学走向荒野[M].长春:吉林人民出版社,2000.

[12] 蒋显璟.生命哲学与诗歌——浅谈柯尔律治的诗歌理论[J].外国文学评论,1993(2).

[13] 金春笙.论诗歌翻译之韵味——从美学角度探讨华兹华斯《水仙》的两种译文[J].四川外语学院学报,2007(4).

[14] 卡洛琳·麦茜特.自然之死[M].吴国盛,等,译.长春:吉林人民出版社,1999.

[15] 里格利.探问工业革命[J].俞金尧,译.世界历史,2006(2).

[16] 刘若端.19世纪英国诗人论诗[M].北京:人民文学出版社,1984.

[17] 刘小枫.现代性社会理论绪论[M].上海:上海三联书店,1998.

[18] 刘耀辉.论柯尔律治的宗教思想"[J].重庆师范大学学报,2007(2).

[19] 卢梭.孤独散步者的遐思[M].熊希伟,译.北京:华龄出版社,2001.

[20] 鲁春芳.柯尔律治文学理论的有机内核[J].外国文学研究,2010(2).

[21] 鲁春芳.优美机智的整一:"忽必烈汗"的生态解读[J].外国文学研究,2009(5).

[22] 鲁春芳.英国浪漫主义诗歌生态伦理思想[M].杭州:浙江大学出版社,2009.

[23] 鲁春芳,郭峰.柯尔律治自然观与中国天人合一生态观的比较与思考[J].浙江师范大学学报,2013(2).

[24] 陆建德.破碎思想体系的残编[M].北京:北京大学出版社,2001.

[25] 陆永品.庄子通释[M].北京:中国社会科学出版社,2006.

[26] 梅申友."诗是理性化的梦"——《忽必烈汗》1816年序言刍议[J].外国文学评论,2017(2).

[27] 聂珍钊.英国文学的伦理学批评[M].武汉:华中师范大学出版社,2007.

[28] 史怀泽.敬畏生命[M].陈泽环,译.上海:上海社会科学院出版社,1996.

[29] 斯宾诺莎.伦理学[M].贺麟,译.北京:商务印书馆,1983.

[30] 苏文菁.华兹华斯诗学[M].北京:社会科学文献出版社,2000.

[31] 陶渊明.陶渊明全集[M].上海:上海古籍出版社,2015.

[32] 王诺.欧美生态文学[M].北京:北京大学出版社,2003.

[33] 王佐良.英国诗史[M].南京:译林出版社,1997.

[34] 威廉·华兹华斯.序曲或一位诗人心灵的成长[M].丁宏伟,译.北京:中国对外翻译出版公司,1999.

[35] 文若愚.道德经全解[M].北京:中国华侨出版社,2012.

[36] 吴楚材,吴调侯.古文观止[M].北京:线装书局,2010.

[37] 吴佳.超自然视域下的"克丽斯德蓓"[J].海外英语,2015(9).

[38] 许渊冲.汉英对照唐诗三百首[M].北京:高等教育出版社,2000.

[39] 袁宪军."水仙"与华兹华斯的诗学理念[J].外国文学研究,2004

(5).

[40] 张玮玮.柯尔律治神学自然观及其艺术观研究[D].济南:山东大学,2015.

[41] 张艳梅,蒋学杰,吴景明.生态批评[M].北京:人民出版社,2007.

[42] 赵林.休谟对自然神论和传统理性神学的批判[J].哲学与文化,2005(3).

[43] 赵林.英国自然神论初探"[J].世界哲学,2004(5).

# 后　记

　　本书历经数年艰辛，今天终于正式出版。在此，特别感谢一路支持和帮助我们的学界前辈、同仁朋友们；感谢浙江财经大学杰出中青年骨干教师项目资助；感谢浙江工商大学出版社，特别感谢本书编辑王黎明老师不辞辛苦，斟字酌句，避免了书中许多错误和不当之处，正是她的艰辛付出才使本书得以顺利出版。

　　《柯尔律治诗歌的灵视与自然》是英国浪漫主义诗歌研究的深化和拓展，但就柯尔律治研究而言，只是其中一个方面，书中部分章节曾经以论文形式公开发表，成书时笔者对内容作了相应修订。柯尔律治生活经历和思想历程多变复杂，他的论著、讲稿、笔记、信函等学说涉及文学、哲学、神学和政治等几乎各个领域，同时限于作者自身学养和研究能力，因此，本书的研究仍然存在一定局限和不足，本书关于柯尔律治自然观的初步认识、特别是柯尔律治自然观与宗教神学和德国康德超验主义哲学等之间的关联与影响等问题仍然需要继续深入探讨和研究。此外，书稿中的语言文字以及文献信息等难免存在一些疏漏和不正之处，在这里恳切希望各位学界前辈和同仁不吝赐教，多多给予包涵谅解和批评指正。

鲁春芳　郭　峰

2017 年 3 月 6 日